Norma Varnhagen

Die fliegende Braut

Liebesgeschichte
aus 1001 Nacht

Die Deutsche Bibliothek - CIP-Einheitsaufnahme

Varnhagen, Norma:
Die fliegende Braut : Liebesgeschichte aus 1001 Nacht /
Norma Varnhagen. - Essen : Verl. Die Blaue Eule, 1995
ISBN 3-89206-658-2

ISBN 3-89206-658-2
© Copyright Verlag Die Blaue Eule, Essen 1995
Alle Rechte vorbehalten
Nachdruck oder Vervielfältigung, auch auszugsweise,
in allen Formen, wie Mikrofilm, Xerographie, Mikrofiche, Mikrocard,
Offset und allen elektronischen Publikationsformen, verboten
Gedruckt auf alterungsbeständigem Papier
Printed in Germany

Die fliegende Braut

*Für
Petra und Uwe
von Wellenlänge
zu Wellenlänge
ins
Blaue goldene
Unendliche
Liebe!*

*Corona Köln
Februar 1995*

INHALT

Vorwort

I.	Das Schicksalsjahr – Aufbruch und Wende	11 - 30
II.	Die Heirat	31 - 38
III.	Wartezeit	39 - 51
IV.	Hindernisse und Enthüllungen	53 - 63
V.	Auf der Suche nach einem Millionär	65 - 71
VI.	Die Schwarzen Schattentauchen auf	73 - 92
VII.	Attacken	93 - 102
VIII.	Lernprozesse Wandlungen und Wunder	103 - 140
IX.	Bewährungsprobe und karmische Klärung	141 - 181
X.	Das Hohe Lied der Liebe	183 - 187

Die fliegende Braut

Gemälde Hossam Atlam

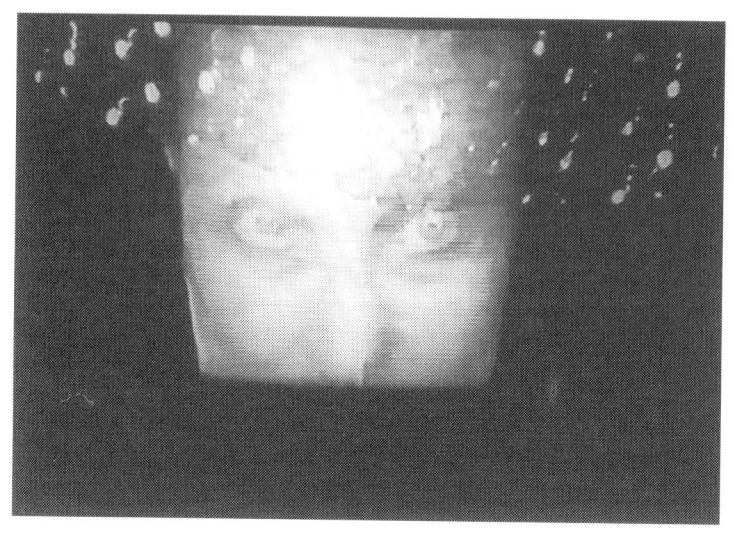

Norma Varnhagen

Und hättet ihr die Liebe nicht ...

Der große Geist der Schöpfung und mein geliebter Mann Ramor mögen mir vergeben, wenn ich mit meiner Niederschrift versuche, über eine Liebe zu sprechen, die so tief und heilig ist, daß sie im Verborgenen blühen sollte, aufgehoben in der Gewißheit unserer beider Seelen, die das Schicksal zusammengeführt hat.

Das HOHE LIED DER LIEBE, Shakespeares und Petrarcas Verse gälte es zu übertreffen, wollte ich die Glückseligkeit beschreiben, die mich seit unserer Vereinigung erfüllt wie ein kostbares Himmelsgeschenk.

Alle belastenden Erlebnisse der Vergangenheit, alles Unreine und Häßliche ist wie ausgelöscht aus dem Lebensbuch meiner Leiden. Warum mußte ich so lange irren und warten, um endlich mit neunundfünfzig Jahren den einzig mir bestimmten Mann zu treffen, der mich glücklich macht wie keiner zuvor? War ich, alt -Europa, erst jetzt reif für die Vermählung mit jung- Orient, dem dreißigjährigen, frühreifen Magier und Weisen aus dem Morgenland?

Am 14. Oktober 1991 hat Gott - Allah unseren Hochzeitsbund nach islamisch - beduinischem Brauch in Jerusalem gesegnet. So bin ich nun Moslemfrau und nur mein Mann dürfte meine intimen Geständnisse hören und lesen.

Aber ich bin und bleibe auch Europäerin und es ist mein Beruf, Erlebtes in Worte zu kleiden, Erfahrungen zu reflektieren und weiterzu-geben. Warum also sollte ich das Schönste verschweigen, das mir je widerfahren ist - das Wunder einer Liebe, die mich verjüngt und die Welt neugeboren erleben läßt?

Darum will ich mit meiner Erzählung allen jungen und alten Liebenden Mut machen und die heiligen Schutzengel anflehen, daß sie unseren irdischen Lebensweg in Demut und Freude aneinander mit ihrem hellen Licht durchglühen und behüten.

Norma Varnhagen, Iserlohn

I

Das Schicksalsjahr

Aufbruch und Wende
Zum ersten Mal in meinem Leben habe ich etwas Geld. Talkshows nach dem Fellini-Film und etwa Fünfzigtausendmark Abstand in Aussicht, wenn ich mein Dachatelier-Paradies am Hansaring räume. Ich habe meine Apokalypsaia produziert, Schulden bezahlt, die Kinder werden etwas von dem Segen abbekommen und der Rest ist für meine Übersiedlung nach Rom gedacht.
Noch sitze ich abwartend in der halb leergeräumten Wohnung. Ecki, ein junger Steinmetz, verlockt mich Ende Juli zur Mitreise nach Jerusalem. Er hat den Auftrag, in der Kirche Augusta Victoria auf dem Ölberg Restaurationsarbeiten auszuführen - die Füße der Christusstatue sind lädiert, und dem deutschen Reichsadler fehlt der Schnabel.
Ich könnte auch Freunde in Italien oder Griechenland besuchen. Margit, spirituelles Medium, pendelt aus - es ist eindeutig Jerusalem. "Dort erwartet dich eine wichtige Aufgabe", sagt sie. Mondi und Schluff, zwei junge Studenten, fahren als Gehilfen mit. An meinem 59. Geburtstag beginnt die Fahrt von der Eifel übers Mittelmeer nach Israel.
Der Land-Rover mit Sattelschlepper ist vollgepackt mit Werkzeug, Campingausrüstung und Musikinstrumenten. Zwischen uns knistert helle Lebensfreude und erotische Spannung, aber der ersehnte Kuß von Ecki bleibt aus.

Acht Tage nach Abfahrt erreichen wir Jerusalem, überwältigt von dem Eindruck einer zerfallenden und dennoch unzerstörbaren Steinwüste. Der Pfarrer verschafft uns Einlaß in das von hohen Mauern umgebene Gelände, in dem sich neben Kirche, Pfarrei und Museum auch das palästinensische Krankenhaus befindet.
Die ersten Tage verbringen wir dort oben und streifen gemeinsam durch die Stadt. Doch bald trenne ich mich von der lahmen Jugend und finde ein ideales Quartier auf dem Dach des Euro-Hostels mit traumhaftem Blick

über Altjerusalem bis zum Ölberg, rechts neben mir ragt der David Turm auf, unter mir glänzt die Grabeskirche und die Kuppel der Goldenen Moschee.

Einmal noch besuche ich die Restaurateure und abends dürfen wir zum Musizieren in die Kirche. Schluff und Mondi bauen die Oglalla vor dem Altar auf, zupfen, summen und tanzen entrückt. Ecki improvisiert meisterhaft auf der Orgel, Fugen und Choräle von Bach, Buxtehude und Händel - meine Stimme ist nicht gefragt. Ich fühle mich ausgeschlossen und setze mich im Mittelschiff direkt unter das Deckengemälde - über mir schwebt Jesus Christus mit ausgebreiteten Armen und gütigem Gesicht auf dem Himmelsthron, alle Schäflein in die göttliche Liebe einladend - aber seine segnende Hand scheint nicht mir zu gelten -

Immer werde ich abgewiesen, allein gelassen - "Blute nur mein armes Herz"... singt es in mir. Die erhabenen Orgelklänge durchfluten mein aufgeweichtes Gemüt wie eine Seelenmassage, der ganze Liebesfrust und Weltschmerz löst sich in einem nicht endenwollenden Weinkrampf.

Ich hadere mit Christus, der mir den Weg zum Vater versperrt, schiebe ihn weg, zeige Gott mein leidgeprüftes Herz, das sich nach Liebe sehnt, sich in Mitleid für alle Menschen verströmen möchte - zwei Stunden Selbstgespräche, ein Tränensee sammelt sich zu meinen Füßen.

"Kommen Sie nicht mit uns?" Die nüchterne Stimme des Pfarrers schreckt mich hoch. Meine Freunde warten ungeduldig am Portal, die Frau des Pfarrers, ein Kind an der Hand, eins im Bauch, drängt zum Aufbruch. Sie starren in mein verheultes Gesicht, keine Christenseele fragt nach meinem Kummer, legt den Arm um mich. Ich sinke auf die Knie und murmle ungewollt theatralisch:"Oh mein Gott, warum hast Du mich verlassen?"

Der Pastor blickt sich ängstlich um, peinlich berührt. Ecki fährt mich wortlos zum Euro-Hostel. Er meint, ich sei von schwarzen Dämonen besessen, damit wolle er nichts mehr zu tun haben, es sei wohl besser, wenn ich das christlich-palästinensische Gelände nicht mehr beträte.

Ich bin baff und ernüchtert von so falscher Ausdeutung meines Seelenschmerzes und ab sofort von meinem Liebesverlangen nach dem schönen Jüngling kuriert.

Schließlich bin ich keine siebzehn mehr und habe zwei erwachsene Kinder in seinem Alter.

13. August - Die Begegnung

Gottes Wege und Werke sind unbegreiflich und wunderbar. "Der große Kosmos" hat mein Flehen erhört und mir den Mann zugeführt, der einzig und allein für mich erschaffen ist - mein männlicher Zwilling, mein Spiegelbild.
Ich habe erholsam geschlafen, die Gebetsrufe der Muezzine, im Wettstreit mit dröhnenden Kirchenglocken, Lockrufe für die Gläubigen aller Nationen, wecken mich auf. Bin ich erst jetzt in Jerusalem angekommen? Ich genieße den Blick über die Dächer, das alte Gemäuer schimmert weiß-gold, sonnenüberflutet, der Höhenwind öffnet meine Poren, meine Empfänglichkeit für die biblische Vergangenheit, die gefährliche Gegenwart der Stadt aller Städte.

Als Kind des Dritten Reiches bin ich religionslos aufgewachsen, ohne Konfession. Dennoch immer auf der Suche nach dem Schöpfer - Gott, berührt von pantheistischen und mystischen Erlebnissen bis hin zur Christus-Identifikation mit Endstation Irrenhaus und Selbstmordversuch. Vielleicht finde ich hier eine Antwort auf ungelöste Fragen?
Über das Dach tanzend, verneige ich mich in alle vier Himmelsrichtun-gen, verteile meinen Segen:"Rom - die ewige Stadt - ist verrottet und siecht dahin. Sei mir gegrüßt, - Jerusalem, Du Schöne - !"

Ich habe mich schön gemacht für meinen ersten Alleingang ins Araberviertel. Die Davidstraße hinunter über ausgewaschene Steinstufen, geschmeidiger, weiß-grau geäderter Marmor unter dünnsohligem Schuhwerk, regt an zu tänzelndem Schweben - oder geht es nur mir so?
Ramor hat mich herunterkommen sehen und sofort gewußt; sie ist es, die Europäerin, die meine Großmutter mir vorausgesagt hat, auf die ich gewartet habe!
An einem Imbißstand bestelle ich mir einen Orangensaft. Der Verkäufer knallt die Flasche auf die Theke, ich greife nach einer Zigarette.
"Einen Moment bitte". Aus dem Hintergrund schiebt sich eine Gestalt an meine Seite, stellt mir ein Glas hin, schenkt ein, gibt mir Feuer.
"Willkommen in Jerusalem".

Die tiefe, sanfte Stimme, die schwarzglühenden Augen dringen in mein Bewußtsein wie ein schmerzliches Wiedererkennen aus Urvergangenheit.
"Sie sind Künstlerin?" fragt die wohlklingende Stimme in bestem Englisch. Natürlich, denke ich. Jeder Idiot sieht mir die Künstlerin an. Touristenfängerei.
"Ich bin auch Künstler. Darf ich Ihnen meine Arbeiten zeigen?" Er führt mich in einen Laden. Ich bewundere seine Gläser, Sektschalen, Vasen aus Israel-Kristall, handgemalt, mundgeblasen, Muranokostbarkeiten vergleichbar.
Er ist höflich und galant und nicht aufdringlich wie die meisten Bazarhändler. Ich verspreche, am nächsten Tag wiederzukommen. Die Fülle der Eindrücke ist berauschend und verwirrend - wie ein zu schnell abgespulter Film. Ich lasse mich ziellos durch das Gewühl der Touristen treiben, aufgesogen von einer fremden, faszinierenden Welt, in der ich mich sofort heimisch fühle.
Die orthodoxen Juden mit alttestamentarischen Schmachtlocken und fliegenden Rockschößen sehen furchterregender aus als die finsteren Arabergesichter.
Im Einschlafen taucht Ramors kräftige, gedrungene Gestalt vor mir auf, er hat etwas von einem Cowboy, die prallen Schenkel in engen Jeans, der federnde, wiegende Gang - aber seine rassigen Züge sind die eines Gentleman, und in weißem Smoking würde er den schönsten Salonlöwen überstrahlen ...

Ramors Augen leuchten auf, als ich seinen Laden betrete. Wir sind beide erregt. Ich reiche ihm die Hand zum Gruß, er zieht mich an den Brüsten über den Ladentisch, küßt mich wild und flüstert:"Du bist eine Zigeunerin, du gehörst zu uns, den Beduinen." "Woher weißt du..." "Ich weiß alles über dein Leben, ich kann es aus deinem Gesicht lesen. Willst du den Duft der Wüstenblume riechen? Sie wächst in meiner Heimat im Sinai und öffnet ihre Blüte nur eine Stunde in der Nacht."
Ich nicke stumm. Er zündet sich eine Zigarette an, inhalliert tief mit geschlossenen Augen und reicht sie mir. Ich ziehe, rieche und schmecke einen betäubenden Duft, eine Mischung aus Rose und Lotus.

"Eine präparierte Zigarette?" "Du glaubst mir nicht?" Ich gebe ihm eine "Lord" aus meiner Schachtel. "Nochmal, bitte." Dasselbe Phänomen. Später erfahre ich von alten Beduinen in Kairo, daß nur wenige große Magier den Blütenduft materialisieren können.
"Möchtest du einen türkischen Mocca?" "Gern". "Dann lesen wir aus dem Kaffeesatz, meine Großmutter im Sinai hat es mich gelehrt, sie ist eine berühmte Wahrsagerin". "In der Kölner U-bahn werde ich oft von jungen Leuten gefragt, ob ich aus der Hand lesen kann," sage ich lachend. "Bitte, es ist wichtig für mich, sag mir, was du siehst!"
Ich sehe eindeutig den Umriß der Wüstenblume, dahinter den Davidsturm, meinen Ausgangspunkt.
Ramon sieht mich freundlich an, seine Stimme klingt sehr ruhig, ernst:"Willst du mich zum Manne haben?" "Ja." Meine Antwort unter dem Diktat seiner bittenden Augen ist klar und entschieden. Ein so ganz anderes Ja als vor 31 Jahren auf dem Hamburger Standesamt, als ich im sechsten Monat schwanger, Rex ehelichte - den falschen Mann zur falschen Zeit.
"Du hast viel gelitten in deinem Leben", sagt Ramor , "wenn du meine Frau bist, wird dich niemand mehr verletzen."
Die Erregtheit seines Körpers löst sich in einem tiefen Seufzer, wie ein Aufatmen nach langer Ungewißheit.
Er umarmt mich sanft:"Wie fühlst du dich, was fühlst du?" Ich entwinde mich seinen Armen, drehe mich um mich selbst:"Ich bin leicht wie eine Feder. Ich, ich bin eine rosa Wolke, ich bin eine Taube..."
Ramor fängt mich lachend auf, bevor ich im Taumel in die Dekoration falle. Er zieht mich vor den Spiegel. Weiß Gott, wir sind ein schönes Paar! Jetzt fühle ich mich wie eine echte Zigeunerbraut, aber so ganz geheuer ist mir unsere Verlobungszeremonie nicht.

Vollmond über Jerusalem. An Einschlafen ist nicht zu denken. Die Bilder überschlagen sich. Es reißt mich hoch zu einem Freudentanz über das Flachdach, zwingt mich auf die Knie zu einem Dankgebet, zu einem Gruß an die Großmutter irgendwo Richtung Mekka, die mir diesen herrlichen Enkelsohn zugedacht hat. Bis zu seinem elften Lebensjahr hat sie ihn gelenkt und behütet. Seine Augen schimmerten samtig feucht, als er von seiner

Kindheit in dem Beduinendorf am Roten Meer sprach, alle Sehnsucht in einem knappen Satz ausgedrückt.
Ich sah dabei meine Bayreuther Kindheitsidylle vor mir, die angrenzenden Wälder und Kuhdörfer ... "Du brauchst die Natur ebenso wie ich", sagte er, "sie gibt uns Kraft." "Ja. Woher weißt du..." "Ich sagte dir doch, ich kann deine Gedanken lesen."

Am nächsten Morgen begrüßt Ramor mich im Laden nur flüchtig. Er ist mit dem Einsortieren von Schuhschachteln in die Regale beschäftigt. Immer wieder krümmt sich sein Rücken zu Boden, richtet sich auf, und ich denke, nein, dieser stolze Mann ist nicht zum Knecht, sondern zum Herrscher geboren, ich schwöre dir, ich hol´ dich da raus!
Die Diskrepanz zwischen seiner Erscheinung und seiner Tätigkeit stößt mir schmerzhaft auf. Er hat mir nur erzählt, daß er hier für einen Hungerlohn als Verkäufer arbeitet. "Entschuldige, ich habe zu arbeiten", sagt er fast unwirsch, "mach dir einen schönen Tag."
Etwas enttäuscht besuche ich seine drei besten Freunde, Beduinen, die ihre Läden um die Ecke haben. Wann auch immer ich aufkreuze, inzwischen zum neunten Mal innerhalb von drei Jahren, begrüßen sie mich charmant, liebevoll und respektvoll als "Königin der Altstadt". "Du siehst aus wie Liz Taylor, nur viel schöner", schmeichelt mir Amin. Hadid schätzt meine Klugheit und Zalaff mein Temperament. Ramors Freunde, meine Freunde. Unsere einzigen Mitwisser einer ungewöhnlichen Liebe, einer unerlaubten Ehe.

Auch die nächsten Tage keine Einladung, keine Verabredung. Ich habe noch eine Woche Zeit für meine Spurensuche.
Auf dem Tempelberg lasse ich mich von einem der herumwimmelnden Guides zu einer kostenlosen Führung durch die biblischen Stätten überreden.

Er ist ein stattlicher, gebildeter Mann, gerade geschieden, das Haus wartet auf die nächste Frau, ich gefalle ihm außerordentlich, bin zur Besichtigung eingeladen. Ich lüge ihm etwas von meiner glücklichen Ehe in Köln vor, das macht sein geschwollenes Glied unter seinen engen Flanellhosen noch steifer, ich übersehe es höflich. Gerade als ich meinen rechten Fuß in den

unterirdischen heiligen Tränensee tauche, umklammert er mich auf der steilen Treppe von hinten, reibt sich einmal an meinem Po und schon schießt der Potenzüberschuß ins weiße Tempotaschentuch.
"Verzeihung", sagt er und fragt höflich an, ob er mich auch bedienen darf. Es ist einfach saukomisch und ich lehne dankend ab.
Als Kavalier besteht er darauf, mich ins Hostel zurückzubegleiten. Am Damaskus-Tor haben wir eben untergehakt eine verkehrsreiche Straße überquert, als es mich von seiner Seite reißt. Wie von einem Scheinwerferspot erfaßt, wende ich den Kopf automatisch zur anderen Straßenseite - da sitzt Ramor neben anderen Männern auf den Hockern vor einem Shop aufgereiht und winkt mir zu. Ich winke ertappt zurück. - Meine erste Erfahrung mit der Strahlkraft seiner Aura, die mich aus fast siebzig Metern Entfernung berührt hat.
Als ich ihm die Geschichte am nächsten Tag erzähle, lacht er nur. "Ich kenne den Mann. Er sucht eine Frau", sagt er. "Ich muß dir noch etwas beichten."
"Bitte?" "Ich hab mich morgen mit Habil verabredet, er will mir das Tote Meer zeigen." "Tu was dir beliebt, aber paß auf dich auf!"

Habil ist Caffeehausbesitzer und ehrwürdiger Familienvater. Hinter der Ladenkasse hat er mir seinen Schwanz gezeigt, groß und fett. Igitt. Jeder Araber hat hier angeblich den größten, protzt damit herum. Vielleicht probiere ich ja doch noch einen aus, bevor ich mich ewig binde? Noch hat Ramor mich nicht berührt...
Am Morgen wache ich erotisiert auf, die Finger am Kitzler, Spontanorgasmen, abwechselnd das Gesicht von Habil und Ramor über mir.
Am Treffpunkt warte ich zwei Stunden vergeblich auf meinen Galan. Widme mich schließlich mißlaunig und doch irgendwie erleichtert meinen historischen Pflichtbesuchen. Am folgenden Tag sitzt Habil bleich hinter der Kasse, entschuldigt sich - er hatte vierundzwanzig Stunden lang Dünnschiß. "Na, wie war dein Ausflug?" fragt Ramor, seine Augen funkeln übermütig. Ich berichte wahrheitsgetreu. "Wie oft bist du gekommen?" "Dreimal. Woher ..." "Das war ich. Mit meiner Zunge." Er zeigt sie mir und mir wird schwindelig. "Dann hast du Habil auch die Scheißerei geschickt?" "Klar."

Ich begebe mich in Kackstellung und wir prusten gemeinsam los. Er wird sofort wieder ernst. "Ich wollte nicht, daß er dich berührt. Du gehörst jetzt mir." "Ja." "Vielleicht können wir heute abend zusammen sein. Erwarte mich um zwanzig Uhr am Jaffagate." Endlich!

Bewundernde Pfiffe, als ich in den klapprigen VW-Bus steige. Neben Ramor sitzen noch zwei junge Burschen. Wozu? Die kurze Fahrt endet am Damaskus-Tor, in dem Zweiggeschäft der Freunde, exclusiv. Ich werde mit arabischer Musik begrüßt, ein junger Verwandter tanzt mit mir, Ramor sieht zu und bedient Kunden. Amin läßt mich ein prächtiges Beduinenkleid mit Brautkrone anprobieren. Ja, sagen Ramors Blicke, so gefällst du mir. Wenig später winkt er mich die Treppe hoch in den oberen Raum. "Komm, ich zeig dir unsere Teppiche." "Wunderschön." Wir sitzen voreinander auf dem Boden, seine Hand in meiner Scham, ich explodiere. "Beruhige dich, Liebling, ich hole uns Tee". Dann knie ich vor ihm, küsse sein nerviges Glied, er ergießt sich kraftvoll in meinen Mund. Beben, Wonneschauer. Er umarmt mich zärtlich. "Bis gleich." Immer mehr Kunden strömen in den Laden. Ich sitze benommen herum. Ramor entschuldigt sich, er muß eine Touristengruppe betreuen, ist bis Mitternacht beschäftigt. "Wir sehen uns morgen." Er übergibt mich einem Neffen Amins, der mich zu einem berühmten Aussichtspunkt auf den Ölberg fährt. Auch dieser Knabe schwärmt von reifen, europäischen Frauen und ist untröstlich, als ich mich nicht küssen lasse. Der Abend ist mir versaut. Trotzdem schlafe ich glücklich ein. Ramors leiden-schaftlicher Blick verfolgt mich in den Traum.

Meine Abreise steht bevor. Ich muß noch für zwei Tage nach Tel Aviv. Der israelische Freund eines Kölner Homopaares gibt mir zu Ehren eine Party. Ramor gibt mir zwei Telefonnummern von Freunden, in deren Häusern er ein Zimmer hat, falls ich ihn im Laden nicht finde.
Tobias ist weltoffen und künstlerisch interessiert. Die eingeladenen Gäste sind vorwiegend jüdische Emigranten, Künstler, Homos. Fast wie zu Hause in Kölner Insider Kreisen. Interessante Gespräche, eine friedliche Atmosphäre. Dennoch sehne ich mich nach meinem wortkargen Ramor, kann natürlich den Mund nicht halten und schwärme von ihm, wie ein verliebter Teenager.

"Das klingt ja wie eine Geschichte aus 1001 Nacht", finden alle und wünschen mir viel Glück. Nur Tobias warnt mich, besorgt, ich sei einem der typischen Heiratsschwindler aufgesessen.
"Aber er weiß doch, daß ich kein Geld habe!" "Das glaubt er dir nicht. So wie du aussiehst, hält dich hier jeder für eine reiche, berühmte Schauspielerin. "Schön wär´s." "Wir gönnen dir ja dein Glück, aber sei vorsichtig. Den Arabern kann man nichts glauben - sie sind einfach die besten Märchenerzähler der Welt."
So muß ich von Anfang an die Ehre und Wahrhaftigkeit meines geliebten Mannes gegen Vorurteile, Mißtrauen und Unterstellungen verteidigen, auch eigene Zweifel vertreiben.
Aber instinktiv weiß ich, daß ich Ramor und seinen Freunden vertrauen kann, alle vier haben offene, ehrliche Gesichter. Als ich bedauerte, daß ich ihnen nichts abkaufen kann, weil ich nur eine arme Künstlerin bin, meinte Amin:"Oh nein, du bist nicht arm - du bist reich in deiner Secle, das ist wichtiger als alles Andere."

Ramors Stimme klingt aufgewühlt. "Bitte komm sofort, ich habe auf dich gewartet!" Das Zweiggeschäft ist voll mit Kunden. Ramor bedient hinter dem Ladentisch, sein Gesicht ist maskenhaft starr, leuchtet kurz auf, als ich hereinkomme. Amin zieht mich in eine Ecke:"Ramors Großmutter ist vor zwei Tagen gestorben. Er hat sie sehr geliebt, sie war der wichtigste Mensch für ihn. Aber er ist nicht zur Beerdigung gefahren, aus Angst, dich nicht wiederzusehen." Ramor kommt zu uns, fährt Amin an:"Du solltest ihr das nicht sagen!" Tränen schießen aus seinen Augen, er rast zur Toilette, kommt wenige Minuten später gefaßt zurück. Wir stehen uns gegenüber, seine kräftigen Hände liegen zu Fäusten geballt auf der Theke, zittern leicht. Ich berühre sanft die Rechte:"Herzliches Beileid." Er zieht sie zurück, sagt fast barsch:"Das ist meine Angelegenheit." "Ja. Ich fahre morgen." "Ich weiß. Sie war der einzige Mensch, der mich verstanden hat. Jetzt habe ich nur noch dich. Bitte, komm morgenfrüh in die Davidstraße."

Der plötzliche Tod der Großmutter erscheint mir als gutes Omen für unsere Verbindung. Sie hat jahrelang siech gelegen und ist jetzt beruhigt eingeschlafen, weil wir uns gefunden haben. Noch einmal tanze ich im

Freudentaumel über das Dach, liege auf den Knien. Danke Gott. Mit hocherhobenen Armen danke ich für das Wunder dieser Begegnung, danke Großmutter Bani und schwöre ihr, daß Ramor in meinen Armen für immer geborgen ist, daß ich für ihn sorgen werde als Geliebte, Mutter und treue Gefährtin in aller Not. Mir ist, als sähe ich ihr weises Gesicht aus den Dunstschleiern vom Toten Meer her auftauchen, als lächle sie mir zu.
Ramor geht vor mir her zu einem Straßencaffee. Seine Gesten und Bewegungen sind gleichzeitig lässig und beherrscht, geschmeidig und gespannt. Ich rücke an seine Seite. "Nein", sagt er, "setz dich mir gegenüber, dann können wir besser sprechen, Auge in Auge."

Noch nie in meinem Leben bin ich so dirigiert worden, habe so brav pariert wie in den wenigen Stunden an seiner Seite, unter seiner beherrschenden Persönlichkeit.
"Ich sehe dir an, du hast doch noch einen Wunsch", sagt er. Schon wieder ertappt. "In Zalaffs Laden habe ich einen alten Bauchtanzgürtel entdeckt. Ich möchte darin für dich tanzen. Aber er verlangt einen Tausender dafür." "Wieviel kannst du ausgeben?" "Höchstens sechshundert" "Gib mir fünfhundert. Ich bringe ihn dir. Warte."
Schon ist er zurück mit einer schweren Plastiktüte. "Du hast Geschmack. Den Gürtel hat meine Großmutter getragen. Ein Erbstück." "Wirklich?" Ein minimales Zucken seiner Augenbrauen zeigt mir, daß er überflüssige Fragen nicht liebt.
Wir wissen so gut wie nichts und doch alles voneinander. "Was hast du noch auf dem Herzen?" "Wann bist du eigentlich geboren?" "In dem schlimmsten Jahr deines Lebens." Ich überlege kurz - Scheidung und Geburt meines Sorgenkindes Ingo - "1960?" "Genau." "Aber dann könnte ich ja deine Mutter sein..." "Eben das liebe ich."
Ich liebe seine mit Bescheidenheit gepaarte Selbstsicherheit, sein gezügeltes Temperament, seinen Humor, seine Erotik, seine Wildheit, seine Reife - einfach alles.
Plötzlich erinnere ich mich an die Scene vor dem Spiegel im Stasi Knast - fremde Augen gehen durch mich durch, verschwinden, kommen wieder, Sphinx Augen, ägyptische Augen ... Es ist ausgeschlossen, daß er mein Buch gelesen hat. "Warst du schon einmal bei mir?" "Ja. Als du im

Gefängnis warst. Ich war immer bei dir. Sie haben mich heruntergeschickt, um dir zu helfen." "Und warum treffen wir uns erst jetzt?" "Schicksal. Ich habe auf dich gewartet."
Ich vertraue ihm bedingungslos und mein Glaube an seine magischen und telepathischen Kräfte ist sicherer als das Amen in der Kirche.

Ein letztes Mal sehen wir uns in seinem Laden in die Augen. Ramor steht unbeweglich hinter der Theke, die Vibration zwischen uns ist fast unerträglich. "Es ist nicht nur Sex", sagt er leise, "es ist einfach alles - mein Körper, meine Seele, mein Geist ..." Eine Welle tiefster Zuneigung schwemmt in meine Augen und ich schluchze:"Ich kann nicht mehr leben ohne dich." "Willst du mich traurig machen? Willst du das wirklich?" erwidert er streng und kämpft selbst mit den Tränen. Ich lächle ihn an. Er bleibt ernst, fährt sich mit dem Handrücken über die Stirn: "So viele Gedanken gehen durch meinen Kopf ... Meinst du nicht auch, in Italien könnte man mich für einen Sizilianer halten?" "Ganz sicher - mit deinem Riesenschnäutzer, deiner langen Adlernase und deinen üppigen Lippen fällst du da kaum auf." "Danke." "Bitte. Vielleicht engagiert dich Fellini vom Fleck weg." Wir lachen befreit. "Und mach dir keine Sorgen wegen dem Begräbnis. Spätestens am zehnten September schicke ich dir das Geld." "Ich danke dir!"

Ich habe darauf bestanden, ihm zu helfen, als er mit bitterem Unterton erzählte, daß er als Stammesältester für alles aufkommen muß. Eine Woche lang versammelt sich die Sippe, trauert, feiert, tanzt und frißt auf seine Kosten, runde Zehntausendmark. Genau meine Filmgage für meine Drehtage in Karlsbad Ende August - das ist mir die Großmutter wert. Mein Obulus für eine gesegnete Himmelfahrt.
Unser letzter Händedruck ist wie ein gegenseitiges Treueversprechen. "Ruf´ mich sofort an, wenn du zurück bist." "Du wirst von mir hören."

Die Heimkehr
In Haifa erwische ich gerade noch die griechische Mammutfähre und verstaue mein Gepäck auf Mitteldeck. Eigentlich wollte ich mich sofort schlafen legen und von Ramor träumen. Aber der tiefhängende Vollmond

verstärkt mein Herzflattern und verführt mich zu drei Flaschen Bier und einem Rundgang durch das Schiff. Kaum habe ich auf dem Oberdeck eine einsame Bank gefunden, setzt sich ein attraktiver, schöner Grieche in Kapitänsuniform neben mich und macht mir Komplimente. Schade. So eine Traumfigur fehlt mir noch in meiner Sammlung. Zu spät, ich bin vergeben. Als er meinen Busen betatscht, haue ich ihm auf die Finger und erkläre meine Unantastbarkeit als Frischverlobte. Das respektiert er und lädt mich galant zu einem Whisky in seine Kajüte ein. Dagegen habe ich nichts.

Während ich so Einiges über das erbärmliche Junggesellenleben eines Kapitäns auf hoher See erfahre, kippen wir Whisky wie Wasser. Der Glanz schrumpft, das Glied schwillt. Schon wieder ein Notständler. Da zieht er - gegen die Abmachung - das häßliche Monster aus der blütenweißen Hose und bettelt um Einlaß. Ich bleibe unerbittlich und sehe ungerührt zu, wie er sich abmüht. Er robbt, auf den Knien wichsend, zu meinem Sessel und stöhnt:"Laß mich wenigstens deine Schenkel sehen!" Ich schwanke zwischen Mitleid und Veachtung und lüpfe den geschlitzten Rock bis zum Slip. Er bäumt sich auf, schlägt sein Ding gegen meine dunkelgebräunten Oberschenkel und schon rinnt der Schleim mein linkes Bein hinunter. Ich gebe ihm einen Fußtritt, er schlüpft in seine Pantoffeln und ich verabschiede mich, Türen knallend, von Ekel geschüttelt.

Das Pärchen neben meinem Lagerplatz schläft schon. Ich sitze heulend an der Reeling, geplagt von Selbstvorwürfen. Wenn ich nicht gesoffen hätte, wäre das nicht passiert. Ach Ramor, ich bin deiner Liebe nicht wert ...

Drei junge Israeli mit Bierflaschen in den Händen tauchen auf und wollennicht begreifen, daß ich allein sein will. Sie werden immer aufdringlicher, ich immer wütender. Einer greift mich brutal um die Taille und ich verpasse ihm die Ohrfeige, die ich dem Kapitän hätte geben sollen, als er den Hosenschlitz öffnete.
"Verschwindet sofort, oder ich rufe den Bordoffizier!" schreie ich wie eine Furie und schwinge mich im Reitersitz auf die Reeling, umklammere mit beiden Händen die obere Stange, um das Gleichgewicht zu halten. Endlich verschwinden sie kichernd. Der Mond steht jetzt hoch über mir, sein Silberteppich mischt sich mit der schäumenden, von den Schiffsschrauben aufgewühlten Gischt. Ich starre hinunter in brodelnde Wirbel, schwarze

Löcher, der Abgrund zieht mich magisch an, mein Elend auszulöschen. Ach Ramor, es war nur ein kurzer Traum! Es ist besser, ich sterbe, bevor ich dich leiden mache, zuviele Männer haben meinen Leib befleckt ...
Die Wirkung des Alkohols schläfert mich ein, ich spüre, wie sich mein Griff lockert. Nein, loslassen werde ich nicht. Das Schicksal soll entscheiden, ob ich würdig bin, deine Frau zu sein. Bitte verzeih´ mir, ich liebe dich ...
"Hei! Was machen Sie da? Kommen Sie sofort herunter!" Auf dem Oberdeck steht der Bordoffizier - mein Retter - mein Schutzengel? Es ist weit über Mitternacht. Der Alp ist vorbei. Ich schlafe erlöst ein, wache fröhlich auf.
Als ich nach meiner Handtasche unter dem Schlafsack greife, ist sie merkwürdig leicht. Nichts mehr drin, außer meiner Geldtasche mit ein paar deutschen Markstücken. Das können nur die unverschämten Kerle gewesen sein! Scheiße! Alle Papiere, Personalausweis, Adressbücher, Telefonnummern, Visitenkarten - futsch! Der Schock währt nicht lange. Alles ist ersetzbar. Mein Paß liegt in der Rezeption, Proviant habe ich noch, Ramor wird sich melden, wenn ich nicht anrufe.
Der Gedanke, daß meine für die Burschen unbrauchbare Vergangenheit jetzt vielleicht im Mittelmeer schwimmt, anstelle meiner Leiche, stimmt mich ausgesprochen heiter. Wieder ein gutes Omen für eine neue Zukunft.Ich finde ein verdecktes Plätzchen auf Oberdeck und genieße die Morgensonne, splitternackt auf den Holzdielen ausgestreckt. Ramor Bani, ich liebe dich - ich jubiliere den Namen meines Geliebten in den wolkenlosen Äther, Tonleitern, Sprechübungen, die ganze Skala rauf und runter, wie ein Mantra - es klingt wunderbar, es ist wunderbar!

Im Nachtzug von Brindisi bis Rom fahre ich schwarz, penne unkontrolliert auf meinem Schlafsack im Gang. Die Telefonnummer einer deutschen Bekannten in Rom habe ich im Kopf, sie wird mir das Geld für die Rückfahrt leihen. Ich telefoniere vergeblich, sie ist nicht da. Ein dummer Stolz verbietet mir, die Fellini Produktion um Hilfe zu bitten, und ich setze mich kurzentschlossen in den nächsten Zug nach München.

Wehmutstränen fließen, als ich an mein Stardasein in Rom denke. So überrascht mich der Schaffner auf dem Gang, hört sich freundlich meine abenteuerliche Geschichte an. Als ich mich als Fellini Star zu erkennen gebe, ist seine Freude groß. Mein Profil überzeugt ihn, er hat mich in dem Film - Die Stimme des Mondes - als Duchessa d´ Alba, an der Seite von Paolo Villagio gesehen. Nun stehe ich leibhaftig vor ihm, als verlotterte, halb verhungerte Tramperin. Bis zum Personalwechsel will er mich schwarz mitnehmen - aber was dann? Meine Tränen fließen hemmungslos. Ein kleiner dickleibiger Italiener in Seppelhosen hat interessiert zugehört und tröstet mich in waschechtem, bayrischen Dialekt. Er will mir die Fahrt bis München bezahlen in festem Vertrauen, daß ich ihm das Geld zurück schicke. Er ist Sizilianer und arbeitet seit sechsundzwanzig Jahren im Münchner Höfbräuhaus als Kellner, ist glücklicher Familienvater. Natürlich umarme ich ihn überschwenglich.Es wird eine lustige Heimfahrt. Der Erzählfluß reißt nicht ab und wir teilen uns die Wegzehrung seiner sizilianischen Mama - Salami, Käse, Oliven, Chianti. Im Liegewagen ist noch ein Platz neben ihm frei und nach all den unverhofften Genüssen schlafe ich selig ein.
Ein leises Keuchen neben meinem Kopf weckt mich auf. Ich blinzle aus den Augenwinkeln, nichts Gutes ahnend. Da stiert der glückliche Familienvater mit geilen Blicken auf meinen halb entblößten Busen und reibt sich einen ab. Notstand, wohin ich blicke. Anscheinend ziehe ich in südlichen Regionen die Männer an wie Fliegen, sie wittern meinen Sex. Sollte mir eigentlich schmeicheln, daß mein Alter sie nicht stört.
Aber Samariterin und Märtyrerin für die Liebe war ich lange genug, das Maß ist voll. Ich täusche einen tiefen Traumseufzer vor und drehe mich abrupt zur Wand. Die Schläfer über uns schnarchen. Schnell kommt´s ihm und bald schnarcht auch er.
Meine Gedanken an Ramor, der so ganz anders ist als alle Männer, die ich je erlebt habe, halten mich noch lange wach.
Bei meinen Münchner Homofreunden Heinz und Werner leihe ich mir Geld und erhole mich einen Tag von den Strapazen der langen Fahrt heim ins geordnete Leben, ins tote Leben im grauschwarzen Deutschland.
So sind sie die ersten Zeugen, die mein orientalisches Abenteuer wohlwollend, skeptisch und amüsiert belächeln. Daß ich glücklich bin, sieht

man mir an. Die reine Lebensfreude sprüht aus meinen Poren. - Aber, aber Kindchen! Genieße den Augenblick, doch hüte dich vor dem bösen Erwachen! Der Kommentar meiner Sommerhäuser Freunde, die ich auf der Rückfahrt kurz besuche, ist noch drastischer. "Typisch Norma", bemerkt Ulrich trocken, während Marlies sich ereifert:"Das bist doch nicht du, das spielst du dir nur vor - du brauchst nur mal wieder Stoff für deinen nächsten Roman ..."
Wir haben uns nichts mehr zu sagen. Ist romantische Liebe im realen Leben nicht mehr erlaubt?

Eine Stunde nach meiner Heimkehr schrillt das Telefon - Ramor. "Endlich bist du da! Was ist passiert?" "Naja," sage ich leichthin, "nichts Schlimmes. Ich bin auf dem Schiff beklaut worden." "Du warst in Lebensgefahr! Ich habe es gefühlt und für dich gebetet." "Wann?" "Kurz vor Mitternacht." "Da habe ich auf der Reeling gesessen und ..." "Ich weiß. Erzähl es mir später. Paß auf dich auf. Ruf mich wieder an. Ich liebe dich."

In Windeseile spricht es sich in Köln herum, daß die verrückte Norma in einen jungen Wüstenscheich verliebt ist. Man ist ja so einiges von ihr gewöhnt, aber dies ist doch wohl der Gipfel an Unvernunft und Naivität, auf so einen arabischen Schwindler hereinzufallen! So was treiben die doch mit jeder erstbesten Touristin, um an ihr Geld zu kommen!
Neidische, mißtrauische, bedenkliche, besorgte Stimmen in allen Variationen prallen an mir ab. Ich kann das in mir wogende Gefühl sehr klar unterscheiden von meinen früheren Verliebtheiten und Sex-Abenteuern und weiß, daß ich zum ersten Mal von einem ebenbürtigen Partner in meinem innersten Wesen erkannt und wiedergeliebt werde, so wie ich bin.
Wolfgang, mein verflossener Liebhaber, ist tief getroffen, daß ein Jüngerer an seine Stelle getreten ist und die heimliche Küsserei und Fummelei ein Ende hat.
In meinem neu entstehenden Adreßbuch ist kein Platz mehr für lebende Leichen, Zweifler und Nörgler. Alte Freunde werden abgehakt, neue kommen hinzu. Spirituelle Menschen, vor allem Frauen, die an meine große Liebe glauben.

Der nette Blumenhändler neben dem Pressehaus des Kölner Stadtanzeigers in der Breite Straße bringt es auf den Punkt, als ich heranschwebe und einen Strauß Sonnenblumen kaufe:"Mein Gott! Sie strahlen ja wie die leibhaftige Sonne. Sie sind bestimmt die glücklichste Frau von ganz Köln!" "Bin ich auch!" Man sieht´s mir einfach an - die Liebe hat mich um zehn Jahre verjüngt. Ganz abgesehen davon, daß die Araber mich auf höchstens vierzig einschätzen, weil ich mich nicht wie eine Oma kleide und bewege.

Die Dreharbeiten in Karlsbad für den Kinofilm "Die Tigerin" mit Karin Howard als Regisseurin sind erfreulich.Natürlich macht meine Geschichte die Runde und anscheinend entwickle ich in meiner Beschwingtheit einen mir bisher fehlenden Charme, denn entgegen aller Gepflogenheiten bekomme ich vom Produktionsleiter den Scheck für meine Gage an Ort und Stelle - mit Gruß an den glücklichen Empfänger in Jerusalem.
Als ich Ramor anrufe, bedankt er sich eher nüchtern als überschwenglich für die Überweisung. Jede Spur von Sentimentalität geht ihm ab. Das gefällt mir, denn ich habe zuviel davon. Sie überdeckt und verflacht das echte Gefühl. Noch weiß ich nicht, daß Ramor sie mir Schritt für Schritt austreiben wird.
Er unterscheidet haarscharf zwischen Gefühls- und Geschäftswelt. In seiner Seele ist er hochromantisch und sensibel wie ich. Im täglichen Überlebenskampf ist er knallharter Realist, der sich keine sentimentalen Regungen leisten kann.
"Wenn du meine Frau bist, werde ich dich von innen und außen verändern", sagte er vor unserer Verlobung, "ich werde deine Kleidung und deinen Schmuck aussuchen, über dein Geld verfügen, über alles. Willst du das?"
Verwundert über mich selber, habe ich nur ergeben genickt und dabei an den Rosenkavalier gedacht: Ja. "Du sollst mein Herr und Gebieter sein." Alles was du bestimmst ist richtig und gut für mich, weil du mich achtest und liebst -

Meine bereits in der "Aktuellen Stunde" von WDR 3 ausgeplauderte, geplante Übersiedlung nach Rom wird fraglich. Das zum Verkauf angebotene Jugendstilhaus - noch wohne ich darin - hat den Besitzer

gewechselt. Der neue Makler will sich nicht an die Abmachung halten und ich räume erst, wenn er mir die volle Summe ausbezahlt.
Oft rufe ich Ramor im Geschäft an und seine warme Stimme tröstet mich über die zermürbende Wartezeit hinweg. Eines Nachts treibt mich die Sehnsucht um und ich wähle seine private Nummer. Diesmal klingt seine Stimme besonders dunkel und zärtlich: "Wo bist du?" "Im Bett. Ich kann nicht einschlafen." "Ich auch nicht. Was hast du an?" "Nichts. Ich schlafe meist nackt." "Ich auch. Siehst du mich vor dir?" "Immer." "Wie siehst du mich jetzt?" "Du kniest über mir..." "Schling deine Beine um meinen Hals. Küß mich!" Wir stöhnen gleichzeitig. Seine Regieanweisungen sind wie lebendig gewordene Bilder aus dem Kamasutra. Wie lange habe ich im Rausch des Orgasmus geschrien? Eine Minute, eine Stunde? Eine Ewigkeit? Als läge er neben mir, höre ich Ramors Stimme: "Beruhige dich, Liebling. Nimm alles nach Innen."
Noch halb bewußtlos dämmert´s mir, daß ich als Juli geborener Löwe immer viel zuviel gebrüllt habe.
Bei der Geburt meiner Tochter, bei vorgetäuschten Orgasmen, bei Ungerechtigkeiten. Ramor ist Skorpion - leidenschaftlich, sanft und verinnerlicht. Ja, an seiner Seite werde ich mir mein unkontrolliertes Gebrüll abgewöhnen, das so garnicht zu meiner zarten Seele paßt.
Mein Ascendent ist Skorpion - Feuer und Wasser in einer Person - mit diesen gegensätzlichen Elementen in mir habe ich oft die Balance verloren und so manchen Liebhaber verschreckt. Ramor scheint sie spielerisch aufzufangen, versteht mich in allen Extremen.
"Wie fühlst du dich, Liebste?" "Ich bin sehr glücklich." "Danke." "Willst du mich wirklich heiraten? Mit Standesamt und so?" "Ich heirate dich auf meine Weise. Du wirst es sehen. Hab Geduld." "Du bist ein sehr außergewöhnlicher Mann." "Und du bist eine sehr außergewöhnliche Frau. Ich liebe dich."
Wir versprechen uns, immer offen und ehrlich zueinander zu sein.
Erst als ich den Hörer auflege, wird mir bewußt, daß unsere erste sexuelle Vereinigung über Ätherwellen stattgefunden hat - Liebesströmungen in den Kosmos ausgestrahlt ...

Freundin Birgit erstellt unsere Horoskope und auch die Sterne bestätigen, daß unsere gegenseitige Faszination schicksalhaft verkettet ist. Unsere Konstellationen zeigen - wir sind die optimale, ideale Ergänzung füreinander, eines der seltenen, füreinander bestimmten Paare, die sich auf dieser Erde finden. Später stellt sie aufregende Zusammenhänge zwischen Ramors Konstellationen und kosmischen und weltpolitischen Vorgängen fest ...
Bei Margit mache ich meine erste Rückführung in frühere Leben.
Unabhängig von mir sieht auch sie mich in fünf verschiedenen Geschichtsepochen und unglücklichen Verbindungen mit Ramor.
Eine Scene davon kommt mir bekannt vor. In meinem Lustgarten zur Zeit Ramses II. Es ist eindeutig der schweißnasse, gebeugte Rücken meines geliebten Wüstensohnes, der mit abgewandtem Kopf Stein um Stein auf die Mauer schichtet, von meiner Reitgerte angetrieben. Ich mache mich hoch zu Roß über meinen Sklaven lustig und peinige ihn weil er sich erdreistet hat, mir einen schmachtenden Blick zuzuwerfen ...

Nach einer Meditation sagt Margit:"Früher mußte Ramor für dich Felsblöcke schleppen, jetzt sind daraus leichte Schuhschachteln geworden und es ist deine Aufgabe, ihn auch von dieser Bürde zu befreien. In dieser Inkarnation hast du die dienende Rolle und mußt dich ihm bedingungslos unterwerfen. Wenn es euch gelingt, euer gegenseitiges Karma in liebender Harmonie aufzulösen, seid ihr vom Rad der Wiedergeburt befreit."
Es klingt ungeheuerlich, was sie ausspricht und bestätigt doch nur mein eigenes intuitives Wissen über die Einmaligkeit dieser Begegnung und erklärt auch mein bisheriges Verhalten. Ob instinktiv oder von geheimen Mächten gelenkt - ich habe richtig gehandelt.

Alle Aktivitäten der nächsten Wochen sind auf Abschied gerichtet. Ich habe ein Besuchervisum für Ramor bei der Deutschen Botschaft in Tel Aviv beantragt. Spätestens im Oktober werde ich das Maklergeld haben und mit ihm eine Reise durch Deutschland und Italien machen. Danach können wir gemeinsam entscheiden, wo wir wohnen wollen.
Meine Liebesgedichte spiegeln mein neues Bewußtsein wieder. Ich übersetze sie für Ramor ins Englische, schicke ihm Kassetten mit

klassischer Musik, zuletzt Mozarts Zauberflöte. "Nun, wie gefällt dir unsere Musik?" "Oh", sagt er begeistert, "sie ist wunderschön, so wie du!" Alles was Ramor sagt, trifft ins Schwarze, hat Hand und Fuß, Herz und Verstand.

Am 6. Oktober seine verstörte, leise Stimme am Telefon:"Bitte, ruf mich sofort zurück!" "Was ist los?" Er scheint bedrückt, verzweifelt, die Geschäfte gehen schlecht. Ich dränge ihn, mir alles zu sagen. "Wir haben uns doch versprochen, immer offen und ehrlich miteinander zu sein. Also?" Er schluchzt auf - wie ein Kind: "Sie wollen mich ins Gefängnis bringen! Warum immer ich?! Sieben Jahre ist es gut gegangen, warum passiert das gerade jetzt?! Was hat der Hund davon, mich mit reinzureißen, ich habe ihm nichts getan!" -
Ein Freund, der wegen Steuerunterschlagung im Gefängnis sitzt, hat ihn verpetzt. Jetzt ist auch er dran. Zwanzigtausendmark Nachzahlung binnen einer Woche - oder Knast. "Ich werde das Geld auftreiben. Du kommst nicht ins Gefängnis, das schwöre ich dir!" "Ich habe nur dich, ich traue niemandem mehr!" "Ich helfe dir!" "Das werde ich dir nie vergessen." "Wenn du mich betrügst, jage ich dich bis ans Ende der Welt." "Ich weiß. Ich liebe dich." "Ich liebe dich mehr." "Nein, ich." "Ich !!!"
Wir lachen wie glückliche Kinder.

Das Wettrennen um´s Geld beginnt. In Notlügen war ich schon immer erfinderisch. Ich bestelle den Makler zum Hansaring und drohe mit Rechtsanwalt und einer halben Millionen Schadenersatz für einen geplatzten Filmvertrag, wenn ich nicht bis Sonntag bei meinem Produzenten in Jerusalem bin. Tochter Isis kommt wie eine kämpferische Amazone dazu und beschimpft ihn unflätig für die monatelange Verzögerung:"Das Geld bar auf den Tisch, aber sofort!"
Der Herr windet sich tagelang. Stellt erstmal einen falschen Scheck aus, während ich schon das Flugticket bestellt habe. Isis und ihre Freundin Britt machen Rituale für Ramor, schicken ihm weißes Licht. Töchterlein ist eine Wucht. Sie hat freiwillig auf ihren Anteil verzichtet - Erstmal muß Mamas große Liebe gerettet werden! Freitagmittag haben wir Zwanzigtausendmark herausgepreßt, wirklich in letzter Minute.Auch mein Hochzeitsanzug, vorsorglich bei Designerin Miriam bestellt, wird kurz vor Abflug fertig. Ein

Prachtexemplar aus reiner Seide, maßgeschneidert, handbemalt, türkis mit großen hellen Blüten -
Wüstenblumen für Ramor.

II

Die Heirat

Da es nur noch einen Last-Minute-Flug über Kairo gab, lande ich nachts mit Kulturschock in einem schäbigen Hotel. Der erste Eindruck der Siebzehnmillionen Stadt ist beängstigend. Die Scheinchen für Ramor habe ich zusammengerollt, mit Plastik und Mullbinden umwickelt und trage sie als Tampon in der Möse - absolut kein ungutes Gefühl.
Sonntagfrüh stehe ich an der Bushaltestelle nach Jerusalem, warte vergeblich. Sonntags läuft nichts Richtung Israel. Ich kriege einen Tobsuchtsanfall, heule und schreie die umstehenden Ägypter an, die mir raten, ein Flugzeug zu nehmen.
"Scheiße, ich habe kein Geld!" brülle ich in englisch, deutsch und französisch, obwohl ich in meinem Seidenanzug wohlbetucht aussehe. Schließlich erbarmt sich ein Soldat und fährt mich in die Innenstadt zu einem Freund, einem "Taxiunternehmer". "Aber nur wenn du nicht mehr heulst", sagt er, bevor ich in den Jeep einsteige, "Tränen kann ich nicht vertragen."
Ausgerechnet ich, die ihr Herz immer auf der Zunge getragen und ihren Gefühlen freien Lauf gelassen hat, muß von den temperamentvollen Arabern lernen, sie äußerlich unter Kontrolle zu halten, denn auch Ramor runzelt die Stirn, wenn ich meine Emotionen in Gegenwart anderer zeige.
"Top. Es gilt." Der Taxifahrer fährt mich für einen Hunderter den Sinai hoch zur Grenzstation - soviel verdient er in Kairo in einem Monat. Meine anfänglichen Bedenken gegen das klapprige Auto und den wildfremden Mann verfliegen schnell während der endlosen Fahrt durch die Wüste. Wir überqueren den Suez-Kanal, ich sehe die ersten Beduinendörfer, faszinierende Eindrücke. Innerlich jubiliere ich wie Leonore in Beethovens "Fidelio",... singe ihre Arie von der Gattenliebe:"Sieh die Retterin naht!" Gibt es etwas Schöneres, als einem geliebten Menschen in Not helfen zu können? Noch nie habe ich soviel Geld besessen, aber Ramor ist mir jedes Opfer wert.
Er ist unbezahlbar für das Glück, das er mir geschenkt hat.

Nach zehn Stunden Fahrt stehe ich ihm in Amins Laden gegenüber - er schwarz in schwarz, ich in bunten Blüten. Nur ein Händedruck zur Begrüßung, Zittern am ganzen Körper - wir küssen uns mit den Augen, Liebesbezeugung ohne Worte.

Er hat im Old Victory Hotel vier Nächte für mich gebucht, der Besitzer ist ein Freund, Palästinenser. Noch weiß ich nicht, daß Ramor als Araber nur in wenigen internationalen Hotels Zutritt hat, auch hier nicht über Nacht bleiben darf.

Nach Ladenschluß um zweiundzwanzig Uhr wird er zu mir kommen. Zeit genug, mich auszuruhen, mich schön zu machen. Viel zuviel Zeit. Wartezeit. Er klopf stürmisch an, umarmt mich und setzt sich auf die Bettkante. Ich setze mich auf einen Stuhl ihm gegenüber, lese eine ganze Scala von Empfindungen aus seinen sprechenden Augen ab - Hoffnung, Demütigung, Angst, verletzter Stolz, Vertrauen, Demut, Zweifel, Zuversicht - und hinter allem steht die bange Frage:"Hast du das Geld?" Fast scheu sitzt er vor mir, unfähig zur Verstellung enthüllen seine Augen seinen Charakter. Ich bin ganz kribbelig vor Freude, hüpfe auf seinen Schoß. Er wehrt meinen Kuß ab:

"Gib mir erst das Geld." "Hei, du Raubein, das hat Zeit!" "Bitte. Damit ich beruhigt bin und ganz für dich da sein kann."

Recht hat er. Ich überreiche ihm feierlich den Tampon. Er schnüffelt daran, nicht gerade begeistert von meiner Überbringung wie in einem Spionagefilm. "Mach das ab. Bitte." Er zählt die Scheinchen, steckt sie in die Brusttasche, springt erleichtert auf und verschwindet im Bad:"Mach dich bereit. Zieh dich ganz aus."

Entgegen meiner Mentalität stört mich seine Nüchternheit nicht. Sein Ascendent ist Jungfrau - meine erste Erfahrung mit diesem mir fremden Sternzeichen.

Er duscht ausgiebig, viel zu lange für mein ungeduldiges Verlangen. Noch weiß ich nicht, daß er als tiefgläubiger Moslem das Gebot Mohammeds wie ein Ritual befolgt - gründliche Waschung aller Körperteile vor und nach dem Geschlechtsakt. Weiß Gott, so sauber und ästhetisch wie ihn, habe ich noch keinen Mann erlebt. Rein, klar und schön - innen wie außen.

Und kein Mann je zuvor hat meinen Körper so erkannt und genommen wie er. Sanft und wild, tierisch und engelhaft zugleich.
Nach dem ersten Ritt hockt er in Buddahstellung wie ein Glücksgott vor mir. Ich streichle seinen vom selbstlosen Dienen und Mallochen geplagten Rücken, mir vertrauter als sein Glied, mit dem ich mich erst anfreunden muß. Ich habe noch keinen beschnittenen Mann gehabt und muß mich vorsichtig an seine Sensibilität herantasten.
Er liegt mit weitgespreizten Schenkeln unter mir wie eine empfängnisbereite Frau. Während ich über ihm im gemeinsamen Orgasmus zusammenbreche, fallen mir Margits Worte ein:"Wenn ein Araber sich dir ausliefert im Rollentausch zwischen Mann und Frau, ist das sein tiefster Liebesbeweis und im Höhepunkt werdet ihr eine tantrische Verschmelzung von weiblicher und männlicher Energie erleben."
Genau so empfinde ich es. Einmalig, berauschend und jedesmal neu, wie ein Geburtsakt.
Wir rauchen entspannt. Ramor fragt, wieviele Männer ich schon gehabt habe vor ihm. "Oh", sage ich betont verschämt, "vielleicht achthundert, ich habe noch nicht nachgezählt. Und du? Wieviele Frauen?" "Etwa fünfhundert." "Haben die dir das alles beigebracht?" Er tippt sich an den Kopf:"Nein, alles hier drin. Fantasie." Ich habe meinen Meister gefunden.
Als er aus dem Bad wieder ins Zimmer zurück kommt, versuche ich, etwas mehr aus ihm herauszukitzeln, erzähle ihm von meinem apokalyptischen Manuskript und meiner mir von Gott höchstpersönlich zuerteilten Mission, die Institution Kirche abzuschaffen. Ich sehe sein Gesicht im Spiegel des Kleiderschrankes, er bürstet sorgfältig seine buschigen Augenbrauen, sein schwarzes Haar und erwidert lakonisch:"Meine Mission ist es, Geld zu verdienen. Ich bin nur ein einfacher Arbeiter."
Ich glaube ihm kein Wort, ich weiß, er verbirgt mir etwas, worüber er noch nicht reden will.
"Gute Nacht Liebling, bis morgen früh." Weg ist er.

14. Oktober - Hochzeitsnacht
Britt hat mir für meine Hochzeitsnacht einen Ohrclip mit einer blauen Pfauenfeder geschenkt. Am nächsten Morgen ziehe ich ihn an, er paßt wunderbar zu meinem türkisblauen, selbstgenähten Kimono aus Seide,

Stöffchen von Karstadt. Dazu mein roter Zopf von Karneval-Schmitz, an die eigenen Haare geheftet - ich gefalle mir.
Als ich in Ramors Shop mit den Gläsern und Schuhen tänzeln will, halten mich die drei auf Hockern gegenüber sitzenden Freunde auf, holen ihn aus dem Laden. Alle vier haben ernste, irgendwie bedeutungsvoll angespannte Mienen. "Was ist los?" "Du wirst es gleich sehen. Bitte folge uns unauffällig." Wir steigen die Treppe hinter Hadids Laden hoch, eine Eisentür schließt sich geräuschvoll hinter uns.
"Bitte nimm Platz." Zalaff scheint der Wortführer zu sein, wir setzen uns in eine Art Vorraum um einen Tisch. Ramor meidet meine Blicke. "Warum seid ihr so nervös?" frage ich naiv, "habe ich etwas verbrochen?" Ramors Blick streift mich für eine Sekunde, er schüttelt den Kopf, wendet sich wieder ab, die gefalteten Hände zwischen den Schenkeln.
"Im Gegenteil", sagt Zalaff und räuspert sich dreimal, bevor er aufgefordert durch ungeduldiges Mienenspiel von Amin und Hadid, weiterspricht. "Du weißt, wir sind Ramors beste Freunde und uns ist nicht entgangen, daß ihr euch liebt. Aber du mußt verstehen, uns Moslems ist freie Liebe, so wie das bei euch in Europa üblich ist, nicht gestattet, und da haben wir gedacht, wollten dich fragen ..." Hadid unterbricht ihn.
"Entschuldige Norma, daß wir so umständlich sind. Ich bin getaufter Beduine, ich kann dich gut verstehen. Wir wollten dich ganz einfach fragen, ob du Ramor heiraten willst. Wenn du seine Frau bist, könnt ihr zusammen sein, so oft ihr wollt. Du kannst es dir überlegen bis morgen, oder dich gleich entscheiden. Wir geben dir Zeit ..."
Ich kann meinen Freudenschrei kaum noch zurückhalten, sage ganz leise, aber bestimmt:"Da gibt´s nichts zu überlegen! Ich will ihn heiraten, sofort, ich liebe ihn."
Ein Aufatmen geht durch die Runde, nie werde ich den Glücksstrahl in Ramors Augen vergessen. Im angrenzenden Raum, mit Kochnische und Holztisch, scheint schon alles vorbereitet. Ein weißes Blatt Papier, Tusche und Federkiel.

Name, Vorname, Geburtstag, Ort. Ich fülle aus, unterschreibe wie beim Standesamt. Ramor viceversa. Ich unterschreibe, meinem Mann treu zu sein unter Gottes Segen, ich unterschreibe, daß ich an einen alleinigen Gott -

Allah glaube, an die Botschaften der drei Propheten Moses, Jesus, Mohammed. Als Beruf gebe ich Künstlerin an. Ramor, nach dem Zögern einer Viertelsekunde, Händler, Geschäftsmann.
"Irgendwelche gegenseitigen Bedindungen?" "Keine." "Doch", sage ich, "Liebe". "Das ist Voraussetzung". Ein tiefer Blick Ramors trifft mich, dann springt er auf, wandert durch den Raum, Hände hinter dem Rücken. Ich werfe ihm meine Brautgabe hinterher - einen israelischen Penny - wenn wir uns trennen, muß er ihn zurückgeben. Meinen drei Trauzeugen bin ich ein Geschenk schuldig, symbolisch. Zalaff als bevollmächtigter Beduinen Scheich, nimmt die Urkunde in Verwahrung.
"Jetzt dürft ihr euch küssen", sagt er. Ramor ist sichtlich verlegen, flüstert mir ins Ohr:"Bis später. Rede mit niemandem und warte auf mich." Die Freunde bedauern, schon verheiratet zu sein, soviel Verliebtheit mit ansehen zu müssen, ist eine Beleidigung ihres Ehealltags, aber so fängt das Glück immer an ...
Nie wird es zwischen mir und Ramor alltäglich sein.

Die Mittagsglocken läuten, die Muezzine rufen zum Gebet, es ist die Sternstunde meines Lebens, ich fühle mich wie ein unschuldiger Teenager. "Diese Ehe steht unter Gottes Segen und wird glücklich sein", hat Hadid gesagt. Ramor und ich sind gläubige Menschen, auch das eint uns.
Am Damaskus-Tor kaufe ich Obst, Nüsse und frische Pfefferminze, aus der Grillstube gegenüber des Hotels nehme ich ein gebackenes Hähnchen mit. Der Inhaber erzählt mir, daß er von seiner Leitung direkt mit Saddam Hussein telefonieren kann. Ein Gast begleitet mich über die Straße, später, in der Lounge, unterhalte ich mich mit ihm, sein Vater ist Journalist bei der Jerusalem Post. Ich lasse meine unverfängliche Meinungen raus, trinke zwei Glas Wein und gehe auf mein Zimmer, schreibe Ramor ein Hochzeitsgedicht.
Er läßt mich lange warten. Ich kaue unentwegt Pfefferminzblätter mit dem Ergebnis, daß ich stundenlang zwischen kotzen und Durchfall über der Kloschüssel hänge, mit zunehmender Angst, er könne mich so unwürdig überraschen. Gegen zweiundzwanzig Uhr ist das Bauch-grimmen vorbei.
Es klopft energisch und wir liegen uns in den Armen. Dann pflanzt Ramor sich wie ein Pascha vor mir auf. "Was hast du gemacht? Wer war der

Mann, der dich ins Hotel begleitet hat?" Oh weia. Kaum verheiratet spioniert er mir nach? Er hat mir doch gesagt, daß er mir alle Freiheiten lassen wird!
Ich berichte wahrheitsgetreu und bekomme eine erste Ahnung vom Polizeistaat Israel. Ramor ist nur besorgt um mich. "Ich habe dir doch gesagt, laß dich auf keine Gespräche ein. Egal ob du eine berühmte Schauspielerin oder eine reiche Amerikanerin bist. Hier verschwindest du im Gefängnis, wenn du nur einen falschen Satz äußerst, jeder zweite Kneipengast ist ein Spitzel, bitte glaube mir!"
Sein Gesicht verzerrt sich und er stößt heraus:"Ich hasse Politik! Ich will nichts mehr damit zu tun haben!" Ich begreife spontan - er ist in Politik verwickelt und sehnt sich nach der Freiheit, die ich für ihn verkörpere.

Den folgenden Tag verbringe ich dreifach religiös - in der Grabeskirche, der Goldenen Moschee und an der Klagemauer. Als ich mich zwischen die Frauen wage, die Gebete murmelnd, ihren Kopf gegen die Mauer schlagen und wehklagen, geht´s mir nicht viel anders, auch meine Tränen fließen im Gebet um Frieden. Aber auch die Schizophrenie der fanatisch praktizierten, unversöhnlich gespaltenen, verschiedenen Glaubens-richtungen stößt mir auf. In Jerusalem, wo Pilger aus der ganzen Welt zusammentreffen, besonders spürbar, wie ein Fluch des Unfriedens über der Stadt.
Unsere dritte Liebesnacht fällt beinahe aus. Wieder kommt Ramor nachts gegen zweiundzwanzig Uhr zu mir, aber nur um mir zu sagen, daß er mit Freunden nach Tel Aviv muß, bei einer Party kann er den Amerikanischen Botschafter treffen und ihn wegen eines Visums ansprechen. "Schade", maule ich, "ich habe mich besonders schön gemacht für dich." Ich will ausprobieren wie er darauf reagiert und zeige ihm meine schwarze Reizwäsche.
Er stöhnt:"Du verstehst es wirklich, einen Mann verrückt zu machen", reißt sich die Hose runter und ist über mir. Seine Natürlichkeit ist umwerfend, ob mit oder ohne Vorspiel, unsere Wünsche und Gelüste decken und erfüllen sich in vollendeter Harmonie.
In seinem schwarzen Anzug sieht er blendend aus. Ich seufze: 'Du bist einfach zu schön für mich", und pendle mit den Beinen, "weißt du, daß du die romantischste Frau von Deutschland erwischt hast?" Sein amüsiertes Lächeln zeigt mir, wie sehr ich ihm gefalle. "Wirst du wirklich alle

Liebesspiele mit mir spielen?" frage ich noch einmal verführerisch. Er hat die Türklinke schon in der Hand:"Warum fragst du? - Du weißt es doch. Schlaf gut."
Noch nie habe ich mich mit einem Menschen im Wechselspiel der Gedanken und Worte so wohl, so verstanden gefühlt. Gestern Nacht habe ich meinen mageren, etwas faltigen Körper vor ihm aufgereckt:"So wie jetzt werde ich immer aussehen, auch noch mit Siebzig. Aber wenn du dann eine jüngere Frau brauchst, bin ich dir nicht böse." Er sieht mich intensiv von oben bis unten an und sagt trocken:"Ich denke nicht. Ich liebe dich, so wie du bist. Deine Falten stören mich nicht."
Alle Männer der Welt sind in seiner Person für mich vereinigt - ich bin wirklich ein Glückspilz!

Der Abschied im Laden ist kurz und schmerzlos in der Gewißheit, daß wir uns bald wiedersehen werden. Ich habe ihm von unseren bunten Herbstwäldern erzählt und gefragt, ob wir zuerst nach Bayreuth oder nach Salzburg fahren sollen, zusammen eine Mozart Oper erleben. "Das hat Zeit", war seine Antwort, "erstmal machen wir sechsunddreißig Stunden Liebe..." "Zwischendurch essen und schlafen wir..." "Klar. In unserem Liebeszelt. Und wenn wir auf allen Vieren ans Meer kriechen. Die Frauen in meinem Dorf haben ein Palmblatt für dich verbrannt und die Asche ins Meer gestreut, das bringt Glück!"
- Er spricht vom Sinai, ich von Europa - und doch decken sich unsere Wünsche und Vorstellungen.

Ramors Augen leuchten, meine Augen leuchten, als er mir sein Hochzeits- geschenk umhängt - Echter Beduinenschmuck - Collier, Ohrringe, Armreif. "Wunderschön. Ich danke dir." "Ich danke dir. Für alles. Bis bald."
Danach verabschiede ich mich von meinen Trauzeugen. Zaleff ist skeptisch, daß Ramor mich wirklich liebt. "Er ist ein Narziß", sagt er, "er liebt nur sich selbst." Amin bestätigt meinen eigenen Eindruck:"Er ist ein verschlossener Einzelgänger, ein Asket. Normale Frauen interessieren ihn nicht, auch wenn sie ihm scharenweise hinterherlaufen. Er ist anders als wir. Niemand kennt ihn wirklich. Aber vergiß nie, ich habe dir den klügsten Kopf, den besten Händler und den schönsten Körper von ganz Jerusalem anvertraut."

Hadid, den ich erst später schätzen lerne, sagt schlicht:"Ramor liebt dich wirklich. Versuche ihm zu helfen, wenn du kannst. Auch wir helfen ihm, vertraue uns. Er hat Probleme aus der Vergangenheit, politischer und finanzieller Art."
Ich dränge nicht, mehr zu erfahren. Die Beduinen sind nicht so geschwätzig wie wir. Nach und nach wird er sich mir anvertrauen. Als ich ihm gesagt habe, daß ich jetzt nicht nur seine Frau, sondern auch seine treusorgende Mutter bin, hat er tief geseufzt, dann waren seine Gesichtszüge wieder verschlossen. Manchmal sieht er aus wie Fünfzig, welterfahren und weise. Auch wenn er mir manches verbirgt, ist mein Vertrauen grenzenlos. Wenn es an der Zeit ist, wird er mir schon sagen, warum unsere Heirat geheim bleiben muß. Unser Schicksal ist aneinander gekettet und das ist ein verdammt gutes Gefühl.

Nach endloser Busfahrt bin ich spätabends in Kairo, übernachte auf einer Bank im Flughafen und bin eine Woche nach Abflug zurück in Köln - gerädert, aber glücklich.

III

Wartezeit

Die Kölner Scenerie erscheint mir wie ein abgeleierter Schwarzweiß Film, das Kulturgeklüngel geht mich nichts mehr an. Ich warte täglich auf Ramors Anruf vom Frankfurter Flughafen. Er hat seinen Job gekündigt, seine Orientsammlung, sein einziges Kapital im Wert von Einhunderttausendmark in Kisten verpackt, aber das Visum läßt auf sich warten.

Die hämischen Stimmen werden immer lauter - na, wo bleibt denn dein angeblicher Bräutigam? Als auch Freundin Hanna mäkelt, ich solle endlich aufwachen und nicht blind wie ein dummer Teenager in mein Unglück rennen, hat auch diese lange Freundschaft ein Ende. Jeder, der Ramor mit seinem Argwohn verdächtigt, beleidigt auch mich. Niemand außer mir hat ihn erlebt - wie können diese Lästerzungen sich erdreisten, an seiner Persönlichkeit zu kratzen, ihn unbesehen zum Betrüger abzustempeln?!

Um so erfreulicher ist der Zuspruch der Wenigen, die an mein Glück glauben. Britt hat im Westerwald ihr Gartenhäuschen ausgeräumt und für unsere erste Liebesnacht in Deutschland geschmückt.
Heinrich, der ein Auge für meine positive Verwandlung hat, kriegt das Magische meiner Verbindung von Anfang an mit und leiht mir Geld für meine Flüge. Einmal stehe ich im enganliegenden, silbernen Hosenanzug vor seiner Haustür und klingele. Er drückt auf, ich öffne die Tür, bin schon mit einem Fuß im Flur, da greift mir jemand mit einer warmen Hand zwischen die Schenkel. Ich drehe mich blitzschnell um, will dem unverschämten Kerl eine runterhauen - aber hinter mir ist niemand! Ich rase zitternd die Treppe hoch und als ich mich beruhigt habe, sind wir uns einig - das kann nur Ramor gewesen sein! Heinrich ist er unheimlich, er wittert seine geheime Mission hinter der sichtbaren Realität ...

In die Novembertristesse trifft die Hiobsbotschaft aus Israel - Ramor kriegt kein Visum, Antrag ohne Begründung abgelehnt. Er hat kein Geld, ich habe kein Geld, beide wissen wir nicht wohin. "Und was sollen wir jetzt tun?" frage ich verzweifelt. "Vielleicht machen wir ein Restaurant im Sinai auf, mit Galerie und Bühne für dich. Hab Geduld. Wir kommen zusammen. Ich folge dir bis ans Ende der Welt." Immer tröstet er mich, macht mir Hoffnung. Oder vertröstet er mich nur?

Es läßt mir keine Ruhe. Ich will wissen, warum er kein Visum bekommt und schalte meinen Rechtsanwalt ein. Die Auskunft aus Tel Aviv ist definitiv - kein Visum wegen Verdacht auf Asylantrag. Wer ist er wirklich, was verbirgt er vor mir? Warum darf seine Familie nichts von mir wissen? Und wenn er doch verheiratet wäre, wie alle besorgten Besserwisser mir einreden wollen?

Quälende, bohrende Fragen.

Eines Nachts meldet sich Amin unter einer der Privatnummern. Er ist angetrunken und sagt, daß Ramor in seinem anderen Haus bei seiner Frau sei.

Ich laufe einen Tag lang seelisch Amok, rufe Ramor am nächsten Abend stinkbesoffen an. Im Hintergrund höre ich Stimmengewirr und Musik. "Aha, sage ich bösartig, " eine Party? Tanzt ihr auch schön miteinander?" Er berichtigt mich sachlich: "Wir sitzen zusammen und reden." "Nur Männer?" "Ja." "Typisch. Und was macht deine Frau derweil?" "Was ist los mit dir? Bist du betrunken?" "Allerdings," schreie ich ins Telefon," weil du mich von hinten bis vorn belogen hast! Du wohnst nicht bei Freunden, sondern in deinen eigenen Häusern und bist verheiratet! Ich hasse dich!" heule ich lauthals. "Bitte Liebling, beruhige dich und hör mir zu. Wer hat dir das erzählt?" "Amin", schluchze ich." "Aber Schatz, du kennst ihn doch schon ein bischen. Er macht gern Scherze. Wahrscheinlich wollte er deine Reaktion testen und dich eifersüchtig machen." "Ich bin eifersüchtig!" "Du hast überhaupt keinen Grund dazu. Das mit den Häusern erkläre ich dir später. Bitte vertraue mir. Hab Geduld. Es wird alles gut werden."

Erst nach und nach, bei jedem Besuch etwas mehr, bekomme ich eine Vorstellung von seinen familiären Verhältnissen. Das meiste erfahre ich von Hadid, der ihn am besten kennt.

Ramor ist in einem französischen Internat zur Schule gegangen, hat Abitur und spricht fünf Sprachen fließend. Nach dem Tod des Vaters hat er sechzehnjährig die Verantwortung für den gesamten Clan übernommen - vier Schwestern, vier Brüder, die herzkranke Mutter, zwölf engere Verwandte, in den verschuldeten Häusern zusammengepfercht, dazu als Scheich den Stamm im Sinai im Nacken und auf der Tasche. Fast alle Angehörigen haben Berufsverbot und saßen oder sitzen in israelischen Gefängnissen wegen Intefada Aktivitäten.

Allmählich begreife ich, warum die Informationen so spärlich fließen - ich muß erst Ramors volles Vertrauen gewinnen. Darüber hinaus will er mich nicht belasten mit seinen Problemen und mich nicht durch zuviel Wissen über seine Funktionen in Gefahr bringen.

Anfang Dezember kann ich endlich den Hansaring räumen und verstaue mein derweil auf drei Lagerplätze verteiltes Umzugsgut in einem riesigen Gewölbekeller, der ehemalige Schießstand der Polizei stand seit Jahren leer. Unter Mitwissen des Hausmeisters richte ich mich dort häuslich ein und lebe wie in einer unterirdischen Bühnenkulisse.

Ramor hat seine Sachen wieder ausgepackt und zusammen mit einem Teilhaber einen Orientladen im Foyer des Ocean Hotels eröffnet. Die Miete ist horrend hoch und die spärlichen Einnahmen reichen kaum für den Erhalt der Familie. Erst wenn er mindestens fünfzigtausend Dollar in der Tasche hat, wird er zu mir kommen, sagt er. Er will nicht an meiner Schleppe hängen.

Gegen Weihnachten bin ich des Wartens müde und kündige meinen Besuch an. Das restliche Geld reicht gerade noch für einen Flug und ein paar Weihnachtsgeschenke.

Ich frage Ramor nach seinen Wünschen und er sprudelt heraus wie ein Kind beim Nikolaus: Addidas Turnschuhe, Wrangler Jeans, eine Lederjacke, Unterwäsche, Strümpfe, ein Hemd und wenn`s geht, Parfüm.

Der arme Junge ist noch nie beschenkt worden und hat immer nur für die Anderen gearbeitet. Jetzt fühle ich mich wirklich wie seine Mutter. Für mich bleibt wie immer nichts übrig, aber geben ist schöner als nehmen.

Über Weihnachten sind alle Flüge ausgebucht, ich sitze einsam in meinem Klellerloch und schreibe Liebesgedichte.
Endlich bekomme ich am 28. Dezember einen Billigflug über Kairo. Vor Wochen hatte Margit vorausgesagt, daß wir uns am 29. Dezember in der Markuskirche in Kairo treffen würden - und siehe da, wieder einmal bestätigen sich ihre medialen Fähigkeiten, wir treffen uns tatsächlich.

Ich schlendere durch den Bazar, erstehe ein Reizhöschen, einen Chiffonschleier und hochhackige Pumps, alles in sonnengelb und spottbillig. Die Sonne scheint warm und golden über Ägypten, ich fühle mich heimisch, schon fast süchtig nach Araberlauten und Wüste. In einer Woche werde ich wieder hier sein und an meinem ersten Esoterikertreffen teilnehmen - am 11. Januar in den Pyramiden. Gewiß kein Zufall, daß meine Reise zu Ramor damit verbunden ist.

Silvester 1991/1992
Nach langer Busfahrt stehe ich im luxeriösen Außenfoyer des Ocean Hotels und blicke mich ratlos um.
"Hallo, Norma!" Ramor eilt mir entgegen. Ist er das wirklich, der Traum meiner schlaflosen Nächte? Jünger als in meiner Erinnerung, weniger markant - ein kleiner Orienthändler. Aber ich habe ja schon seine anderen Gesichter gesehen - er hat viele wechselnde Gesichter, in denen sich jede Nuance seines Seelenlebens, seiner Gedanken spiegelt.
Aus dem Cassettenrecorder ertönt zu meinem Empfang eine meiner Lieblingsmusiken, das Hallelujah von Mozart.

"Wie gefällt dir mein Shop?" Aus Ramors Miene spricht der Stolz, es vom Verkäufer zum Ladenbesitzer geschafft zu haben - mir zuliebe.
Die nächste Frage gilt meinem großen Koffer. "Was hast du mir mitgebracht?" "Zeig ich dir im Hotel." "Nur einen kleinen Blick", bettelt er und ich zeige ihm die Lederjacke. "Whauggg!!!"
Er zieht mich hinter die schmale Trennwand der Verkaufsräume - einer für Schmuck und Antiquitäten, einer für alte Teppiche. Unsere Körper zittern ineinander mit der Berührung unserer Lippen. "Seit du bei mir warst, habe ich keine Frau berührt", flüstert er, "tu dein Bestes, mir zu gefallen!" "Und

wie hättest du mich gern - schwarz, weiß, rot oder gelb?" "Oh ja, nimm Gelb. Gelb ist ungewöhnlich." Glück gehabt mit meinem Einkauf.
"Und wo wohne ich?" "Ich habe im Atlantik für dich gebucht, deiner würdig." "Aber ich habe nicht viel Geld..." "Mach dir keine Gedanken darüber. Nach Ladenschluß bin ich bei dir."
Als er stürmisch anklopft, habe ich die Lockenwickler noch im Haar, gelb fließend gewandet, er ist entzückt. Zuerst stürzt er sich auf die Geschenke, Jeans und Turnschuhe sind zwei Nummern zu groß. "Hast du mich so voluminös in Erinnerung?" fragt er enttäuscht. Es muß an der Stärke seiner Ausstrahlung und seiner körperlichen Vitalität liegen, daß ich mich so verschätzt habe. Er wird versuchen, die Sachen umzutauschen. Und dann der große Moment: ich besprühe ihn von oben bis unten mit dem kostbaren Parfüm, wohl dem ersten seines Lebens.

Unsere erste gemeinsame Nacht. Nach der wahrhaft biblisch beglückenden Begattung streckt mein Heißgeliebter sich wohlig in dem schmalen Bett aus, gähnt, kratzt sich an den Eiern und bittet mich, ihn früh zu wecken. Ich stelle gehorsam den Wecker, kuschele mich an seine Seite und sage: "Du bist ganz schön natürlich." "Why should I act", sagt er nur, "warum soll ich mich vor dir verstellen?"
Er ist wunderbar unkompliziert und ich liebe ihn, auch wenn ich, totmüde von der Reise, kaum Platz für meinen schmalen Körper finde, immer wieder geweckt von seinem Schnarchen und meinen überquellenden Glücksgefühlen.
So also ist das, wenn ich mit dir verheiratet bin, denke ich und sage ihm am nächsten Tag, daß ich auf getrennten Schlafzimmern bestehe. Als ich ihm den Grund nenne, lacht er fröhlich und ich weiß, daß ich all seine Lebensäußerungen liebe, daß mich nichts an ihm ärgern oder stören würde, wenn wir zusammen leben.
Als ich ihn wecke, schnellt er hoch, stöhnt: "Aua, mein Rücken!" rollt vom Bett ab und ist im Bad verschwunden. Kein Küßchen, keine Umarmung, keine Sentimentalität, und ich begreife ihn als Arbeitstier, gewohnt zu gehorchen, seine Verpflichtungen zu erfüllen.
Sein bewundernder Blick auf meinen eleganten Hausanzug sagt mir, er ist ein Ästhet mit Sinn für Schönheit.

Am Nachmittag besuche ich ihn im Laden, um zu hören, wie er sich unsere gemeinsame Sylvesternacht vorgestellt hat. "Aber ich war doch gestern nacht bei dir", sagt er erstaunt, "heute können wir nicht zusammen sein. Die Kinder meiner Schwester haben nach mir geweint, sie sind gewohnt, daß ich immer zuhause bin." Mir kommen fast die Tränen vor Enttäuschung. Er tröstet mich, ich solle mit den Gästen im Hotel feiern und tanzen, er will versuchen, nach Ladenschluß noch kurz vorbeizukommen.

Ich versuche vergeblich, mich zu entspannen, während ich mich für den Abend zurechtmache, mein schönstes Kleid anziehe, fließend weiße Seide mit handgemalten Lilienblüten. Im festlich geschmückten Saal sitzen die Gäste fröhlich beieinander, speisen und trinken. Nach einem Besuch an der Bar verziehe ich mich wieder auf's Zimmer, werfe mich auf mein Bett, der Kloß im Hals wird immer dicker.

Gegen zweiundzwanzig Uhr ist mein Frust perfekt, ich rase im Taxi zum Laden. Ramor und sein Compagnon pfeifen bewundernd, aber das Lächeln vergeht ihnen sofort, als ich wie eine Furie durch den Laden wedele und eine theatralische Show ablasse. "Wo sind denn die Käufer", zische ich, "mir scheint, ich bin hier der einzige Kunde! Muß ich dir erst den ganzen Laden abkaufen, damit du Zeit für mich hast? Wenn ich das geahnt hätte, hätte ich mit meinen Kindern oder Freunden Sylvester gefeiert, anstatt mein letztes Geld für dich auszugeben!"

Ich sende noch ein paar deutsche Flüche hinterher und lasse mich in einen Sessel fallen.

Ramor ist aufgesprungen, sein Gesicht ist entgeistert, versteinert. Als ich wieder ansetzen will, zischt er zwischen den Zähnen:"Wenn du noch eine Minute so mir redest, werde ich mich von dir scheiden!" I shall divorce you - der gefürchtete Satz dringt mir wie ein Messer ins Herz und jetzt versteine ich. Der Freund beschwichtigt mich hinter Ramors Rücken mit Gesten.

Er dreht zwei Runden durch den Laden, beißt sich in die geballten Fäuste,pflanzt sich zitternd vor mir auf und droht:"Und wenn ich das Geld stehle, du kriegst es zurück!" Noch einmal kommt er auf mich zu:"Wage niemals wieder, mich zu verändern, das kann nicht einmal meine Mutter!" Zwei Meter entfernt von mir läßt er sich in den zweiten Sessel nieder, ein beleidigter Pascha.

Wohl eine halbe Stunde schweigen wir uns aus, ich rauche Kette, um meine Tränen zu ersticken. Ein wenig fühle ich mich im Recht, aber ich habe Margits Rat vergessen, das Schlimmste getan, was man einem arabischen Mann antun kann - ich habe ihn in der Öffentlichkeit bloßgestellt, verletzt! Die Angst, ihn zu verlieren, zittert in meinen Gliedern, als ich mich verabschiede. Er sieht mir tief in die Augen, ohne mir die Hand zu geben und sagt ernst:"Wir müssen darüber reden." "Allerdings."

Als die Mitternachtsglocken läuten, ich sitze wie eine Mumie am geöffneten Fenster und begrabe meine Hoffnungen, daß er noch zu mir kommt. Ich verharre so die ganze Nacht, reglos. Endlich, gegen Morgen, löst sich der Krampf, fließen die Tränen, draußen beginnt es zu schneien. Ich kleide mich schwarz, verbringe den ganzen Tag am Fenster, bitte den Himmel um ein Zeichen für meine Trauer. Es schneit heftiger, gegen Abend biegen sich die Äste der Pinien unter der Last des Schnees. Ich fühle mich wie vereist. Er kommt nicht.

Ich trinke eine Flasche Rotwein, rufe ihn Mitternacht zuhause an.Erst ist sein jüngerer Bruder am Apparat, erzählt, wie sehr er seinen Bruder als Vorbild verehrt. Ich weiß nicht, was ich mit Ramor rede, ich bin besoffen, verwirrt vor Kummer. Er trinkt nie.

Auch am nächsten Tag kommt er nicht. Ich zahle für zwei Nächte und lasse mich ins billige Euro-Hostel fahren. Schneemassen auf dem vereisten Dach, keine Heizung, ich friere erbärmlich. In Amins Laden heule ich mich aus, lasse meiner Verzweiflung freien Lauf. Die Freunde glauben mir, daß ich den Schnee gezaubert habe. Seit zwanzig Jahren hat es kein solches Winterchaos in Jerusalem gegeben. Am nächsten Mittag, Freitag, treffen sie Ramor in der Moschee, Zalaff will ihn zur Rede stellen, er soll am Nachmittag in den Laden kommen. Endlich kann ich wieder schlafen, trotz der Kälte.

Ramor sitzt mir wie gepanzert gegenüber und macht drei Vorschläge zur Versöhnung oder Trennung. Für mich gilt nur einer - ich will mein Geld nicht zurückhaben und seine Frau bleiben. Er seufzt tief und wirft mir eine Plastiktüte in den Schoß: "Dein Sylvestergeschenk!" Es ist wunderschön.

Ein handgewebtes, handgesticktes langes Beduinenkleid. Aber zwei Nummern zu groß.
"Kannst du es nicht umtauschen?" "Nein, das geht nicht. Die Frauen aus meinem Dorf haben es auf deinen Namen gemacht." "Dann mache ich mir`s enger, kein Problem." "Sehen wir uns morgen hier, um die selbe Zeit?" "Ja." Es scheint ihm peinlich, daß ich ihn vor seinen Freunden umarme, aber das ist mir egal.
Seit Mittag ist die Sonne durchgekommen, der Schnee beginnt zu schmelzen. Ich laufe wie neugeboren durch Jerusalem, sonne mich am nächsten Morgen an der Klagemauer. Ramor lädt mich zum Kaffee in den Raum, in dem wir geheiratet haben. Wir lieben uns kurz aber innig, er ist ängstlich, daß wir beobachtet werden. Keine neue Verabredung, aber er weiß doch, daß ich nur noch wenige Tage hier bin!
Ich bin zu stolz, ihn im Laden zu besuchen, krampfe mich wieder ein, als er den ganzen Sonntag nichts von sich hören läßt. Ich bin vom kalten Dach in ein schäbiges, düsteres Zimmerchen umgezogen und brüte vor mich hin. Gegen Abend heule ich mich wieder in Amins Laden aus und drohe: "Wenn Ramor morgen nicht zu mir kommt, kann er meine Knochen im Sinai suchen!" Hadid versteht mich gut beschwichtigt mich: "Ramor ist schwierig und übersensibel und den Umgang mit europäischen Frauen nicht gewohnt, auch er muß dazulernen."
In der Nacht habe ich ein merkwürdiges Erlebnis. Gemäß den Anweisungen von SOLARA, die den Esoteriker Kongreß leiten wird, versuche ich, meinen "Lichtengel" zu rufen und bitte ihn um seinen Namen. Plötzlich erscheint ein weißer Lichtstrahl in der dunklen Kammer, in meiner Stirn wird es ganz hell und heiß und ich höre eine Stimme wie aus weiter Ferne und doch ganz nah, als wäre sie mir: "Ich bin ISIS ich bin deine Seele." Es ist erschreckend und wunderbar und keine Halluzination, ich bin hellwach. Ein Wärmegefühl breitet sich in meinem Körper aus und ich ruhe friedlich bis zum Wecken um vier Uhr morgens.
Ich habe mich einer Tour nach Massada angeschlossen, wir fahren am Toten Meer entlang, um von der berühmten Festung vom Bergmassiv aus den Sonnenaufgang zu erleben. Auch die Rückfahrt durch biblisches Gebiet und Jericho ist ein Erlebnis und ich fühle, daß ich hier schon einmal gelebt haben muß, alles ist mir vertraut.

Aber die Fahrt ist auch von Sehnsucht nach Ramor überschattet. Immer wieder steigen Tränen in mir hoch, die Angst, ihn zu verlieren, schnürt mir die Kehle zu. Ausgerechnet auf dem "Berg der Versuchung", wo wir kurz Rast machen, überfällt mich der Schmerz so sehr, daß ich versucht bin, mich von der schmalen Brüstung einfach hinunter fallen zu lassen in die tiefe Steinschlucht. Während ich mich selbstmitleidig von Ramor verabschiede, bricht plötzlich die Sonne aus den Wolken hervor und ich sehe die fließende Gestalt meines Lichtengels in den Wolkenschleiern, höre seine Stimme: "Sei getrost, ich führe dich zu ihm!"
Wieder ist es keine Einbildung, sondern erlebte Realität und mein Kummer weicht freudiger Erwartung.

Am Nachmittag holt mich Hadid aus der Jugendherberge und bringt mich ins Old Victory Hotel. Ramor hat zwei Nächte für mich gebucht. Er hatte sich zu Tode geschämt, weil er kein Geld hatte, mich einzuladen. Durch einen kleinen Verkauf ist er nun dazu in der Lage. Natürlich sind wir beide überglücklich, als er am Abend zu mir kommt. Jedes Zusammensein ist eine Steigerung ohne Ende. In der letzten Nacht verschmelzen unsere Körper in einer tantrischen Ekstase, die ich nie zuvor empfunden habe, nach der ich mich immer wieder sehne und nur mit Ramor erlebe. Keine Frage, daß mein Schoß, durch ihn gereinigt und geheiligt, ihm für alle Zeiten gehört Und ich weiß, daß auch er so empfindet, mir absolut treu ist.
Körperlich und seelisch reich beschenkt, mache ich mich auf den Weg nach Kairo, wo mich ein spirituelles Erlebnis besonderer Art erwartet.

Ein Bericht aus anderen Welten
"Weltfriedensmeditation der Lichtarbeiter und Sterngeborenen
im Schatten der Pyramiden von Gizeh in Kairo
- DAS ÖFFNEN DES TORES -
am 11.01.1992   "
Zwar wußte ich aus "ESOTERA" von diesem Ereignis, hatte jedoch meine Teilnahme weder geplant noch angemeldet und war dementsprechend ahnungslos vom Ablauf und Sinn des Ganzen. Im Gartenrestaurant und Foyer des elitären Menah-House Hotels unterhalb der Pyramiden, in dem sich das Tagungszentrum befand, wimmelten weiß gekleidete Menschen aller Nationen aufgeregt und geschäftig umher. Einige in flatternden Gewändern mit silbern oder bunt glänzenden Sternenkränzen auf dem Kopf, andere in schlichten Hosenanzügen oder Saris - "THE STAR BORN PEOPLE!". Ich folgte einer Gruppe in die Vorhalle zum Ballsaal, wo alle Neuankömmlinge registriert wurden. Wie mir schien, war ich die einzige unangemeldete Person, und das ganz in schwarz, mit Affenjacke und Samthose.
Kaum hatte ich mich in einen der Festsäle eingeschlichen, wurde ich auch schon wieder hinausgeworfen, weil ich nicht wie alle anderen, ein grünes, rotes, gelbes oder lila Schildchen mit bürgerlichem oder Sternennamen auf die Brust geheftet hatte. Ein ebenfalls normal gekleidet Deutscher riet mir, mich als Gruppenmitglied in eine der ausliegenden Listen einzutragen. Ich kreuzte einfach meine Beteiligung an einer Nilfahrt an. Wenig später war ich im Besitz des spirituellen Ausweises und konnte mich den erweckten Seelen zugesellen, die planetarische Veränderungen bewirken wollten.
Unter der Leitung von SOLARA und drei anderen "Meistern des Lichts" hatte ein mehrtätiges Seminar stattgefunden und die Nachzügler wurden nun in einem Kurzworkshop in die Zeremonien und Rituale eingeweiht, die sich vom 10.01. Mitternacht bis zum 12.01 mittags 14 Uhr über 38 Stunden erstrecken sollten, zur gleichen Zeit und in derselben Art wie an anderen Kraftorten und spirituellen Zentren in aller Welt.
Kairo war der wichtigste Ort, weil Sonnen- und Planetenstand über den Pyramiden, einmalig in der Erdgeschichte, den vereinigten positiven Energien die Möglichkeit bot, einen Kanal, ein Tor ins Universum zu öffnen

und Kontakt zu höher entwickelten Wesen auf anderen Planeten aufzunehmen.

Erstmalig in der Geschichte der Pyramiden wurde einer Gruppe mit Sondergenehmigung des Kulturministeriums gestattet, dort Tag und Nacht zu verweilen. Unser Aktionsraum, der große Tempelvorhof zu Füßen der Todespyramide, wurde von Sicherheitspolizei bewacht und vor neugierigen Touristen abgeschirmt.

Bei der Einweihung erfuhr jeder in einer intuitiven Meditation seinen Sternennamen und sein "Mundra", das den Bewegungsrythmus eines Lebens ausdrückt und individuell verschieden ist wie die Handlinien. Ich war überrascht, wie sicher und doch unbewußt meine Arme die Bewegungen ausführten, die mein Leben kennzeichnen das Kreisen des Mondes um die Sonne. Unter den vierhundert versammelten Menschen glich kein Mundra dem anderen und als wir es mit einer Verneigung untereinander austauschten, war es wie eine Begrüßung verwandter Seelen aus der großen Sternenfamilie.

Danach wurden die Bewegungen, Schritttänze und Sprechchöre der Zeremonie eingeübt, spirituelle Musik gab den jeweiligen Rhythmus an. Ein äußerer Kreis bildete die Sonne, der innere den Mond. Wir faßten uns an den Händen und kreisten in entgegengesetzter Richtung umeinander, wobei sich die Augenpaare liebevoll in jedem Gegenüber spiegelten. Eine oder mehrere Gruppen von jeweils elf Menschen bildeten in unserer Mitte Räder und Erdkrcise mit sich verflechtenden und wieder öffnenden Bewegungen. Nach elfmaligem Kreisen wurden die Positionen untereinander ausgetauscht.

Dann, zu symbolhafter Gestik aus dem Stand, übten wir die von SOLARA dirigierten Chöre: "No time - no space - no duality - no divergency - open the door to future" Danach der Kamelritt, der himmlischen Karavane entgegen: "iajutara chuhhh!" und schließlich das Raumschiff besteigen und den Sternen entgegenpaddeln: "Ahiiii haqua!".

 Die befreiende Pantomime löste immer wieder Heiterkeit aus und entkrampfte die von den permanenten Wiederholungen des Schreitens und Kreisens ermüdeter Glieder.

Anfang und Abschluß aller Bewegungen war der gemeinsam gebildete Stern, der ebenfalls elfmal kreiste. Hand in Hand bildete man entweder die äußere oder innere Spitze oder schritt als Mittelglied einer Zacke mal vorwärts, mal rückwärts und wenn nur einer aus dem Takt fiel, verzerrte sich der Stern.

Um 23 Uhr wanderten wir in einer schweigenden Prozession durch das unbeleuchtete holprige Gelände zur Ankh Pyramide, nun auch ich ganz in weiß. Am Eingang des ummauerten Tempelhofes standen zwei Wächter, die man mit seinem Mundra als Erkennungszeichen begrüßte. Auch im Innenhof standen auf erhöhten Steinpodesten vier "Schutzengel des Lichts", jeweils nach einigen Stunden ausgetauscht, denn die Position mit erhobenen Armen war sehr anstrengend.

Jeder von uns hatte elf Kerzen mitgebracht und bald leuchteten viertausend Lichter aus dem alten Gemäuer in den Sternenhimmel, später kam der Halbmond dazu, der genau über uns stand. Als alle versammelt waren, eröffnete ein Trommler das Ritual und wir bildeten den ersten kreisenden Stern.

Ich war überwältigt von der grandiosen Szenerie, die an altägyptische Pristerrituale, Mozart`s Zauberflöte und Verdi`s Aida erinnerte, von der gewaltigen Stufenpyramide überragt.

Je länger und öfter wir die zeremonielle Handlung wiederholten, geriet jeder von uns in eine mystische Verzückung, ohne dabei in Trance zu verfallen.

Nicht alle hielten beide Nächte durch, man konnte mit Pendelbussen für einige Stunden Schlaf ins Hotel fahren oder sich aus dem Kreis lösen und allein meditieren. Einige tanzten und sangen selbstvergessen zu ihrem Mundra oder kletterten bis zur Spitze der Pyramide hoch, saßen in ihren weißen Gewändern wie Schutzengel über uns.

Gesprochen wurde kaum, nur wenig gegessen oder Wasser getrunken, natürlich war absolutes Rauchverbot. Alles war sehr locker und gelöst, ohne jeden Hauch von Peinlichkeit, Zwang oder Sektiererei.

Gegen Morgengrauen wurde es eiskalt, aber obwohl ich jämmerlich fror, war die Vibration der Seelenkräfte so stark, daß ich mich einfach weiterbewegen mußte. Gerade in der Morgendämmerung vor Sonnenaufgang steigerte sich das Bewußtsein, daß wir mit unseren vereinigten Liebesenergien den Zylinder ins Weltall geöffnet hatten, die Verbindung zu außerplanetarischen Wesenheiten war intensiv spürbar. In der zweiten Nacht konnte man in dem weißen Lichtstrahl über uns Ufos erkennen, die auf Polaroid Fotos und mit Videokameras zweifelsfrei dokumentiert sind.

Gegen Morgen kreiste nur noch ein kleines Häuflein standhafter Lichtarbeiter, und obwohl einigen beim mehr Wanken als Schreiten die Augen zufielen, schienen sie sehr glücklich. Als die Mittagssonne über unsere Tänze schien, war alle Müdigkeit verflogen und für die Endrunde waren wieder alle versammelt. Keine sogenannten abgehobenen, spinnerten Esoteriker, sondern vernünftige Menschen, die mit dieser Friedensmeditation dazu beigetragen hatten, positive Schwingungen ins Weltall zu senden - der Segen des Papstes ist dagegen ein Windei. Daß derartige Dokumentationen und Beweismaterial auch in den Archiven der NASA zu finden sind, ist bekannt. Vor der Öffentlichkeit geheimgehaltene Tatsachen, die das Weltbild des menschlichen Kindergartens in absehbarer Zeit auf den Kopf stellen werden.

Das Schwelgen in neuen Lebensgenüssen nimmt kein Ende. Ich habe noch vier Tage bis zum Abflug und finde einen Taxifahrer, der mich entlang der Küste zum Sinai fährt - hin und zurück für Zweihundertmark. Touristenorte wie "Charme el Sheich" interessieren mich nicht - Neckermann ist überall. Endlich finden wir, was ich suche - ein Beduinencamp in einer abgelegenen Bucht.

Taucherparadies mit Korallenriffen und springenden Fischen. Ich tanke Natur in reinster Form, abends spielen, singen und tanzen die Beduinen mit mir am Lagerfeuer, sie sind freundlich und nicht aufdringlich wie manche Ägypter in Kairo.

Zum Abschluß mache ich noch einen Kamelritt zur Sphinx und fühle mich als stolze Beduinenbraut meinem Ursprung näher als je zuvor in einem Land Europas.

IV

Hindernisse und Enthüllungen

Das Jahr 1992 scheint auch in Köln gut anzufangen. Pit ein vielbeschäftigter Kameramann, will einen Kinofilm über mein verrücktes Leben drehen, ich mache mich an die Aufzeichnungen - meine ersten sechzig Jahre. Auch Tochter Iris soll darin vorkommen, die dank Hilfe von Freundin Carla gerade mit ihren beiden Jüngsten zu ihren geliebten Indianern nach Peru abgeflogen ist. Und natürlich Ramor meine große Liebe.
Der mündliche Vertrag ist perfekt, einen Drehtag in meiner unterirdischen Kulisse haben wir im Kasten, Plots werden entworfen und verworfen, das angekündigte Drehbuch kommt nicht, ein Produzent zieht sich zurück und im Juni erfahre ich, daß das Projekt aufgeschoben wird. Eine herbe Enttäuschung, denn ich hatte auch Ramor schon Hoffnung auf Veränderung unserer Lage gemacht.
Der Hausbesitzer entdeckt mein heimliches Asyl, ich muß sofort räumen und werde nun tatsächlich zur heimatlosen Zigeunerin, pendle von einem Unterschlupf zum anderen. Schließlich habe ich die Schnauze voll und setze mich mit Pappkarton und Schreibmaschine buchstäblich auf die Straße zum Hungerstreik. Die Boulevardpresse stürzt sich auf mich und die Schlagzeile:"Fellini Star hungert für Dach über´m Kopf", bringt mir tatsächlich eine kleine Dachwohnung von der Baugenossenschaft ein. Zwar nur auf ein Jahr befristet, aber dann bin ich hoffentlich in Italien...Endlich kann ich in Ruhe an meinen Memoiren arbeiten, keine sehr erfreuliche Aufgabe - eine aufwühlende Selbstanalyse und Katharsis.

Die Sehnsucht nach einem neuen Leben mit Ramor quält mich, ich bin isoliert, weine und trinke viel. Am Karfreitag ist die Trauer so stark, daß der körperliche Schmerz mein Herz zusammenkrampft, ich schlafe in Todessehnsucht ein.
Ungewöhnlich früh wache ich auf, über mir schwebt ein betäubender Duft. Türen und Fenster sind geschlossen, er kann nicht von draußen kommen.

Nach wenigen Sekunden ist die Duftglocke verschwunden und ich bin von unbändiger Fröhlichkeit erfüllt.

Abends rufe ich Ramor an - genau um sechs Uhr morgens hat er mir den Duft der Wüstenblume geschickt, um mich zu erheitern. Solche magischen Spiele treibt er ab und zu mit mir, damit ich weiß, daß seine Seele immer bei mir ist.

Immer mehr gehe ich nun an die Öffentlichkeit mit der Schilderung meiner Liebesgeschichte, um für Ramor Unterstützung zu bekommen. Aber da ich die politischen Hintergründe aussparen muß, stoße ich nur auf Ablehnung und Mißtrauen. Auch meine Versuche, durch Bilderverkauf Geld aufzutreiben, scheitern. Im Mai bessert sich die Lage etwas, unter anderem liefere ich in "Schreinemaker's live" meinen schwärmerischen Beitrag zum Thema "Liebe und Sex im Alter" ab, erzähle im ZDF, wie mich das Wunder der Liebe gesund und jung erhält.

Endlich, Anfang Juni erbarmt sich der Keulenwirt und schenkt mir einen Flug zu meinem Bräutigam, die Welt ist wieder heil!

Ankunft in Tel Aviv
Zum ersten Mal werde ich am Flughafen abgeholt. Ramor erwartet mich mit einem Freund. Der kauzige Professor für Psychologie und Scientology bewohnt eine Suite im Ocean Hotel und ist ein guter Kunde, wie ich bald erfahre. Er ist Halbjude, amerikanischer Millionär. Ich werde übercharmant von ihm umworben und als Star-Schauspielerin verwöhnt. Anscheinend hat Ramor ihn überredet, mein Zimmer im Ocean zu bezahlen, es ist mit Blumen, Süßigkeiten und Obst für meinen Empfang vorbereitet. Ramor hat auf der fünften Etage für mich bestanden. So bin ich auf einer Ebene zu seinem Laden und er kann ungesehen zu mir um die Ecke schleichen.

Es werden aufregende und genußvolle vier Tage. Professor Blumberg ist ein Koloß, ein Hüftleiden wegen Überfettung quält ihn, meist bewegt er sich im Rollstuhl umher, hantiert mit zwei Krücken. Gleich am ersten Abend werde ich mit Beschlag belegt und muß zusammen mit Ramor die Orientsammlung bewundern, die mein Schlitzohr ihm aufgeschwätzt hat. Er will ihm noch mehr verkaufen für eine Ausstellung in Europa, auch ich soll mich in Köln dafür umhören.

Bald merke ich, daß Ramor den Alten ausnimmt und auch mich dazu benutzt. Ich darf mir in seinem Laden ein wunderschönes altes Schmuckset aussuchen. Erst nach Mitternacht werden wir von Blumberg entlassen. Der Vollmond scheint über Jerusalem und mein Glück ist vollkommen. Vor dem Einschlafen ruft Ramor zu Hause an und erfährt, daß seine Mutter mit einem schlimmen Herzanfall ins Krankenhaus gebracht worden ist. Zwar bleibt er mir zuliebe im Hotel, aber er wälzt sich schlaflos und ich liege ebenfalls ohne Schlaf im Doppelbett.

Selbstverständlich muß ich das Frühstück zusammen mit Mr. Blumberg einnehmen und erlebe so seine negativen Seiten. Er schikaniert das Personal auf eine sehr unangenehme, bösartige Weise, läßt den Millionär und das launische Kind raus. Andererseits ist er sehr gebildet, charmant und unterhaltsam, eine schillernde Persönlichkeit. Er lädt mich zum Lunch ein, ist auch oft in Ramors Laden
Zusammen mit den Beduinenfreunden fahren wir am dritten Tag in eine Fabrik, wo das Israel Kristall hergestellt wird. Auch ich habe den Alten scharf darauf gemacht und hoffe, daß er mir eine Sammlung Gläser spendiert. Es wird ein zähes Ringen über viele Stunden, bis Ramors ihm zwei Sets aufgeschwätzt hat und die Schecks unterschrieben sind. Im Hotel gibt´s danach eine heftige Auseinandersetzung zwischen den Beiden und aus dem Nichts braust ein Plädderregen über Jerusalem nieder.
Ramor stürmt in mein Zimmer, nimmt mich wie ein wilder Mustang. Nach der Entspannung in seinen Armen lösen sich die dunklen Wolken auf und die Sonne strahlt wie vorher.
Den nächsten Abend lädt Mr. Blumberg mich zum Abendessen in seinem Zimmer ein und ich schlage meinen Freunden ein Spiel vor. Aus Zalaffs und Amins Laden suche ich eine Reihe Schmuckstücke aus, behänge mich damit und bringe dem Professor, auf schwarzem Samt-Tablett dekoriert, das gleiche Set mit. Ich sehe verführerisch aus und er ist begeistert, will alles kaufen.
Der Abend zieht sich, ich bekomme eine unverfängliche Massage, gebe ein unverfängliches Küßchen, nehme ihn in den Arm. Als er anfängt, Ramor schlecht zu machen und sagt, ich solle das "Vieh" laufen lassen und ihn heiraten, ist mein Spiel aus, ich sage ihm empört meine Meinung. Das

gefällt ihm wieder und er bietet mir ein Dreiecksverhältnis an, ich könne ihn als Nurse auf allen Reisen begleiten, nach Paris, in die Schweiz, nach Amerika - überall hat er eine Suite oder ein Haus.
Das alles imponiert mir nicht, nun will er sich die Sache mit dem Schmuck bis zum nächsten Morgen überlegen. Manchmal sehe ich ein gefährliches Blitzen in seinen Augen und ich ahne, daß er alles durchschaut. Als er beim Frühstück erklärt, daß er garnichts kaufen will, mache ich ihm eine Scene und bringe den Schmuck zurück. Hadid schenkt mir das beste Stück - einen uralten Münzanhänger mit der ersten Sure. "Der hat schon vor deiner Geburt auf dich gewartet", sagt er und ich bin sehr froh darüber.
Zurück im Hotel, finde ich eine Rechnung für mein Zimmer vor, sofort zu bezahlen. Ich rufe wütend nach Ramor. Er kommt zusammen mit Hadid. Ich kann meine Tränen nicht zurückhalten und schreie Ramor an, daß ich mir wie eine Prostituierte vorkomme:"Wer hat mich eigentlich eingeladen, du oder dieser Widerling?" Er beschwichtigt mich und will die Rechnung übernehmen. Ich habe meinen Koffer schon gepackt und stelle ihn im Laden unter.

Obwohl es Ramor nicht recht ist, fahre ich für eine Woche in den Sinai, will sein Heimatdorf sehen. Ich nehme nur eine Tasche mit und verkleide mich als Tramperin, verspreche ihm, mich nicht als seine Frau zu erkennen zu geben, seinen Namen nicht zu nennen. Warum er mich verschweigt, weiß ich noch immer nicht, es beginnt mich zu ärgern.

Die Busfahrt am Toten Meer entlang, durch die Wüste nach Eilat ist beeindruckend. Um Mitternacht finde ich ein Plätzchen unter Palmen und mache kein Auge zu, da ich von Scheinwerfern angestrahlt werde, die aus dem nahen Flughafen zu mir herüber blenden. Kaum bin ich morgens auf die Straße gekrabbelt, hält mich ein Polizeiauto an. Ich habe mich verdächtig gemacht, aber mein Ausweis ist in Ordnung und sie glauben mir schließlich, daß ich kein Hotel gefunden habe.
Wieder eine lange Busfahrt über Taba am Golf von Akabar entlang, Meer, Wüste, Felsmassive. Am Nachmittag, in glühender Hitze, bin ich am Strand von Calypso in einem Beduinencamp. Oberhalb liegt Ramors Heimatdorf,

es sieht trostlos verkommen aus. Palmen gibt es nur am Strand, sonst kein Grün, keine Pflanzen.
Ich wähle das feudalste Camp mit Dusche aus, vier Mark die Nacht, in der kleinen Palmhütte eine Matratze ohne Bettzeug, mit genügt´s. Schlagartig erkenne ich Ramors Wesen in dem Beduinenspruch, der am Restaurant aufgemalt ist:
"STRONG AS MOUNTAIN, SOFT AS SEA,
MOVING LIKE THE WIND, FOREVER FREE."
Genau so ist er, in allen Extremen und mir darin verwandt - stark und sanft, beweglich und frei.
Am nächsten Morgen wage ich mich klopfenden Herzens ins Dorf, werde von einer freundlichen Beduinin in "ihr Haus" gewunken. Es ist ein bis auf Brusthöhe ummauerter Lagerplatz mit zwei Schuppen, in einem Raum stapeln sich wunderschöne Kleider und Stickereien, die sie stolz vor mir ausbreitet. Ob sie es ist, die mein Kleid angefertigt hat? Ich wage nicht zu fragen. Sie hat ein Mädchen an der Brust und zwei bildschöne, struppelige Mädchen, die wie Pippi Langstrumpf aussehen, tanzen um mich herum, später kommt der Mann dazu. Wir radebrechen in Englisch. Ich verspreche, am nächsten Tag wiederzukommen um ihr vielleicht etwas abzukaufen. Ein gewebtes Täschchen und einen Samtstoff mit ägyptischer Stickerei hätte ich gern, muß aber erst Geld eintauschen.

Das israelische Camp bei Nuweba ist mit allem Komfort ausgestattet und prangt in voller Blütenpracht aus aller Herren Länder, ein krasser Gegensatz zu dem schmuddeligen, schmucklosen Strand von Calypso. Nach langem Strandlauf und Schwimmen kehre ich zu meinen neuen Freunden zurück, die Mädchen hängen wie die Kletten an mir, wollen mir das Dorf zeigen. Nichts lieber als das. Ich drapiere mich mit dem schönen Samt, Awa lädt mich zum Abendessen ein.
Die Kinder springen barfuß über die verstaubten, mit Geröll und Drahtschlingen übersäten Wege, ich verfange mich alle paar Meter in dem Draht, warum verdammt, liegt er da herum, warum sammeln die Weiber das nicht ein, statt in ihren Hütten zu hocken?
Ramor bestätigt mir später, daß sie stinkefaul und dumm sind, von einigen Ausnahmen wie Awa abgesehen, die durch ihre Handarbeiten für Touristen

etwas Geld dazu verdient, wenn ihr Mann arbeitslos ist. Als Arbeit gibt es für die Beduinen nur den Job als Touristenführer, per Auto oder Kamel. Die Reichen unter ihnen haben in den Bergen ihre Einnahmequellen mit Plantagen, wo die herrlichsten Gemüse und Früchte wachsen. Dort lassen sie ihre Frauen und Kinder für sie arbeiten. Wer sechs Weiber hat ist gut gestellt, denn das frische Obst und Gemüse wird über Kairo durch geschickte Händler bis zu uns, auf unsere hiesigen Märkte verkauft.
"Und sie teilen nicht untereinander?" frage ich Awas Mann enttäuscht.
"Hier bleibt jeder für sich, genau wie bei Euch in Europa."
Es gibt einige Fertighäuser mit Dach, primitive Schuppen oder Steinumrandungen in verschiedenen Größen und Höhen, das ist wohl der mühselige Anfang eines Eigenheims.
Als wir uns der Moschee nähern, scheint gerade Gebetsstunde zu sein, einige vermummte Männer eilen hinein. Die Mädchen ziehen mich zum Eingang, wir werfen einen neugierigen Blick hinein, werden von Autogehupe und entsetzlichem Gebrüll verscheucht. Der vorbeifahrende Scheich droht mir mit den Fäusten und ich entnehme seinen Flüchen, daß Weiber beim Gebet ausgeschlossen sind.

Oh Gott, denke ich, vergib den Sündern. Sollte das etwa Ramors Onkel sein, der ihn partout mit seiner Tochter verheiraten will?
Auffallend unter der Armseligkeit des Dorfes ist unten am Strand zwischen Palmen ein Palazzo, der auch in der Toscana stehen könnte. Mit weißen Steinmauern umgeben, auf dem Flachdach Fernsehantennen, blühende Bäume, zwei Autos im Innenhof. Lebt da die Cousine, die er heiraten soll, die er ablehnt, weil er mich, nur mich will, die freie Europäerin, die Künstlerin?
Die nächste Enttäuschung am Dorfbrunnen. Angekettet, das spärliche Wasser im Trog schlürfend, stehen da ein paar magere Ziegen und Kühe, gewiß sind sie schöner als unsere fetten bayrischen, aber die Idylle, von der Ramor geschwärmt hat, ist es nicht, im Vergleich mit unseren Bauerndörfern, die ich ihm so gern gezeigt hätte, vergangenen Herbst.
Inzwischen ist es dunkel, die Mädchen führen mich weiter zu einem größeren Komplex. Draußen an der Feuerstelle sitzen einige jüngere und eine alte Beduinin mit Männerstimme, bereiten das Mal für den Herrn, der

mit ungnädiger Miene Platz nimmt, mich nicht beachtet und frißt. Die Weiber sehen bewundernd zu. Als der Herr aufsteht, stürzen sie sich über die Reste, bieten mir zum Kosten an, der gebackene Fisch, früh von den Männern aus dem Meer geangelt, schmeckt köstlich. Aber ich lehne die Einladung ab an dem nachfolgenden Essen unter Frauen teilzunehmen. Der Herr hat mir den Appetit verdorben und Awa wartet.

Eine der Frauen bittet mich, doch noch kurz in ihr Haus zu kommen. Als ich die Vorhalle, den Innenhof betrete, wird mir fast schwindelig, wie in den Pyramiden. Das Ausmaß des Raumes scheint unendlich in die Höhe zu wachsen, beschirmt von einer Sternenkuppel. Erst langsam gewöhnen sich meine Augen an die Umgebung und ich begreife, daß die Frauen, nicht anders als Awa, hier tatsächlich unter freiem Himmel leben, mit kleinen Kammern entlang der Steinumfriedung. Ein zweijähriges Mädchen, Tochter meiner Gastgeberin, begrüßt mich auf eine merkwürdige Art: sie kniet vor mir nieder, faßt meine beiden Hände und sieht mir minutenlang in die Augen. Sie ist das schönste Kind, das ich je gesehen habe und der tiefe Seelenausdruck in ihren Augen gleicht dem Ramors.

Als ich ihm später davon erzähle, sagt er ernst:"Es waren deine blauen Augen, die das Kind fasziniert haben. Aber die Mutter ist nicht weniger schön." Eine Spur von Bewunderung klingt mit und schon bin ich eifersüchtig, argwöhnisch gegen meinen Willen.

Die Sympathie der kleinen Schönen scheint ansteckend, bevor ich mich versehe habe ich ein ganzes Rudel Beduinenkinder am Hals. Ich mache Spiele mit ihnen, die sie nicht kennen und schleudere sie durch die Luft, Ringelreihen, es kommen immer mehr, schließlich von den Müttern mit der Rute ferngehalten. Zu meiner Erleichterung taucht Awa auf, sammelt mich und ihre Kinder ein. Adressen werden ausgetauscht, vor Jahren hat eine Deutsche bei ihnen gelebt, ich soll Grüße übermitteln.

An Awas Feuerstelle wird Fladenbrot zubereitet und gebacken, die Zeit scheint stillzustehen, wir befinden uns im Steinzeitalter der Höhlenmenschen und Nomaden. Ich empfinde mich wie einen lächerlichen Zeitchip aus einem Computer, unwirklich entwertet.

"Echtes Leben findet hier statt, nicht in den Köpfen der Politiker. Immer werden Menschen zusammenfinden und das Rad der Geschichte beeinflussen und lenken, wenn sie die Natur achten und bewahren ..."

Meine Gedanken und Gefühle überschlagen sich, während ich im Dunkeln den Weg zum Meer ertaste, an der Villa des Scheichs vorbei, vergeblich das Liebeszelt suche, das angeblich für Ramor und mich gebastelt wurde - es gibt viele verlassene Palmhütten entlang des Strandes. Immerhin finde ich instinktiv die Palme, von deren Blätter eines für mich und Ramor verbrannt wurde, Asche ins Meer, für unser Glück.

Warum hat er mir das all erzählt, Träume entstehen lassen? Seine Träume wiedergefunden in meiner romantischen Seele, zu allen Ausflügen aus der brutalen Realität bereit? Oder hat er sich der Armut seiner Herkunft geschämt? Er läßt viele Fragen offen. An seiner Seite werde ich Geduld und Demut lernen müssen, eine gute Aufgabe für mein ungestümes und neugieriges Wesen.

Hinter mir liegt das Dorf, vor mir das Meer, über mir ein klarer Sternenhimmel, es ist gegen zweiundzwanzig Uhr, ich sitze in einer Mulde aus Sand, lasse ihn durch meine Finger rieseln. In meinem Rücken spüre ich negative Energie, verkörpert in der Figur des Scheichs. Ich bin empfänglich für die Energieausstrahlung von Ländern und Orten, weiß sofort, wo ich schon einmal gelebt habe. Hier war ich noch nicht, der Boden ist neutral, antwortet nicht. Ich will eine Markierung hinterlassen, meine positiven Energien in Ramors Heimaterde einpflanzen.

Jeder Araber müßte als Zwangslektüre die "Satanischen Verse" von Rushdie lesen, denke ich und verliere mich wieder in die Vorstellung, daß meine Verbindung mit Ramor schicksalhaft verkettet ist mit seiner Aufgabe zur Erneuerung der starren Regeln des Islam, und meiner Absage an das krankhaft hochgeputschte, dahinsiechende Europa.

Unwillkürlich und doch sehr bewußt, beschwöre ich die vier Elemente mit Gesten und Worten, bitte um ein Zeichen, eine Antwort auf meine rituelle Meditation, und sei´s nur eine Sternschnuppe. Die Spannkraft meines Körpers von den Zehen bis in die hochgereckten Fingerkuppen ist fast unerträglich, ich spüre elektrische Energie aus meinen Händen ins Universum ausstrahlen. Kaum habe ich mein "VATERUNSER" beendet,

erhebt sich ein Sturm. In Sekundenschnelle biegen sich die Palmen hinter mir, Wellen peitschen an den Strand, benetzen meine Füße.
Ich flüchte erschreckt ins Camp, taste mich im Dunkeln an der Mauer entlang, suche die Treppe, die zu meiner Hütte auf der unteren Ebene führt. Plötzlich stolpere ich, schreie auf und stürze, wie ich meine, in eine Falle.
Als ich das Bewußtsein wiedererlange, ist der Sturm vorüber, mein Körper blutet und schmerzt an vielen Stellen und ich erkenne die Ursache meines "Fehltritts" - eine an die Mauer angelehnte, verrostete Eisenleiter. Deren weit herausragende Stange hätte mich um ein Haar durchbohrt, knapp an der Klitoris vorbei klafft eine tiefe Schnittwunde in der inneren Schamlippe. Auch die sechs Schürfwunden an Armen und Beinen bluten mörderisch und ich mache Mohammed verantwortlich für diesen Anschlag auf das Zentrum meiner Lust, die er anscheinend Ramor und mir nicht gönnt, mit seinen frauenfeindlichen Verordnungen. Gott-Allah hat uns nicht verstümmelt, sondern zur Freude aneinander erschaffen und die hier noch immer übliche Beschneidung der Klitoris ist ein Verbrechen an jeder moslemischen Eva.

Mit Schwimmen ist´s vorläufig vorbei, ich lasse die Wunden in der Sonne austrocknen und mache mit Ahid, Awas Mann, einen Ausflug ins Bergmassiv des "Caloured". Der glühende Wüstensand brennt durch mein dünnes Schuhwerk, Ahid gibt mir seine festen Ledersandalen und springt barfuß, wie eine Gemse vor mir her.

Auf dem Rückweg nach Jerusalem mache ich zwei Tage Rast am Toten Meer, um meine eiternden Wunden auszuätzen, das Salz brennt und heilt. Wie überall, finde ich auch hier ein Plätzchen zum Nacktbaden und schlafe unterm Sternenhimmel am Strand, von Niemandem belästigt.
Gegen Mitternacht erhebt sich ein Sturm, aus dem Meer taucht etwas Unförmiges auf, einer Riesenschildkröte ähnlich und klappert mit unwirklichen Geräuschen wie Pferdegetrappel am Ufer entlang. Ich denke, der letzte Tag ist gekommen, flüchte ins Zeltlager.
Ramor klärt mich auf, als ich ihm von dem unheimlichen Seeungeheuer erzähle. Diese Schalentiere, Kopfschwänzler, leben tatsächlich auf dem Grund des Toten Meeres, tauchen nur ganz selten auf.

Vor meiner Abfahrt mache ich nochmal "toten Mann", genieße die heiße Brühe auf dem Rücken schwimmend. Ein Ast, eine Wurzel schwimmt in meine rechte Handfläche, erst will ich sie wegschieben, behalte sie nach kurzer Betrachtung - ein starkes Zittern erfaßt mich vor Aufregung über den merkwürdigen Fund - wie von Tilmann Riemenschneider geschnitzt, halte ich den gekreuzigten Christus in der Hand, auf der Rückseite, am selben Kreuz hängend, die Fratze eines Dämonen, des Antichrist.

Kurz vor Köln vergesse ich die Alraune im Zugabteil und so wandert das Symbol des Leidens vom Toten Meer zur Endstation Dortmund, in die Nähe meiner westfälischen Heimat. Ob ich die Last des Kreuzes nun endgültig los bin? "Wenn du meine Frau bist, wird dich niemand mehr leiden machen", hat Ramor versichert ...

Bei meiner Rückkehr liefert er mir einen kleinen Beweis. Als ich strahlend und braungebrannt in seinen Laden komme, spricht mich ein Angestellter des Hotels, aus dem ich ja vorzeitig ausgezogen war, an:"Wie geht´s mein Schatz?" "Oh", sage ich, "mir geht´s blendend, aber ich bin nicht ihr Schatz!" Ramor stürzt aus dem Hintergrund auf den Mann zu, aus seinen Augen und seiner Stimme schießen Blitze, als er den Mann andonnert und zurechtweist, wie er mit einer Dame zu sprechen habe.

Nochmals zwei kostbare Tage und Nächte im Hotel. Wieder finde ich mein Zimmer mit Blumen und Obst geschmückt vor. Mr. Blumberg will sich als Kavalier wohl doch nicht lumpen lassen, Ramor weiß ihn zu behandeln.

Vor meiner Abfahrt mietet Mr. Blumberg ein Tonstudio. In Form eines Interviews nehmen wir eine Kassette auf, in der er seine Story mit meiner verknüpft - zu einem Drehbuchvorschlag. Wenn mein Produzent nicht sofort spurt, will er den Kinofilm mit mir machen, angeblich wartet eine Produzentin in Hollywood nur auf seinen Anruf.

Der Plot ist nicht unübel, aber meine Bedenken bestätigen sich in Köln - alle vorgeschlagenen Drehorte von Genf bis Amerika sind getarnte Yogazentren der Scientologen. Mr. Blumberg muß ein hohes Tier in dieser gefährlichen Sekte sein, auf seiner Visitenkarte ist er als Co-Präsident von fünf dieser Zentren aufgeführt.

Er ruft mich noch einige Male an, will mich nach Paris und Kripallo mitnehmen und ist wütend, daß ich seine Einladung strikt ablehne. Ich

nehme an, er sollte mich mit dem verlockenden Hollywood-Ruhm als Mitglied anwerben. Ebenso Ramor, dem er einen Vertrag als Sekretär für seine Reisen angeboten hatte.
Wenig später ist Mr. Blumberg spurlos verschwunden. Er hat mit geplatzten Wechseln und falschen Schecks gearbeitet und Ramor um Zigtausende geprellt, ein schwerer Schaden für sein junges Geschäft. Meine Ahnungen, daß er gezielt auf uns angesetzt war und auch mein Telefon seitdem abgehört wird, bestätigen sich bald.

Mein Zusammensein mit Ramor ist diesmal ungetrübt. Geduldig beantwortet er mir eine ganze Liste voller Fragen. Laut Stammesgesetz kann es ihn Kopf und Kragen kosten, wenn unsere Heirat bekannt wird. Als er mir etwas anvertraut, was außer mir niemand wissen darf, bin ich sehr stolz auf ihn, mein Instinkt über seine Mission hat mich nicht getäuscht.

Aber erstmal müssen wir bis zum ersten August Siebzigtausendmark auftreiben, oder er wandert für mindestens ein Jahr ins Gefängnis. Ein alter Scheich, Millionär, hatte ihm diese Summe auf unbefristete Zeit geliehen, war auf Abschlagzahlungen eingegangen und klagt sie nun ein. Ramor hatte das Geld aufgenommen, um die hochverschuldeten Häuser in der Altstadt halten zu können, die mit Krediten und Pfandbriefen belastet sind. Ob ich sie jemals als seine offiziell anerkannte Frau betreten darf? Endlich bekomme ich etwas Einblick und frage weiter:"Warum verkaufst du sie nicht?" "Wenn ich sie an die Israeli verkaufe, gelte ich als Kollaborateur und habe die PLO auf dem Hals und umgekehrt das Gleiche. Ungeschriebenes Gesetz."
Der Haß funkelt aus seinen Augen. "Dieses Schwein will mich ins Gefängnis bringen, um an meine Häuser zu kommen. Wenn ich ausgeschaltet bin, setzt er meine zahlungsunfähige Familie auf die Straße. Aber wenn ich wieder rauskomme, bringe ich ihn um! Und wenn ich lebenslänglich dafür sitzen muß!"

Was hat mein armer geplagter Mann für eine Bürde auf dem Hals! Auch wegen seiner Schulden hat er kein Ausreisevisum bekommen. Ich ahne, daß die Schwierigkeiten, die uns trennen, gerade erst begonnen haben. Trotzdem ist er zuversichtlich - irgendwie werden wir es gemeinsam schaffen.

V

Auf der Suche nach einem Millionär

Auf der Rückfahrt besuche ich meine beste Freundin Wiltrud. Sie ist gerade von ihrer Malreise aus Afrika zurückgekommen und zeigt ihre Bilder. Bei der Ausstellungseröffnung fällt mir eine große schlanke Frau auf, sie hat etwas von einem jungen Schwedenprinzen und einem alten Indianer. Wir freunden uns sofort an. Sie ist fünfundsechzig und wohnt in einem Häuschen im Nachbardorf, malt und schreibt, ist hochspirituelles Medium und Ufoforscherin. Urs ist die Erste in der Kette von Begegnungen und Erfahrungen der nächsten Monate, die mein Bewußtsein erweitern im Wissen um den Endkampf zwischen weißen und schwarzen Mächten, zwischen kosmischem und materiellem Denken. Andere Freunde geben mir Reiki, öffnen meine Chakren, mein Körpergefühl ist besser denn je, ich bin durch und durch gesund.
Bei einer indianischen Schwitzhütte treffe ich Ria und es ist, als kennten wir uns aus alten Zeiten. Sie ist schön und rassig wie eine griechische Amazone, ich sehe sie als Diana. Auch sie hebt sich von den geschäftemachenden Esoterikern ab und arbeitet mit der Bio-Antenne. Damit läßt sich unter anderem sowohl der Intelligenzquotient als auch die geistig-spirituelle Energieausstrahlung ermitteln. Die Messung bei Ramor ergibt die Höchstgrenze, meine metaphysische Potenz liegt weit über der Mitte, nicht schlecht.

Ramor hat durch Gerichtsbeschluß bis Ende September Aufschub bekommen, um die Forderungen des Scheichs einzulösen.
Mein Wettlauf um's Geld beginnt. Ich biete meine gesammte Bilderproduktion und das Fellini-Porträt aus meinem Film für die erforderliche Summe an, klappre Institutionen, Medien und Mäzene ab, verteile Bittbriefe - umsonst. Meine orientalische Geschichte interessiert Niemanden. Die Frau muß verrückt sein, denken die Meisten.

Trotz der Sommerhitze steigt die kalte Wut in mir hoch,über die Ablehnung der Kölner Kulturbonzen. Ich beschließe, an die breitere Öffentlichkeit zu gehen.
Ich stelle mich abwechselnd im Agrippina Kostüm und in Christus Position, den nackten Körper mit blutigen Mullbinden umwickelt, auf das römische Portal an der Domplatte und demonstriere täglich acht Stunden meinen elftägigen Hungerstreik für die Liebe.
Aus den verteilten Rundbriefen geht die Situation, leicht verschlüsselt hervor, und ein großes Plakat lockt die Neugierigen an:
"FREIHEIT FÜR HONECKER UND RAMOR!"
Da niemand Honecker aufnehmen will, biete ich ihm ein Zimmer, inclusive meiner perönlicher Verhöre, in meiner Wohnung an, wenn er mir als Gegenleistung die entsprechende Summe für den Freikauf meines Mannes zahlt.
Die Meisten lesen erst gar nicht, regen sich auf, oder begreifen den Gag nicht. Tausende, Kölner und Touristen, begaffen, belächeln und fotografieren mich, manchmal fällt ein Markstück in den Zylinder. Und doch war´s nicht umsonst. RTL-Explosiv macht eine Aufzeichnung der spektakulären Aktion, sie wird am 8. September ausgestrahlt, erregt nochmals Mißbilligung, aber auch Bewunderung.

Das Verhängnis nimmt seinen Lauf. RTL wird auch im Orient gesehen, daran hatte ich nicht gedacht. Eine israelische und eine arabische Tageszeitung berichten über die verrückte europäische Künstlerin, die ihren Wüstenscheich freikaufen will.
Nun ist unsere Verbindung publik und der Mossad schläft nicht. Ramor ist sehr niedergeschlagen, als er davon erfährt, aber er macht mir keine Vorwürfe.
Die Aktion hat noch ein negatives Nachspiel. Der Reihe nach tauchen Männer als rettende Engel für die große Liebe auf, versprechen Hilfe, verlieben sich in mich, sagen ab und wieder zu - als seien sie geschickt, meine Hoffnung, meine Nerven zu zermürben.
Der Erste ist ein gutverdienender Studienrat mit Ersparnissen, er bietet sich an, für Ramor einen Kredit aufzunehmen.

Als ich erzähle, daß ich noch in Rom bei Fellini mein Glück versuchen will, entschließt er sich spontan mitzufahren, und die Reise zu finanzieren. Unterwegs entdeckt er an meiner Seite ein ganz neues Lebensgefühl, kleidet sich römisch elegant ein, beschenkt auch mich mit hübschen Sachen. Später holt er sich das in Sachen Liebe gesteckte Geld in Form von Ölbildern von mir zurück.
Rom ist in der letzten Augustwoche wie ausgestorben, Fellini ist in Rimini. Wir finden ihn im Garten des Grand Hotels, ich flattere ihm im zitronengelben Chiffonkleid an den Hals. Er ist sehr liebenswürdig, aber gerade mit seinem Arzt im Gespräch und bittet mich, ihn später in Rom zu besuchen. Ich habe nicht den Mut, ihm die brandheiße Situation zu erklären.
Heribert ist so erotisiert, daß ich Mühe habe, ihn von meinem Körper fernzuhalten. Er versucht´s immer wieder, küßt mich, schleckt mich ab. Solange er meinen Schoß in Ruhe läßt, lasse ich´s über mich ergehen und denke an Ramor, dem geholfen werden muß. Heribert ist attraktiv, sehr kompliziert und feminin, absolut nicht mein Typ. Von Rom aus führt er ein langes Telefonat mit Ramor und beteuert, daß er sich für ihn sogar an reiche Damen verkaufen würde. Er sagt seine Hilfe fest zu und will mit mir zusammen nach Jerusalem fliegen, um ihn kennen zu lernen.
Schon am zweiten September geht´s los, aber am Frankfurter Flughafen trennen sich unsere Wege. Heribert bleibt zurück. Zwar hatte ich ihn vorgewarnt, aber anscheinend beantwortet er die Fragen der israelischen Sicherheitsbeamten so ungeschickt und arrogant, daß sie ihn besonders schickanieren und er sich lauthals über Nazimethoden beschwert.
Ich bin längst durch, der letzte Aufruf an die Fluggäste ertönt. Schließlich geht´s nur noch um die Kontrolle seiner Fototasche, sie soll einbehalten und nachgeschickt werden. "Flieg allein", schreit er wütend, "ich verzichte auf meine Bekanntschaft mit Israel!"
Ob er zurückgehalten wurde, weil er Hilfe bringen wollte, bleibt ungeklärt. Wir fliegen mit einer Stunde Verspätung ab. Abends komme ich fast ohne Geld und ohne Koffer in Tel Aviv an. Mein Koffer ist unterwegs verschwunden und wird mir erst fünf Tage später, einen Tag vor meiner Abreise, ins Hotel nachgeschickt.
Um Mitternacht kommt Ramor zu mir ins Atlantik Hotel und wir sind glücklich, trotz der miesen Umstände. Endlich hat er begriffen, daß er sich

auf mich verlassen kann, daß ich ihm in jeder Situation beistehen werde und er sich seiner Not nicht vor mir zu schämen braucht.

Am nächsten Tag findet das eigentlich für Heribert geplante Treffen mit dem Scheich und dessen Rechtsanwalt statt. Ich erhalte Einblick in die Gerichtsakten und Schuldscheine. Hadid übersetzt und ich verstehe Ramors Nervosität - der Alte ist wirklich ein gnadenloser Killertyp.

Ich setze meinen ganzen Charme ein und garantiere dem Scheich, daß er bis spätestens November das Geld aus Deutschland bekommt. Nach zähem Ringen läßt er sich darauf ein und ich nehme Kopien der Schuldscheine mit, damit Heribert etwas in den Händen hat als Beleg.

Auch ohne meine Stargarderobe und Reizwäsche genieße ich Jerusalem und die Stunden mit Ramor. Wir haben mit Heribert telefoniert, er steht zu seinem Versprechen und wird auch meine Hotelrechnung überweisen.

Mein Herzblatt ist diesmal oft in meiner Nähe, er betreut eine Verkaufsausstellung im großen Ballsaal des Hotels und flitzt zwischen seinem Shop, seiner Familie und mir hin und her, dementsprechend erschöpft und dennoch ein sprühender Vulkan. Es ist faszinierend, ihm beim Handeln zuzusehen, er ist ein glänzender Redner und Überredungskünstler. Einmal schäkert er drei Stunden lang mit vier Japanerinnen, die alle Seidenschals ausprobieren, dann doch nichts kaufen wollen und schließlich mit Wertgegenständen von etlichen Tausendern abziehen.

Und endlich zeigt er mir seine Häuser wenigstens von außen, hinter der hohen Mauer am Damaskusgate. Ich wandere oft über die Stadtmauer, sehe einmal seine Mutter beim Wäsche aufhängen ...

Ramor holt mich auf den Dachgarten des Hotels - Mama hat gekocht und ich genieße das erste gemeinsame Mahl mit meinem Ehemann. Wir sitzen auf dem Boden, essen mit den Fingern von der großen Platte, Hähnchen, Gemüse, zusammen mit zwei Verkäufern und seinem jüngeren Bruder. Als seine deutsche Freundin bin ich also schon zugelassen, immerhin ein Fortschritt.

Eigentlich war gemeinsam mit Heribert ein Ausflug nach Tiberias geplant - ein Tag und eine Nacht ungestört mit Ramor in irgendeinem Hotel. Mein Wunsch ist unerfüllbar. Er zeigt auf den Sicherheitsbeamten, der seit meiner

Ankunft unauffällig durch´s Hotel schleicht und endlich glaube ich ihm, daß jeder seiner Schritte beobachtet wird.

Für den kleinsten Ausflug muß er sich polizeilich an- und abmelden, wartet oft Stunden vergeblich auf den erforderlichen Stempel im Personalausweis. Hat er ihn zufällig in einer anderen Hosentasche vergessen, kann es passieren, daß er von der Polizeistreife mit Fußtritten traktiert und erst mal eine Nacht in die Zelle geschleppt wird, bis ein Freund ihn ausweist.

"Wir Beduinen sind hier rechtlos und werden weitaus schlimmer schickaniert als die Palästinenser", sagt er bitter.

Einfach mit mir ins Grüne oder ans Tote Meer fahren, ist nicht drin. Die Gefahr, daß einer von uns aus dem Auto gezerrt oder abgeknallt wird, will er nicht eingehen.

Ich werde für mein Verständnis mit einer wunderbaren Liebesnacht und gemeinsamen Frühstück im Zimmer belohnt, auch den Nachmittag will er sich für mich freihalten, es ist mein letzter Tag.

Zum vierten Mal bin ich nun in Jerusalem. Manche Plätze sind mir vertraut wie eine Urheimat. Da ich angstfrei und freundlich bin, werde ich von Niemandem belästigt, obwohl so mancher Araber mich am liebsten im Stehen vernaschen würde, an Angeboten fehlt es nicht. Ich bin erotisiert und das Glück strahlt aus meinen Augen, das zieht die Männerblicke auf meinen Körper, es stört mich nicht.

Ich fahre zum Herzlberg, nicht ahnend, welche Erschütterung mich im Jad-Vaschem, dem von Herzl errichteten Denkmal für die sechs Millionen ermordeter Juden erwartet.

Auf dem Kinderhügel in der unterirdischen Kuppel scheinen die Seelen der vergasten Kinder am Firmament zu flackern. Ich taste mich im Dunkeln über schmale Stege, von Spiegeln rundum reflektiert, leuchten tausende Glühbirnen wie ferne Sterne am Himmel. Jeder Stern ein Kind, jede Minute wird ein Name verlesen, Geburtsjahr, Ort, Todestag - unschuldige Kinder, kleine unschuldige Kinder und Säuglinge aller Nationalitäten. Ich kann die Tränen nicht zurückhalten und begreife nicht, wie Touristen vor diesem Hügel fröhliche Urlaubsfotos machen können.

Die Bedrückung lastet noch immer auf mir, und als ich am Swimming Pool zwei Stunden vergeblich auf Ramor warte, geht sie in Mißstimmung über.

Ich setze mich verärgert zu den Jungens in den Verkaufsraum, rauche Kette. Ramor kommt angestürzt, ich zeige meinen Unmut. "Nicht vor den Knaben!" zischt er mir ins Ohr, "geh! Ich komme gleich!"
Oh weh. Habe ich doch wieder gegen die männlich-arabischen Anstandsregeln verstoßen, ihn vor Halbwüchsigen blamiert, die es gewöhnt sind, ehrfurchtsvoll zu ihrem Vorbild aufzublicken! Zwistigkeiten zwischen Eheleuten sind in der Öffentlichkeit tabu und das ist gut und richtig so, weil es keinen Tratsch Außenstehender aufkommen läßt. Unsere Boulevard-Presse lebt davon - hier unter Moslems erfahre ich, was gegenseitige Achtung von Mann und Frau wirklich bedeutet.

Mein Gatte läßt sich ungnädig im Sessel nieder:"Wenn du so bist, kann ich nicht in Italien mit dir zusammen leben!" Ich schlucke die Lektion, knie vor ihm nieder:"Bitte verzeih mir, ich hab so auf dich gewartet!" Augenblicklich verändert sich sein strenger Blick, wird seine Stimme weich und zärtlich:"Das tut mir leid. Ich habe auch auf dich gewartet, aber du warst nicht da." Es stellt sich heraus, daß wir aneinander vorbei gelaufen sind und die Versöhnung ist so himmlisch schön, daß ich auf der Stelle im Liebestod sterben möchte.
Während er sich anzieht, springe ich übermütig vom Bett auf seinen Schoß, trommle auf seine starken Pferdeschenkel:"Darauf habe ich ein Leben lang gewartet ..." "Und jetzt hast du´s bekommen", sagt er lakonisch und bleckt lachend sein herrliches Gebiß:"Bin ich nun dein bestes Beduinenpferd, reitest du mit mir allein bis ans Ende der Welt?" "Jaaa! Aber ohne Sattel! Und wenn du Hunger hast, mußt du an mir knabbern. Schmecke ich gut?" "Du bist meine Leibspeise, ich rühre nichts anderes mehr an."
Er löst sich fröhlich aus meiner Umklammerung. "Aber jetzt muß ich arbeiten. Heute abend komme ich nochmal kurz vorbei." "Nur kurz?" "Du mußt packen." "Okey", maule ich, unersättlich nach seinem Anblick, seinen Berührungen.
Gegen zweiundzwanzig Uhr kommt er, plumpst in den Sessel, streckt sich aus, gähnt und rülpst mit vorgehaltener Hand, entschuldigt sich gleichzeitig, sein Magen ist nicht in Ordnung. "Olala", sage ich provokant, "du bist ja nicht gerade charmant zu mir?" "Soll ich mich vor meiner eigenen Frau verstellen?" "Aber sicher nicht." "Ich bin einfach total müde, kannst du das

nicht verstehen?" "Aber ja, Liebling." "Am besten gehst du früh schlafen, wir verabschieden uns morgen früh." Er gibt mir einen Kuß auf die Nase und ist mir so vertraut, als wären wir seit Jahren verheiratet und dennoch frisch verliebt.

Wider besseres Wissen finde ich keine Ruhe. Er hat noch eine Verabredung mit einer Galeristin, die vielleicht seine Orientsammlung kaufen will, ich soll uns den Daumen halten, daß es klappt.

An der Kellerbar beginne ich, mich mit Campari Soda über den harten Abschied hinweg zu trösten. Da kommt Ramor an der Seite einer hübschen, jungen Blondine herein, heiter flirtend, gar nicht mehr müde. Es gibt mir einen Stich ins Herz und ich erstarre. Er hat meinen tötlichen Blick aufgefangen, kommt an meinen Barhocker, flüstert mir ins Ohr:"Das ist die Galeristin." "Aha", sage ich kalt. "Bist du etwa eifersüchtig?" "Ich bin rasend eifersüchtig, oh ja!" "Du weißt genau, daß du keinen Grund dazu hast. Du siehst wunderbar aus, ich liebe dich!"

Er zieht mit der Dame ab. Die Vorstellung, er könne mich betrügen, macht mich wahnsinnig. Im Zimmer leere ich die Minibar und flenne vor mich hin, weil er mich in der letzten Nacht mit meiner törichten Eifersucht alleine läßt.

Um zwei Uhr morgens klopft es leise - Ramor. Er hat meinen aufgelösten Zustand geahnt. Ich schäme mich, weil ich nach Alkohol stinke, aber er streichelt mein verheultes Gesicht und beglückt mich noch einmal voller Leidenschaft, damit ich für alle Zeiten weiß, daß er nur mich liebt.

Eine Stunde vor Abfahrt sitzen wir uns im Foyer fast wortlos gegenüber. Seine Miene ist finster und verschlossen. Als ich ihm seine schlechte Laune zum Abschied vorwerfe, entschuldigt er sich förmlich und stößt heraus:"Mir ist alles egal, du, meine Mutter, alles! Ich bin mein Leben satt, ich will nicht mehr!"

Ich bin erschrocken über seine Härte, aber ich sehe, daß die pure Verzweiflung aus ihm spricht. Die Galeristin hat nicht angebissen, an Heribert zweifelt er ebenso wie ich.

"Ich schwöre dir, du kommst nicht ins Gefängnis!" "So Gott will", seufzt er, aber seine Züge heitern sich auch beim letzten Winken nicht auf.

VI

Die schwarzen Schatten tauchen auf

Heribert holt mich in Köln ab, gebärdet sich wie mein Liebhaber, läßt mich noch eine Woche in Ungewißheit zappeln und zieht sein Angebot unvermittelt zurück.
Der nächste Retter, der durch seine Hilfe etwas von dem großen Liebeskuchen abhaben will, steht schon bereit: Dr. Wulf Unrat, Psychiater aus Freiburg, der sich fortan mit "hier ist der Wolly" meldet. Seine Stimme ist mir äußerst unangenehm Er verehrt mich seit dem Fellini Film aus der Ferne, hat mein Schicksal verfolgt und will unbedingt helfen, gerührt von so heldenhafter Liebe.
Gleich bei seinem ersten Besuch defeniert er sich noch eindeutiger als Heribert - auch er möchte etwas an mir naschen dürfen, damit er sich für seinen Einsatz motiviert fühlt. Wie sich die Kerle gleichen! Auch seine äußere Erscheinung ist mir unsympathisch - ein gestandener, normannischer Kleiderschrank mit Brille, halblangem, schütteren Blondhaar und noch schwammiger und schleimiger als sein Vorgänger.
Ich überwinde meine weibliche Aversion und lasse seine betont herzliche Umarmung mit Küßchen auf die Wangen über mich ergehen. Beim zweiten Besuch macht er mir eine Massage und beim dritten sehe ich eiskalt zu, wie er vor mir onaniert - "für Ramor", sagt das Schwein auch noch. Ein weiterer Anblick dieses jämmerlichen Menschen bleibt mir erspart.
Aber er verfolgt und belästigt mich noch über die nächsten zwei Jahre mit seinen Telefonaten. Ich vermute, daß er nicht nur Psychopath ist, sondern auch für die Scientologen arbeitet, als Agent der schwarzen Seite auf mich angesetzt. Vielleicht sogar nur als unwissendes Medium, denn dümmer und tollpatschiger als er verrät sich kein Spitzel in der billigsten Krimiserie.
Zunächst erscheint er mir seriös. Fünfundzwanzigtausendmark kann er selber locker machen, den Rest aus seiner Gemeinschaftspraxis als Kredit oder durch Ankauf meiner Bilder. Leider machen die Kollegen nicht mit. Einmal ruft er mich von einem Ärztekongreß in Kopenhagen an, fliegt angeblich nach Rom, weil ein Freund das Fellini Porträt für

Fünfzigtausendmark kaufen will. Absage. Vierzehn Tage später meldet er sich aus einer Klinik in Bonn, entschuldigt sich mit Magendurchbruch und verweist mich an einen Galeristen in Regensburg, der meine Bilder in Kommission nehmen will. Dieser bestätigt die Einladung telefonisch, aber nach zwei Tagen ruft ein Angestellter an, die Ausstellungsfrist sei doch zu knapp. Später kommt ein Anruf aus Brüssel, eine Fernsehgesellschaft will ein Porträt mit mir machen, der Herr scheint informiert. Das angekündigte Exposée mit Vertrag kommt nie.

Inzwischen bin ich hellhörig geworden und bin sicher, daß hinter allen Scheinangeboten Wolly mit verstellter Stimme steckt. Schließlich verspricht er mir noch, wenigstens für Fünftausendmark einige Bilder von mir zu kaufen, kündigt sich fünfmal an und kommt nicht. So narrt er mich zwei Monate zwischen Hoffnung und Enttäuschung. Obwohl ich ihm Fangschaltung androhe, ruft er mich immer wieder spät nachts an, um sich scheinbar besorgt nach meinem Befinden zu erkundigen. Auch wenn ich den Hörer sofort aufknalle, ist mein Schlaf gestört und das ist wohl seine Absicht.

Zur Eröffnung der Filmfestspiele im SAS Hotel Ende September wimmelt alles herum, war Rang, Namen und Geld hat. Ich hocke verkrampft im Foyer neben meinem Fellini Porträt und hoffe auf einen Käufer oder einen Produzenten, der mir einen Filmvertrag anbietet. Niemand kümmert sich um mich und ich bin unfähig, auch nur einen der geschäftigen Bonzen anzusprechen. Ich gehöre nicht dazu.

Beim Abschluß im Cinedom versuche ich´s nochmal, aber die Meisten kennen mein Anliegen und machen einen großen Bogen um mich.

Da kreuzt der dritte Helfer auf - Friedhelm, ein angehender Kameramann, achtundzwanzig Jahre alt, die Glatze mit einem Brechtkäppi verdeckt. Er ist der Erste, der sich wirklich für meine Geschichte interessiert, denn er hat lange im Kibutz in Israel gelebt und kennt die schwierigen Verhältnisse drüben. Am liebsten würde auch er sofort an Ramors Stelle treten und jammert immerzu über Liebesentzug, weil ihm bisher die große Liebe versagt blieb. Immerhin wird er nicht zudringlich, geht mir aber bald auf die Nerven durch seine Kompliziertheit. Er ist nicht uninteressant, ist übersensibel und rechthaberisch, genial und labil zu gleich.

Er verfolgt von nun an all meine Aktivitäten mit der Videokamera, will den ausstehenden Film oder zumindest ein Porträt mit mir machen, aber auch daraus wird in den nächsten zwei Jahren nichts, er verliert sich immer wieder in seinen eigenen Phantasien, ein ewig Suchender.

Anfang Oktober bringt er mir den vierten rettenden Engel - Rainhold, den er seit einer Woche kennt. Rainhold sieht engelhaft rein aus. Er stammt aus asozialen Verhältnissen und ist Universalerbe eines vermögenden, künstlerischen Pfarrers in Kleve, der ihn adoptiert hat. Er kann schon jetzt über sein Erbe verfügen. Als ich seine Frage, ob ich mich für Ramor prostituieren würde, energisch verneine, umarmt er mich und schwört, daß ich das Geld von ihm bekomme. In wenigen Tagen will er mir den Scheck bringen. Auch Filmpläne werden mit Friedhelm geschmiedet, er will im Bergischen eine Produktionsfirma gründen.
Wir können unser Glück kaum fassen, warten eine Woche vergeblich, dann ruft Friedhelm den Pfarrer an. Er ist nur ein mittelloser Landpfarrer und hat den drogensüchtigen Hochstapler Rainhold gerade wieder auf die Landstraße zurückgeschickt - ein hoffnungsloser Fall.

Ramor tröstet mich in meiner Enttäuschung und Niedergeschlagenheit und ich muß ihm versprechen, nichts mehr für ihn zu unternehmen. "Ich brauche dich gesund und stark für die Zukunft", sagt er liebevoll, "ich schaff das schon allein, mach dir keine Sorgen."
Hätte ich doch nur auf ihn gehört!
Aber ich bin so verbohrt in meinen Trotz, das Glück für uns erzwingen zu wollen, daß ich eine letzte Aktion starte und damit den fünften Helfer anziehe.
Mit tausend Kopien meines letzten Rundbriefes an die Kölner Gesellschaft in der Tasche treffe ich am Hauptbahnhof auf Bob, der mich um eine Mark anbettelt. Ich lade ihn zum Kaffee ein und wir tauschen unsere Geschichten aus. Er war Dachdecker, dann gut verdienender Playboy und hat sich nach einem Banküberfall im Knast zum Maler gemausert, verkauft seine Grafiken auf der Straße und träumt vom Weltruhm.
Seine bösen gesellschaftskritischen Zeichnungen mit eigenwilligem Strich gefallen mir, und ich teile seine Wut gegen die satte Wohlstandsgesellschaft,

gegen die Galeristenmafia und den kölschen Klüngel. Er ist ein schöner, dynamischer Mann, aber ziemlich verwahrlost. Seine radikalen Thesen erinnern mich an die siebziger Jahre auf dem Neumarkt der Künstler, wo Individualität und Originalität noch gefragt waren.

"Du machst das alles falsch", sagt er, "du bist doch keine Bettlerin! Den Ärschen muß man´s ganz anders zeigen - mit dem Holzhammer vor den Kopf!" Er macht meine Sache zu seiner eigenen und klebt meine Flugblätter in einem nächtlichen Rundgang durch die Innenstadt mit Pattex auf Schaufensterscheiben und markante Blickfänge.

Firmenschilder, Stadtanzeigerkasten, Bios Boulevard, Kulturamt, das Wappen von 4711, WDR, Opernhaus, Galerien - er hat nichts verschont, stelle ich am nächsten Tag fest, manche Zettel kleben noch ein Jahr lang. Da mein Name und mein Telefon angegeben ist, hagelt es in den nächsten Tagen statt Geld empörte Anrufe und Schadenersatzforderungen. Einmal meine ich die Stimme eines Kulturbonzen persönlich zu erkennen: "Frau Norma, jetzt sind sie aber wirklich zu weit gegangen!"

Ich stelle mich naiv und es gelingt mir, sie alle abzuwimmeln - der Student, der die Dinger nur verteilen sollte, ist leider nicht zu ermitteln...

Jetzt legt Bob erst richtig los und nistet sich in meiner Wohnung ein, um weitere agitatorische Konzepte zu entwickeln. Zwar hält er sich an die Absprache, mich nicht zu berühren, aber sein Angebot, er würde mich sofort heiraten, wenn mit Ramor etwas schiefginge, sagt mir genug.

Seine Ideen überschlagen sich. Einmal soll ich mich angeseilt vom Dom fallen lassen, dann an ein Holzkreuz gefesselt, auf der Domplatte mit meinen Bildern verbrennen, oder als lebende Fackel von der Hohenzollernbrücke in den Rhein springen - natürlich alles so inszeniert, daß mir nichts Ernstes passiert. Ich bin nicht gerade ängstlich und würde mich für Ramor zu Tode foltern lassen, um sein Leben zu retten, aber diese Vorschläge sind mir doch zu waghalsig.

Endlich kommt Bob der zündende Funke. Er wird ein großes Kunstspektakel im Museum Ludwig machen, Josepf Beuys gewidmet - für die Kunst, für das Leben, für die Liebe!

Er will seine Thesen zur Kunst auf Skulpturen und Bilder kleben, auf freie Wände ein rotes Herz mit meinem Namen malen, während ich die Wärter ablenke ... "Und wenn sie uns entdecken?" "Das sollen sie ja. Bevor sie die

Polizei rufen können, verschwindest du und kettest dich im Büßerkleid an den Altar im Dom und murmelst Gebete." "Und was machst du derweil?" "Ich erkläre dem Scheißvolk, was Kunst und Liebe ist - und wenn sie mich von der Treppe ins Irrenhaus oder in den Knast zerren, die kriegen mich nicht mundtot! Ich schwöre dir, diese Aktion geht in die Kunstgeschichte ein! Das Guggenheim Museum in New York wird sich um meine Bilder reißen, und du kriegst dein Geld für Ramor!"

Jetzt bin ich wirklich blind vor Liebe und gehe begeistert auf seinen Vorschlag ein.

In den folgenden drei Tagen und Nächten besetzt Bob mein Wohnzimmer, meinen Schreibtisch und mein Telefon, schläft nur einmal für wenige Stunden und putscht sich mit Zigaretten, Kaffee und Haschisch auf. Ab und zu kommt Friedhelm dazu, sichtlich beeindruckt von Bobs fanatischem Einsatz und Redegewalt, und mir gegenüber leicht beleidigt, weil ein Stärkerer als er mich im Kampf für die Liebe unterstütz, das Heft in die Hand genommen hat.

Bob entwirft, bekritzelt und verwirft unzählige Blätter für seine Thesen, malt sie auf den Teppichboden, verscheucht mich wie eine streunende Katze oder schreit mich an, weil ich die zehn Gebote Moses, die er in seinem Pamphlet neu formulieren will, nicht im Kopf habe. Seine Stimme wird immer lauter, fanatischer, die Nachbarn beschweren sich über nächtliche Ruhestörung.

Einen Tag vor der geplanten Aktion dreht Bob durch, blockiert mein Telefon mit endlosen Gesprächen und Mitteilungen über das Weltereignis, das alle Menschen wachrütteln wird, das alle Medien aufzeichnen müssen.

"Dieses Weib ist nicht wert, daß ein Hund sie bepißt", höre ich ihn ins Telefon brüllen, "sie schimpft sich Künstlerin und ist nicht in der Lage, ein vernünftiges Konzept zu entwickeln - für die Liebe, für die Kunst, für das Leben! Bitte, gnädige Frau, sie verstehen mich - sorgen Sie dafür, daß ich sofort drei Funktelefone bekomme und versuchen Sie, über alle Kanäle den besten Aktionisten, Perfektionisten und Konzeptionisten Deutschlands zu alamieren. Schicken sie ihn in die Wohnung dieser unfähigen Frau und seien sie morgen Mittag mit ihrem Ü-Wagen zur Stelle! Danke!" Als ich ihm den Hörer aus der Hand reißen will, schlägt er mich brutal zu Boden und wählt die nächste Nummer, der Direktor des Kölner Verkehrsamtes, er kennt und schätzt mich.

"Hallo, hier Bob, ich spreche im Namen Norma Varnhagen, sie macht morgen eine Aktion am Ludwig Museum. Alle Knastis von Werl, alle Taxifahrer, Nutten und Moslems von Köln, alle echten Künstler werden dabei sein. Tausende werden spalier stehen und eine Kette um den Dom bilden - für die Liebe, für die Kunst, für das Leben! Tun Sie ihr Möglichstes, die Polizei abzuhalten oder positiv zu beeinflussen, ich erwarte Sie. Danke! Sie wollen Frau Varnhagen noch sprechen? Bitte sehr." Dr. Sch. gluckst ins Telefon über den Verrückten, versteht, daß ich nicht reden kann und Bob entnimmt unserem Gelächter, daß er ihn überzeugt hat, wählt die nächste Nummer. Seine Dauergespräche ergeben achthundert Mark Telefongebühren. Er telefoniert bis in die späte Nacht und überschreit sich so, daß seine Stimme heiser wird.

Wenn ich versuche einzugreifen, sperrt er mich aus oder wird gewalttätig, versetzt meine Wohnung in ein unbeschreibliches Chaos. Noch zögere ich, die Polizei zu holen und hoffe, daß er sich bis zum nächsten Mittag fängt. Ich habe etwas geschlafen, er zwingt mich zu einem magischen Ritual für Ramor, das in eine schwarze Messe ausartet.

Entsetzt sehe ich wie seine Besessenheit eskaliert, seine Liebe in Haß umschlägt, in seinen Augen ist das Böse Funkeln eines Dämons. Gegen Morgen kommt endlich Friedhelm dazu. Aber auch er versucht vergeblich, Bob zu einem Arztbesuch zu überreden. Bob ruft im Polizeipräsidium an, schildert seine Aktion und verlangt eine Eskorte von zwölf Streifenwagen zur Domplatte.

Ich verstecke zitternd alle scharfen Messer, Bob hat meine Bilder von den Wänden gerissen und droht, sie oder mich vom Balkon zu werfen, wenn ich nicht pariere.

Es klingelt Sturm, die Nachbarn haben die Polizei gerufen. Zwölf Polizisten besetzen die Treppe, während ein Arzt Bob untersucht. Diagnose schwerer schizophrener Schub.

Triumphierend steigt er in den Krankenwagen im Glauben, es ginge zur Domplatte. Sie bringen ihn nach Merheim, in die geschlossene Anstalt. Zwei Monate lang wird er stillgelegt und für seinen verrückten Einsatz für die Liebe, bestraft.

Ironie des Schicksals? Als ich ihn mit Friedhelm besuche, bekommt ein Mitinsasse die Tragödie mit und verspricht mir spontan Zweitausendmark für einen Flug zu Ramor! Ich warte eine Woche auf den angekündigten Scheck und erfahre schließlich, daß seine Frau seine Konten gesperrt hat und versucht, ihn entmündigen zu lassen. Sie hat einen jungen Liebhaber, mit dem sie sich die hohe Beamtenpension ihres unzurechnungsfähigen Mannes teilen will.

Mein Ruf in Köln ist nun endgültig ruiniert. Vor dem Museum Ludwig haben keine Tausende auf das Spektakel gewartet, sondern nur drei Freunde, zwei Reporter, und der verständnisvolle Dr. Sch.
Die Kölner Rundschau bringt einen ausführlichen, sehr fairen Bericht zu meiner Ehrenrettung, aber ich brauche vierzehn Tage, um mich von dem nachträglichen Schock zu erholen. Beim Säubern meiner verwüsteten Wohnung kippe ich rückwärts von der Leiter zu meinem Hochbett, die Prellungen an Schulter und Hüftgelenk schmerzen wochenlang.
Heulend rufe ich Ramor an, er ist nicht weniger depremiert als ich. Der Rundschau-Bericht ist über DPA nach Israel gelangt. Jetzt hat er totalen Visastop und auch ich kann ihn die nächste Zeit nicht mehr besuchen. Wieder macht er mir keine Vorwürfe und muntert mich auf: "Was geschehen ist, ist geschehen, vergiß es!" Immer bleibt er gefaßt, ein Vorbild an Geduld und Gelassenheit gegenüber Unabänderlichem. In einer Woche ist seine Zahlungsfrist abgelaufen, aber er schwört mir, daß er nicht ins Gefängnis kommt.
Am Stichtag liege ich nur noch weinend auf den Knien und flehe Gott um Gnade für meinen Geliebten an, während Ramor wie ein wahnsinniger durch Jerusalem rast. Hadid erzählt mir, daß die Freunde ihn nur mit Mühe davon abhalten konnten, sich eine Kugel in den Kopf zu schießen. Ich rufe alle paar Stunden im Laden an, erfahre endlich am späten Nachmittag von Hadid, daß eine Abordnung der edelsten Scheichs auf dem Weg zu dem Gläubiger ist, um für Ramor zu vermitteln. "Wir lassen ihn nicht im Stich", beruhigt er mich, "wir lieben und schätzen ihn alle."
Gott läßt das Wunder zu. Gegen Mitternacht habe ich einen lachenden Ramor am Apparat: "Ich hab dir doch gesagt, ich schaffe es allein!"
Der Scheich hat sich überreden lassen, seine Orientsammlung als Pfand für die Forderung einzubehalten und gibt ihm ein Jahr Zeit für die Ablösung. "Und wenn du das Geld bis dahin nicht hast?" "Kassiert er meine

Sammlung und ich verliere Dreißigtausendmark." "Scheiße." "Kommt Zeit, kommt Rat."
Also letztlich unveränderte Situation. Jetzt gilt es, einen Käufer für die Sammlung zu finden, oder Einhunderttausendmark aufzutreiben.

Die große Demonstration gegen Ausländerfeindlichkeit am 9. November kommt mir gerade recht. Ich wandere mit einem Plakat vor der Brust durch die Menschenmassen zur Severinstorburg:
"ICH SCHÄME MICH EINE KÖLNERIN ZU SEIN!"
Von der Öffentlichkeit belächelt, beschimpft und verfemt wegen meiner Liebe und meinem Bekenntnis zu einem Ausländer! Durch meinen Einzelkampf für die Freiheit meines arabischen Mannes zur Verrückten abgestempelt - ein Opfer hiesiger Ausländerfeindlichkeit und rassistischer Vorurteile!
Hilfeleistung verweigert unter dem Motto: Was kümmert uns der Orient? Beduinen-Scheich ohne Geld? Das klingt doch sehr verdächtig, die arme Frau muß verrückt sein!
Erst werde ich fast zerquetscht, dann renkt mir der Türwächter das lädierte Schultergelenk aus, als ich versuche, mir auf dem Podium Gehör zu verschaffen. Auf der Bühne tummeln sich die Promis und Maulhelden, die ihr Engagement zum Kölner Karnevalsremidemi umgestalten und damit bei dieser Gelegenheit kräftig für sich absahnen. Jezt habe ich die Schnauze endgültig voll. Meine Hilferufe seit Monaten haben ein paar Almosen gebracht und meine ganze Zeit und Kraft geschluckt, mit dem Ergebnis, daß die Vereinigung mit Ramor nun noch schwieriger ist als vorher. Habe ich alles falsch gemacht?

Höchste Zeit, mich wieder auf meine eigene Arbeit zu besinnen. Ein Berliner Verlag interessiert sich für meine noch unfertigen Memoiren. Anfang Dezember erhalte ich meine erste Rentenzahlung - immerhin Eintausendfünfhundertmark für fast vierzig Jahre künstlerisches Schaffen. und setze mich in den Zug nach Rom. In Verona unterbreche ich meine Zugreise und besuche "Julia", die mir auf meinen Brief geantwortet hat. Eine clevere Organisation, die sich Shakespeares "Romeo und Julia" verpflichtet fühlt, sie will helfen, alle Liebenden der Welt zusammen zu bringen, wenn sie in Verona heiraten. Ein freundlicher Herr bestätigt mir dies, aber ein Visa für Ramor kann auch er nicht beschaffen. Wenn wir in Italien sind, erhalten wir einen kostenlosen Flug nach Rom, einen festlichen Empfang mit Führung durch Verona und eine Hochzeitsnacht im historischen Hotel. Wieder etwas zum träumen!

Fellini läßt mir ausrichten, daß er seinen nächsten Film vorbereitet und sich melden würde. Aber seine Sekretärin sagt, daß er krank ist und Altersprobleme hat - ich sehe ihn nie wieder, ein Jahr später ist er tot.

Ich irre wie ein verlorenes Huhn durch Rom, die Agenten machen mir wenig Hoffnung, auch hier sind alte Charakterschauspielerinnen nicht gefragt, das Fernsehprogramm ist noch oberflächlicher geworden als bei uns und billige Wohnungen gibt´s schon lange nicht mehr.

Eine Freundin von Margit legt mir Tarotkarten - es sieht bös aus. Für Ramor weissagen sie einen gewaltsamen Tod, für mich eine glänzende Zukunft. Auch Margit hatte in einer Vision Ramors frühzeitigen Tod gesehen und er selber hat es mir bestätigt - "Ich weiß", sagte er nur, "ich habe nur noch wenige Jahre." Ich habe es schnell wieder verdrängt. Es darf einfach nicht sein, es wird nicht geschehen, Gott wird sich unserer Liebe erbarmen!

Ich telefoniere lange mit Luise Rinser, die in Rocca di Papa lebt. Sie belächelt meine Naivität in Sachen Politik, hat aber großes Verständnis für meine Liebe. Sie ist mit Teddy Kollek, dem Bürgermeister von Jerusalem, befreundet. Wenn die Situation entspannter ist, will sie mit ihm reden, sie hilft, wo sie kann.

Zurück in Köln lösen sich die Blockaden der vergangenen Monate und ich gewinne neuen Mut. Nachträglich bestätigt sich alles, was Birgit aus Ramors und meinen Sternkonstellationen errechnet hatte.

Beängstigend und ermutigend zugleich - wir werden gelenkt und haben doch die freie Wahl, uns passiv, negativ oder positiv zu verhalten. Letztlich hat sich mein Einsatz doch gelohnt und der Weg ins Neue Jahr ist geebnet.

Prof. Raum, Spezialist für Schmerzforschung an der Heidelberger Universität, kauft vier meiner bedrückenden Bilder, weit unter Wert, aber damit kann ich den bald fälligen Umzug finanzieren. Und ich erfahre durch ihn, die lang vermißte Anerkennung meiner Arbeit, die das Thema Schmerz,

Zerstörung, Trauer und Katharsis beinhaltet - ein Spiegel, in den die Gesellschaft nicht gerne blickt.

Sylvester 1993
fahre ich für vier Wochen nach Bad Füssen, um meine Athritis zu kurieren und beende meine Aufzeichnungen. Der Verlag will mein Buch zur Herbstmesse herausbringen.
In Berlin trifft mich die erste Enttäuschung dieses hoffnungsvoll begonnenen Jahres, das für alle spirituellen und positiv eingestellten Menschen ein besonders hartes Jahr der Niederlagen und Prüfungen wird. Der Lektor, mein Antityp, kommt nicht klar mit mir. Er hat angeblich Lotti Hubers Erfolgsschlager "Diese Zitrone hat noch viel Saft" ohne Korrekturen herausgebracht. Bei mir findet er den roten Faden nicht, kein Wunder, bei meinem chaotischen Lebenslauf.
Ich lasse das Manuskript im Computersatz drucken und mache mich auf die Suche nach einem neuen Verlag. Aber auch in dieser Branche läuft nichts ohne Lancierung und bis zum Herbst habe ich alle Exemplare zurück.
Im April beziehe ich mein neues Heim, eine bescheidene Sozialwohnung in Bickendorf. Die Umgebung ist scheußlich, der Autolärm auf der Umgehungsstraße unerträglich, aber ich nehm's als Zwischenstation und hoffe auf ein Wunder.
Meine Liebesgedichte und Briefe an Ramor, ebenso wie die vielen Telefongespräche vertiefen unsere Beziehung und meine innere Ruhe ist durch nichts zu trüben. Oft höre ich Mozarts Zauberflöte und nehme die lange Trennung als Probezeit, übe mich in Geduld und Zuversicht und glaube an göttliche Führung.

Wieder erstellt Birgit unsere Konstellationen für die nächsten Monate und Ende Mai sind die Sterne so günstig, daß ich einen Flug wage - acht Monate habe ich in Sehnsucht darauf gewartet!
Die Kontrolle am Köln-Bonner Flughafen ist diesmal besonders gründlich, die Fragerei nach dem Grund meiner häufigen Besuche, nach Kontaktpersonen, nimmt kein Ende. Aber ich habe vorgesorgt und zeige ein Schreiben an die Leitung des Israel-Festivals, aus dem hervorgeht, daß meine "Apokalypsaia-Produktion" als vorgeschlagener Beitrag über das

Auswärtige Amt in Bonn auf dem Postweg ist. Ein mir wohlgesonnener Kulturattaché hatte mir diesen Tip gegeben. Ich weiß, daß ich unter Beobachtung stehe. Alle Briefe kommen geöffnet an, einige verschwinden und manchmal, wenn ich Ramor mit Fragen löchere, unterbricht er mich: "Nicht am Telefon, bitte!" So mische ich fortan meine Besuche mit künstlerischem Engagement für das Gelobte Land und führe meinerseits den Mossad an der Nase herum, ohne zu lügen. Liebe macht erfinderisch, Liebe ist nicht strafbar. Ich habe nichts zu verbergen. Im Gegenteil. Wenn die Lauscher mich abhören, werden sie enttäuscht sein, oder neidisch - reinstes Liebesgesäusel!

Jericho, im Wonnemonat Mai
Ramor hat mir eine Überraschung angekündigt, und sie übertrifft alle insgeheimen Erwartungen.
"Du siehst bombastisch aus!" begrüßt er mich am Flughafen in Tel Aviv, nimmt mir den weißen Hut vom Kopf, verbeugt sich vor mir und stellt mir Salmon vor, der mir instinktiv unsympathisch ist, ein labiler, schlacksiger Typ mit unsicherem Blick.
"Sei unbesorgt", flüstert Ramor mir ins Ohr und überfällt mich auf dem Rücksitz des Kleinbusses mit wilden Küssen, "Salmon ist eingeweiht, er ist Palästinenser, einer von uns."
Es wird eine heiße Fahrt. Wir sind beide übermütig und affengeil. In Jerusalem biegen wir ab nach Jericho - Salmon hat uns den Winterpalast seines Vaters als Liebesnest zur Verfügung gestellt. An der Raststätte kauft Ramor Leckereien und eine Kiste Bier, prostet mir zu. "Ich denke du trinkst nie?" "Ausnahmsweise, dir und Salmon zuliebe", sagt er aufgekratzt und leert die zweite Flasche nach zehn Jahren Abstinenz mit Genuß.
Ich kann es kaum fassen - der prächtige, moderne Bungalow mit Flachdach liegt am Stadtrand in einer blühenden Tiefebene gegenüber dem Berg der Versuchung! "Fühlt euch wie Zuhause", sagt Salmon und wir wählen unter den vielen Räumen unser Schlafzimmer aus. Ich führe den Herren meine sexy Garderobe vor und tanze im schwarzen, geschlitzten Abendkleid Tango mit Salmon, während Ramor im schwarzen Seidenslip, meinem Exclusivgeschenk, herumswingt und bewundernd klatscht.

Unsere Stimmung wird mit jeder Flasche Bier ausgelassener. Mein Gatte streckt sich genießerisch auf der Couch aus, ich küsse und befingere ihn hemmungslos. Salmon kriegt Stilaugen und möchte sich an unserer Lust beteiligen. "Laß die Finger von meiner Frau!" herrscht mein Herr und Gebieter ihn an, "sie ist meine erste und letzte Liebe und gehört nur mir!" Es wird unsere wildeste Liebesnacht. Als Ramor im orgiastischem Rausch über meinem Rücken zusammenbricht, schreit auch er wie ein Tier. Aber durch den Glückstaumel unserer Vereinigung dringt ein störendes Geräusch in mein Unterbewußtsein, wie das schnelle Klicken einer Kamera.

Endlich lösen wir uns voneinander.

Noch halb bewußtlos von der tiefen Verschmelzung von Körper und Seele finde ich mich wieder, weinend auf der Bettkante - in den Armen von Salmon. "Es war einfach zuviel für sie", sagt er zu Ramor, der entspannt auf dem Rücken liegt und raucht, es zuläßt, daß Salmon mich beruhigend streichelt, "ich kenne das von meiner Frau."

Wann ist er hereingeschlichen? Hat er uns zugesehen, uns fotografiert? War das die Bedingung für das großzügige Angebot? Ramor löscht den argwöhnischen Film in meinem Kopf mit einem offenen Lächeln aus, verscheucht Salmon wie eine lästige Fliege und schläft ein, wie ein argloses, zufriedenes Kind unter dem Weihnachtsbaum.

Unsere vierte gemeinsame Nacht. Das Doppelbett ist breit genug, und wenn er mich in seinen unruhigen Träumen bis an den Rand gedrängt hat, wechsle ich auf die andere Seite über, betrachte ihn lächelnd wie eine gute Fee, behüte seinen Schlaf wie eine besorgte Mutter, wunschlos glücklich. Beruhigt auch über die Feststellung, daß er kein engstirniger Moslem ist. Seit wir zusammen sind, hat er seine Pflichtgebete versäumt und bietet mir beim Erwachen einen erotischen Morgenkuß an - eine Sünde gegenüber den Gesetzen Mohammeds, denn der er erste und letzte Gruß des Tages gebührt Allah -

Allah aber ist Liebe in reinster Form, auch in unseren Körpern offenbart - wir müssen es nicht aussprechen, wir fühlen es gemeinsam, sein Segen schützt und begleitet unseren Bund.

Nach dem Frühstück stellt Salmon mir den Verwalter des Anwesens vor, der mich die nächsten Tage versorgen soll. Er ist Beduine und wohnt mit Frau und drei Kindern im hinteren Teil des Grundstücks. Zusammen mit

Ramor zähle ich mein Reisegeld und verstecke die Geldbörse zwischen unserem Bettzeug, hier werde ich nichts brauchen.
Die beiden verabschieden sich. Am nächsten Morgen muß Salmon eine Reisegesellschaft nach Tiberias fahren und will mich mitnehmen, Ramor wird am Abend wieder bei mir sein.
Mein Glück scheint vollkommen und ich wandere liebestrunken durch die angrenzenden Felder, sonne mich auf dem Dach, die Kinder bringen frisch gemolkene Schafsmilch und bestaunen mich. Ich bin gerade dabei mich einzuölen, als Salmon klingelt. Prompt will er mir eine Massage machen und protzt mit seinem Schwanz, der größer sei als Ramors. Ich drohe ihm eine Ohrfeige an, falls er es wagen sollte, mich zu berühren.
Angeblich ist er glücklich verheiratet mit einer Irin und hat zwei zauberhafte Töchter. Aber, seine Frau ist langweilig im Bett und er träumt von dem Sex-Feuerwerk, das er belauscht hat.
Mieser Spanner. Er bittet mich, etwas Geld mitzunehmen für ein Fischessen im Hafen. Beim Abzählen stelle ich fest, daß Fünfhundertmark fehlen. "Warum bist du so schweigsam?" fragt er schließlich auf der Rückfahrt und ich sage ihm den Grund. Erst verdächtigt er Ramor, dann die Beduinen und meint abschließend, ich solle die Sache vergessen, Geld sei unwichtig.
Um zwanzig Uhr will er mit Ramor kommen, ich soll ihm nichts von dem Diebstahl erzählen, um ihn nicht zu verärgern. Der Schleimer hat in unserem Schlafzimmer sauber gemacht, nur er selbst kann es gewesen sein.
Ich mache mich schön, ganz in weiß, und warte zwei Stunden voller Ungeduld. Endlich! Ramor ebenfalls ganz in weiß, stürzt aus dem Auto und umarmt mich stürmisch: "Du kannst froh sein, daß du deinen Mann noch hast, der andere Fahrer ist tot, wir mußten auf den Abschleppdienst warten!" Sollte er verunfallt werden? - geht es mir sofort durch den Kopf. Salmon konnte dem auf sie zurasenden Wagen gerade noch ausweichen und auf ein Feld ausrollen, während der Aufprall das hinter ihnen fahrende Auto zerschmetterte.
Trotz der gerade überstandenen Aufregung berichte ich Ramor von meinem Verdacht und er tobt gegen Salmon los, der nun die Beduinenkinder beschuldigt. Die Familie hat freien Zugang zum Haus und ich hatte mein Zimmer nicht abgeschlossen. Der Verwalter wird zur Rede gestellt,

natürlich streitet er den Diebstahl ab, der unaufgeklärt bleibt und Mißtrauen hinterläßt.

Ein kostbares Stündchen Liebe und dann bin ich wieder allein, auf den nächsten Abend mit einer Überraschung vertröstet Tagsüber beschäftige ich mich als Putzfrau, wische die verstaubten Marmorböden und säubere alle Winkel und Schränke der Großküche, die anscheinend lange nicht benutzt worden ist, poliere Pfannen, Töpfe und Bestecke.

Als ich das letzte Schränkchen sortiere vergeht mir der Spaß. Ganz hinten, zwischen Essig- und Ölflaschen steht mein vermißtes Sonnenöl von KD, das Preisschild ist noch dran.

So hat sich der Dieb selbst entlarvt, ahnungslos, das ein Putzteufel in mir steckt. Fast finde ich´s schon wieder lustig, aber der Gedanke, Salmon könnte als Spitzel in die Freundesrunde eingeschleußt sein, läßt mir keine Ruhe.

Endlich erlöst mich das Autogehupe vom langen Warten, Ramor springt voraus und hinter ihm kommt die Überraschung - Zalaff, Hadid und Amin, mit Kisten und Tüten bepackt, um mir nachträglich ein Hochzeitsmahl zu bereiten. Ich könnte weinen vor Freude. Die blankgeputzte Küche zeigt Ramor ohne Worte, daß ich eine gute Hausfrau bin. Es ist keine Gelegenheit, ihn vor Salmon zu warnen, die Männer glucken zusammen und ich möchte die fröhliche Stimmung nicht verderben.

Helfen darf ich nicht, nur dem Team der Köche zuschen, und das ist faszinierend in der heiteren Zusammenarbeit, wie in einem italienischen Restaurant. Ramor versorgt den Holzgrill auf der großen Terasse und bald duftet es von den verschiedensten Fleisch- und Gemüsespezialitäten, während Zalaff einen gemischten Salat zubereitet, fast so schnell wie ich zuhause. Ich fühle mich als Königin des Abends, sehe auch so aus in meinem lichtblauen, langen Kleid mit Goldschmuck und werde gebührend bewundert, mit Blicken und Worten. Da soll mir noch einer sagen, die Araber seien frauenfeindliche Machos!

Wir speisen an einer langen Marmortafel, über uns der Mond und die Sterne. Ramor sitzt mir gegenüber, legt mir nach, fragt nach meinen Wünschen, übersetzt die Gespräche der Freunde in Kurzenglisch für mich, schüttet mir ein, Wasser oder Fruchtsäfte - ein vollendeter Kavalier. Er muß es mir angesehen haben, ich sehne mich nach seiner Umarmung, habe

Schmetterlinge im Bauch. "Bist du zufrieden mit mir?" Ich nicke glücklich. Er wischt sich den Mund ab, zerknüllt die Serviette und beugt sich über den Tisch: "Geh voraus!"
Fast schamig entferne ich mich aus der Runde, dem Befehl meines Gatten gehorchend. Bevor ich nachdenken kann, ist er bei mir. Mein Unterleib routiert wie bei einem arabischen Bauchtanz, ich präsentiere ihm meinen Po und er liebkost mich so zärtlich, daß ich einen Doppeorgasmus bekomme.
Die Freunde auf der Terasse haben uns nicht vermißt, schmunzeln uns an. Anschließend scheint es nur noch um Politik zu gehen, reine Männersache. Ramor übersetzt nicht mehr und ist eindeutig der Wortführer in der angeregten Diskussion. Na warte, denke ich, wenn ich dich erstmal zu einer Theaterprobe mitnehme, lasse ich dich genau so blöd herumsitzen!
Wir verabreden uns für Samstag Nacht und ich sehe mir die Sehenswürdigkeiten von Jericho an, wandere zum antiken Sultanspalast, trinke das Wasser des Lebens aus der berühmten Quelle, genieße jede Stunde.
Er kommt spät, zusammen mit Salmon, verschlingt das mitgebrachte Essen heißhungrig, scheint in Eile. "Entschuldige", sagt er kauend, "ich muß mir Kraft anessen, ich habe einen langen Weg vor mir, um Mitternacht muß ich über die Grenze sein..." "Was? Du bleibst nicht hier?" "Sei nicht traurig Liebling, Sonntag nachmittag bin ich wieder zurück."
Er hat mal wieder einen Gläubiger auf dem Hals und will versuchen, von seinem reichen Onkel im Sinai Geld zu leihen, ein Canossagang, denn die verschmähte Cousine hofft noch immer auf seine Hand. Der Schleichweg durch´s Hochgebirge ist nicht ungefährlich, schon einmal ist er von Wegelagerern überfallen worden. "Aber ich war stärker als sie", sagte er nur verächtlich, als ich die Narben an seinem Nacken entdeckte.
Salmon wird ihn zu einem heimlichen Grenzübergang in der Nähe von Taba fahren und dort auf ihn warten. Der Fußmarsch über steile verschlungene Pfade des Hochgebirges dauert hin und zurück acht Stunden. Trotz der bevorstehenden Anstrengung liebt er mich noch einmal heiß und innig und ich verspreche, für ihn zu beten.
Ab Mitternacht liege ich für ihn auf den Knien. Ich habe mich auf das Flachdach gebettet und betrachte den klaren Sternenhimmel. Schräg über mir steht der Sirius mit leicht schlingernden Bewegungen. Nur wenige

Menschen haben dieses Phänomen beobachtet, auch Ramor kennt es - die Schwinnungen der Erde und das Universum verändern sich.
Ich richte ein spezielles Gebet für Ramor an die höheren Intelligenzen des Sirius.
In dem Moment, als ich abschließend meine zehn Finger hochrecke, durchzuckt mich ein elektrischer Schlag, aus dem Sternbild schießen Farbblitze, als würde ich fofografiert. Zunächst haut mich der Schreck auf den Boden, aber danach habe ich ein sehr gutes Gefühl und schlafe beruhigt ein im Bewußtsein, daß die unsichtbaren Schutzengel uns behüten, daß die Außerirdischen unsere Gedanken wahrnehmen und mit Signalen beantworten.
Wie Ramor mir später berichtet, hat er diese Verbindung zur selben Zeit gespürt und sie hat ihn gestärkt, als er in Eiseskälte und Dunkelheit, vom Geheul der wilden Hunde verfolgt, durch die abschüssigen Felsen kletterte.
Sonntag warte ich Stunde um Stunde in Unruhe, rufe schließlich Hadid gegen Abend an. Er hat gerade Nachricht von Ramor erhalten - er sitzt in Handschellen auf der Polizeiwache von Taba, sie haben ihn beim Rückweg am Grenzübergang abgefangen. Nur Salmon kann ihn verraten haben, denke ich spontan, hätte ich ihn doch vorher gewarnt! Er macht diesen Weg zu seinen Verwandten seit vielen Jahren und ist bisher nie geschnappt worden. Hadid beruhigt mich, er hat einen Rechtsanwalt eingeschaltet, wenn sie für Ramor eine Kaution von Fünftausendmark hinterlegen, wird er morgen freikommen.
Nach qualvoller Wartezeit erlöst mich Ramors Anruf Montag Mittag aus Jerusalem. Er sitzt noch in der Polizeistation und wartet auf seinen Personalausweis. Aus einer Stunde werden vier, bis er ihn zurück erhält und freudestrahlend zu mir kommt, als wäre nichts geschehen.
Man sieht ihm die Strapazen nicht an, obwohl er zwei Nächte nicht geschlafen hat. Ich habe derweil meinen Koffer gepackt und erkläre ihm auf der Rückfahrt, warum ich keinen Tag länger in diesem Haus bleiben kann. Salmon sitzt schweigsam vor uns wie das schlechte Gewissen persönlich. Ramor flüstert mir ins Ohr: "Mach dir keine Sorgen wegen ihm, wir werden ihn beobachten und in die Mangel nehmen. Wenn er einen falschen Schritt unternimmt, ist er dran und das weiß er ganz genau, er ist feige. Du weißt

doch, wir Beduinen haben für den Zweck der Selbstverteidigung immer ein Messer parat ..."

Du brauchst kein Messer, denke ich als echte Zigeunerbraut, du bist selber ein Pulverfaß und ein Blitz aus deinen Augen genügt, um einen Verräter tot umfallen zu lassen!

Meine letzten vierzehn Tage teile ich zwischen Gedi und Calypso, meiner neuen Heimat, wo ich sofort wiedererkannt und von den Beduinen freundlich begrüßt werde.

Um Ramors Klettertour nachempfinden zu können, mache ich eine Busfahrt nach St.Katharinen. Das griechisch-ortodoxe Bergkloster ist an diesem Tag geschlossen, aber viel mehr interessiert mich der Aufstieg zum Berg Moses, den ich mühelos bewältige. Vor Sonnenaufgang keuchen Scharen von Touristen hoch in die einsame Bergwelt, um das gewaltige Panorama zu fotografieren.

Auf dem Plateau, wo Moses angeblich die zehn Gebote empfangen hat, steht eine kleine Kapelle und drei Beduinen machen in ihrem Kiosk ein gutes Geschäft mit heißen Getränken, Süßigkeiten und dem Verleihen von Wolldecken für die Nachtschwärmen.

Hier werde ich noch öfter herkommen, nehme ich mir beim Abstieg vor, das Felsgestein aus Granit, Basalt und Sand vibriert unter meinen Händen, gewiß ein starker Kraftort. Aber vorher muß ich noch viel lesen über die biblische Vergangenheit, neben esoterischer Literatur habe ich mit dem Koran begonnen, mir bislang ein Buch mit sieben Siegeln, ähnlich wie die Bibel, ich habe Nachholbedürfnis.

Als ich meine Sachen zusammen packe, finde ich in meinem Waschbeutel zu meiner Überraschung einen zweiten Anhänger - das genaue Gegenstück zu meiner Beduinenmünze, nur mit anderer Inschrift.

Meine Hütte war immer verschlossen - wer kann mir dieses Geschenk gemacht haben? Ramors Großmutter? Wieder ein Beweis für die Magie der Materialisation? Später lasse ich die Runen entziffern - es ist ein Hochzeitsspruch aus dem Koran und auf der anderen Seite ist ein junges beduinisches Brautpaar abgebildet ...

Unheimlich, aber wahr - eine Botschaft von der *Anderen* Seite?

Ich habe Awa ein orangefarbenes Kleid abgekauft und komme braungebrannt zurück, mit angestecktem Zopf. "Jetzt siehst du wirklich aus wie eine von uns", sagt Zalaff und Ramors Blicke verschlingen mich. Ich finde eine kleine Pension, wo er mich wenigstens kurz besuchen kann, wir müssen bald Abschied nehmen.

Am Nachmittag wandle ich als Dame angehübscht unter den erlesensten Gästen der israelischen Gesellschaft durch den angestrahlten Innenhof des David Turms, stille meinen Hunger am köstlichen Büffett und trinke mir mit edlem Champagner Mut an, um mich locker und charmant an Teddy Kollek und Präsident Whitsman heranmachen zu können.
Die Einladung zu diesem Exclusiv Empfang verdanke ich der Organisatorin des Festival Büros, der ich erzählt hatte, daß ich künstlerische Kontakte aufnehmen möchte und Luise Rinser kenne, eine alte Freundin des geschätzten Bürgermeisters.
Ich werde ihn also von ihr grüßen und ihm bei dieser Gelegenheit mein Buch: "Deutsch-Deutsches Verhör" überreichen, für den Präsidenten habe ich meine "Apokalysaia" unterm Arm, auch wenn er sie nie lesen wird, man kann nie wissen ... es geht um Verbindungen an höchster Stelle, um Geld, Freiheit und ein Visum für Ramor.
Mr. Whitsman hat zuvor erstmalig dem arabischen Teil der Altstadt einen Besuch abgestattet und nach der Eröffnung mit klassischer Guitarrenmusik hält er eine simultan ins Englische übersetzte Rede zur Entspannungspolitik in Israel. Mir blutet das Herz während seiner Worte, die im krassen Gegensatz zur Schmach und Unterdrückung meiner Freunde stehen.
Aber nicht anders als auf dem Filmball in Köln bin ich zu feige, auf dem Podest das Mikrophon zu ergreifen und die wahre Situation zu schildern. Sie würden mich abschleppen, Verhören unterziehen, vielleicht ins Irrenhaus sperren - die Weltpresse ist anwesend, die obersten Rabbis und etliche Multimillionäre auch - meine Liebesgeschichte würde Schlagzeilen machen, aber Ramors Leben noch mehr gefährden und ihn vielleicht zusammen mit mir ins Gefängnis bringen, Folterverhören ausgesetzt.
Um seine Reaktion zu testen, habe ich ihm einmal aus Orwells "1984" die Scene geschildert, wo sich das Liebespaar gegenseitig verrät, an den

Rattenkäfig angeschnallt - die ausgehungerte Ratte, die sich im Vor- und Rücklauf durch das Gehirn frißt ...
"Wie können Menschen zu solcher Grausamkeit fähig sein?" fragte er entsetzt und ich habe ihm beteuert, daß ich ihn selbst unter den grausamsten Todesqualen nicht preisgeben würde, um mein Leben zu retten.

Nein, wir wollen leben, menschenwürdig leben!

Endlich wage ich mich an die hohen Herren heran und stelle mich in die Reihe der händeschüttelnden Würdenträger. Eine Fotografin steht bereit, von meinem Namen als Fellini Schauspielerin beeindruckt. So komme ich zu zwei Starfotos an der Seite der hochgestellten Persönlichkeiten und einem Autogramm des Präsidenten. Auch wenn ich sie nicht veröffentlichen kann, dienen sie mir doch als Legitimation und Alibi für meine nächsten Flüge in Sachen Kunst und Völkerverständigung - der Wahrheit entsprechend.
Im Gefühl, meine Rolle gut gespielt zu haben, besaufe ich mich ungehemmt und mache keine weiteren Versuche, unter der äußerst elitären jüdischen Gesellschaft vielleicht doch noch einen normalen Ansprechpartner zu entdecken.
Die Gesichter erinnern mich penibel und abstoßend an die Weltelite im Bayreuther Festspielhaus - während und nach Hitlers Verbrechen Volksverachtende Maden im Speck - vereinigte Weltprominenz der reichen Illuminaten - als Kind habe ich sie instinktiv abgelehnt, heute verachte ich sie bewußt, ebenso hilflos und stimmlos wie einst in meinem Elternhaus.
Der Abstammung nach gehöre ich zur priviligierten Oberschicht, aber mein Herz gehört den sogenannten Underdogs, den Armen, Entrechteten, Leidenden, für die auch Ramor kämpft.

In meinem ärmlichen Hotelzimmer reiße ich mir die Bühnenklamotten vom Leib und heule mich in den Schlaf - die Gerechtigkeit Gottes scheint nur ein frommer Bibelspruch zu sein, ich werde mich nicht Abfinden mit der Vertröstung auf´s Paradies!
Meine Freunde amüsieren sich neidlos über meinen Bericht aus der ihnen verschlossenen Welt. Ramor bleibt gelassen und skeptisch: "Mach dir nicht

zuviel Hoffnung auf solche Begegnungen, du weißt doch selber, wie oft du schon enttäuscht worden bist."
Natürlich hat er Recht, auch wenn ich's nicht einsehen will. Schmerzhaft wird mir noch einmal bewußt, wie falsch und gemein die Unterstellung meiner Umwelt ist, er habe es nur auf mein Geld abgesehen. Nicht er bittet mich darum, sondern ich biete es ihm an für unser gemeinsames Glück. Schüre seine Hoffnung durch immer neue Aktivitäten und Versprechungen - der Kinofilm, meine Memoiren - nichts hat geklappt, es ist wie verhext ...
Der Verdacht, daß schwarze Mächte gegen unsere Vereinigung sind, bestätigt sich in den nächsten Monaten immer offensichtlicher.
Die Abschiedsstunde hat geschlagen. Ich begrüße Ramor im roten Seidentrikot, er pfeift durch die Zähne, reinigt seinen Allerwertesten in der mickrigen Toilette und gibt mir wie ein Liebesgott all seine Kraft mit auf den Weg in eine ungewisse Zukunft. Noch halb ohnmächtig, kuschle ich mich an seine Brust und frage: "Wird es immer so sein zwischen uns, auch in der vierten Dimension nach dem Tod?" "Ja, natürlich", erwidert er und schlüpft in seine Jeans, als hätte ich gefragt, ob wir beim nächsten Zusammentreffen gemeinsam Kaffee trinken.

Auf dem Rückflug lasse ich mich mit Whisky vollaufen, zwischen Glück und Trennungsschmerz pendelnd. Freundin Carla holt mich am Flughafen ab, teilt meine Euphorie und bedauert gleichzeitig meine Rückkehr in die Kölner Tristesse der Schattenexistenzen, der Scheinwelt, unter der auch sie fehl am Platze ist. Ihr Herz gehört den Afrikanern, in selbstlosem Einsatz für die Kinder der Dritten Welt.

VII

Attacken

Ich bin nicht untätig, lese viel, aber mein Leben ohne Ramor erscheint mir immer widernatürlicher, unsinniger. Die Sehnsucht treibt mich um auf der Suche nach Geld für den nächsten Flug. Ich habe Glück. Eine Bekannte kauft mir ein Bild ab und bringt einev Freundin mit, die sich eine Kopie von van Goghs Zypressen wünscht. Ich traue es mir zu und bekomme Vorschuß, den Rest nach Ablieferung nach meiner Reise.
An meinem 61. Geburtstag, am 28. Juli, fliege ich ab ins Sommerglück. Widererwarten werde ich diesmal am Köln-Bonner Flughafen nicht gefilzt. Ich halte dem jungen Beamten den "Express" Bericht unter die Nase: "Fellini Schauspielerin erfüllt sich selbst ihren Geburtstagswunsch einen Flug zu ihren Freunden in Israel." "Und wer bekommt die schönen Sonnenblumen?" "Die sind für meine Party in Tel Aviv", lüge ich fröhlich und darf passieren, ohne daß der Computer eingeschaltet wurde.

Um zweiundzwanzig Uhr bin ich im Ocean Hotel und begrüße Ramor in seinem Laden. "Du siehst wunderschön aus", sagt er mit anerkennendem Blick auf mein schwingendes blau-lila Samtkleid und den lila, mit Veilchen geschmückten Hut. "Oh", erwidere ich kokett, "du hast die Schönheit von der Natur bekommen, ich muß mit Klamotten nachhelfen, um gegen dich anzukommen!" Er lacht geschmeichelt: "Bis gleich, meine Schöne!"
Im Hotel-Zimmer dirigiert er mich vor den großen Spiegel, ich muß die Augen schließen, während er hinter mir steht und mir mein Geburtstagsgeschenk um den Hals hängt. "Augen auf!" Das prächtige Collier aus Türkisen und Opal passt genau in den Halsausschnitt meines Kleides, und zur Farbe meiner Iris. "Bleib so stehen!" Mit Blick in meine erregten Augen knöpft er langsam mein Kleid bis unten auf, seine andere Hand gleitet behutsam zwischen meine Schenkel bis mir schwindelig wird.
Ob in Kleidern, in Reizwäsche oder ganz nackt - es ist jedesmal anders zwischen uns, es gibt keine Wiederholungen, nur Steigerungen in der

gegenseitigen Erforschung unserer Körper, in der sensiblen Übereinstimmung unserer Lust.
Sein Aufstöhnen beim Orgasmus: "Ich liebe dich!" ist wie ein tiefes schluchzen, ein fast verzweifeltes Bekenntnis seiner Hingabe, seines Ausgeliefertseins an kosmische Schwingungen, die uns beide durchdringen und unsere Vereinigung so einmalig und kostbar machen, als schwebten wir auf einem silbernen Sternenteppich über Oceane.
Ich kann ihn nur vorsichtig streicheln, sein Glied schmerzt von einer Infektion. "Aha", sage ich leicht hin, "warst du im Harem?" Er findet das garnicht witzig und sieht mich strafend an: "Inzwischen solltest du mich besser kennen! Hast du die Mückenstiche nicht gesehen?" Sein ganzer Körper ist zerstochen, er hat einige Nächte in einem Beduinenlager verbracht, um eine Stammes - eine Blutfehde zu schlichten.
Ich liege glücklich in seinen Armen, plötzlich wird sein Gesicht sehr ernst: "Du mußt stark sein, Liebste ..." "Bin ich doch." "Ja. Es tut mir so leid, wenn ich dich enttäusche, aber ich kann heute Nacht nicht bei dir bleiben, ich muß gleich aufbrechen." Sofort fühle ich mich schwach und elend. Er muß vor dem Morgenverhör seinen jüngsten Bruder informieren, der zu falschen Geständnissen erpresst wird. "Und warum gerade heute?" "Ich habe nur alle vier Wochen Besuchserlaubnis und der Termin ist nun mal heute. Er braucht meinen Beistand.
"Das verstehe ich natürlich, aber Ramor ist noch nicht zuende. "Du solltest nicht nur meinetwegen nach Jerusalem kommen. Es kann immer sein, daß ich gerade im Gefängnis sitze oder irgendwo außerhalb beschäftigt bin und keine Zeit für dich habe ..." Ich schluchze: "Ich komme nur deinetwegen nach Jerusalem!" "Ich weiß. Aber bitte versteh auch meine Situation. Ich bin wie ein freier Vogel. Wenn man ihn in einen Käfig sperrt, verliert er seine Schwingen und vergißt das Singen."
Irgendwie hat er Recht, wie immer, und doch tun mir seine Worte weh. Fürchtet er sich vor dem Ehealltag mit mir? Wir haben es doch noch nicht einen einzigen Tag lang ausprobiert. Aber ich weiß auch, daß er mir etwas verschweigt und immer mehr von seiner politischen Tätigkeit beansprucht wird. Sein Horoskop zeigt an, daß er sich in schweren Konflikten zwischen konservativen und revolutionären Kräften und seiner Liebe befindet. Er will

nicht darüber sprechen und auch das muß ich akzeptieren, so schwer es mir fällt.
Was soll ich ohne ihn in dem teuren Hotel? Am nächsten Morgen ziehe ich ins billigere Euro Hotel um, mein zweites Standquartier in Jerusalem. In zwei Tagen, Samstag abend, werden wir uns wiedersehen. "Halt uns die Daumen, daß es klappt", sagt Ramor, "dann sind wir schonmal eine Sorge los." Er fährt zusammen mit Zalaff zu einem alten Scheich, um dessen Sohn an die ungewünschte Cousine zu verkuppeln.

Ich wandere in leicht wehmütiger Stimmung zum Tempelberg. In der ersten Moschee werde ich von einem Moslem zurechtgewiesen, als ich an eine Säule angelehnt meditiere und eine Verbeugung zum Allerhöchsten mache - "Beten ist hier nicht erlaubt!" Rechts und links neben der Absperrung für Touristen hocken moslemische Weiblein und Männlein säuberlich getrennt auf den Teppichen und murmeln Gebete. Jetzt erst recht, denke ich verärgert und versuch's in der Goldenen Moschee, lang gewandet, mit dem Kopftuch vorschriftsmäßig verhüllt.
Ich drehe zwei Runden gegen den Uhrzeigersinn um den Felsendom, die Handflächen unauffällig nach unten ausgestreckt, um alle Gebete, die hier je gesprochen wurden, mit meinen eigenen zu vereinen. Bei der dritten Runde stürzt ein Wärter auf mich zu, das Funkgerät hochgereckt wie eine Pistole: "Verlassen sie sofort die Moschee, Sie dürfen hier nicht beten!" "Ich habe nicht gebetet, ich habe nur meditiert ..." "Das ist hier auch verboten, verlassen Sie sofort den Raum!"
Er will mich an der Schulter packen und ich sehe, wie ein verschrumpelter Moslem befriedigt nickt. Obwohl ich vor Empörung zittere, verlege ich mich auf's Bitten: "Ich möchte nur noch unten den heiligen Stein berühren, ich bin Moslemfrau." "Zeigen Sie die Urkunde!" "Die habe ich nicht mit."
Zalaff hat unsere Heiratsurkunde nach Kairo geschickt, angeblich an sicherer Stelle verwahrt.
Schließlich läßt er mich kurz in das untere Gewölbe, wartet oben an der Treppe auf mich. Ich stürze mich auf den Fels und murmle einen Fluch: "Herr laß diesen Tempel zusammenbrechen, laß die Mauern fallen, die dich verhöhnen!" Die Antwort von oben durchzuckt mich wie ein Blitzstrahl. Ich spüre, wie sich mein Gesicht verzerrt, meine Zähne klappern aufeinander

und ein tierischer Schrei steigt in mir hoch. Entsetzt reiße ich mich von dem Gemäuer los und stürze ins Freie.
Es dauert lange, bis ich mich einigermaßen beruhigt habe mit der Erklärung, daß mein spannungsgeladener Körper in Berührung mit dem biblischen Kraftort einen Stromstoß ausgelöst hat.
Ich komme an der Klagemauer vorbei und mische mich in dem kleinen angrenzenden Gewölbe unter die wippenden, Thora lesenden Frauen, sitze einfach still mit gefalteten Händen da. Eine junge Jüdin stiert mich solange strafend an, bis ich begreife, daß auch hier mein Gebet unerwünscht ist. An der Klagemauer wandle ich meine Bitte ab undf flehe den Schöpfer an, alle vermaledeiten Religionsschranken einstürzen zu lassen, und diesmal passiert mir nichts.
Jetzt lockt es mich in die Grabeskirche, ungestört unter Christen ein Vaterunser zu beten. Sie ist überfüllt von Prozessionen aus aller Herren Länder. Eine Gruppe übertönt die andere mit Lobgesängen in verschiedenem Kauderwelsch - wie bei einem Wettkampf für den Heimatpokal, ein fanatisches Geschrei, schriller religiöser Wahn, eine Beleidigung für Gottes melodiöses Gehör.
Jemand drückt mir eine Kerze in die Hand, will mir etwas ganz Besonderes zeigen, ich folge ihm, angeblich ist er hier eine Art Kirchendiener. Er führt mich zur Stätte, "wo der Vorhang in zwei Stücke zerriß" und als ich mich hinunterbeuge, um auf sein Geheiß hin die Füße Jesus zu küssen, greift er mir unter den Rock - ich fliehe angeekelt auch aus diesem unheiligen Ort - der Teufel muß Jerusalem besetzt haben!

Aufgewühlt von den Erlebnissen sitze ich bei zwei Flaschen Bier auf dem Dach des Hostels und beginne einen Brief an Ramor mit Vorwürfen, daß er mich so allein durch Jerusalem irren läßt. Unten auf dem Platz tummeln sich fröhliche Urlauber und Einheimische. Weder er noch seine Freunde haben mich jemals in ein Restaurant eingeladen.
Auch wenn ich den Grund kenne, fühle ich mich heute besonders ausgestoßen aus allen Gemeinschaften und beschließe, noch ein Bier mit normalen Menschen zu trinken.
"Hoppla, Fräulein, nicht so stürmisch! Haben Sie sich weh getan?" Ich richte mich sofort wieder auf:"Nicht der Rede wert."

Kurz vor dem Straßencafe habe ich gedankenverloren zum Davidsturm hochgeblickt und bin über den halbkugeligen Bordstein gestolpert, mit voller Wucht auf den rechten Arm. Ich schlenkere ihn aus, es tut scheußlich weh, vor allem in den Handknöcheln, aber an Prellungen dieser Art bin ich gewohnt. Wenn ich zusehr abhebe, holen mich derartige Mißgeschicke auf den Boden zurück.

In meinem Zimmer schreibe ich bei Kerzenlicht weiter, meine rechte Hand schwillt an und der zunehmende Schmerz ist Wasser auf meine Mühle.

Am nächsten Tag finde ich Gehör bei Pater Lucas, der im Benediktiner Kloster Theologie lehrt und Excursionen ins biblische Land leitet. Pater Gottfried, der meinen Lebensweg seit meinem Aufenthalt im Dominikaner Kloster Walberberg mit Interesse verfolgt, ist mit ihm befreundet und hat meine Probleme angedeutet, mit ihm telefoniert.

Vor unserem Gespräch war ich in der Kirche und in der Sakristei, wo der Märtyrer aufgebahrt ist und habe nur positive Schwingungen empfangen, vom echten Heiligen Geist berührt.

In der Cafeteria hört Pater Lucas mir aufmerksam zu, eher Weltmann als Kirchenmann, ein offener Humanist. "Ich fürchte, liebe Frau Varnhagen", unterbricht er meinen Bericht, "Ihr Kampf für die Freiheit Ihres Mannes ist fast aussichtslos - es sei denn, sie haben eine halbe Millionen, um ihn aus all seinen Verpflichtungen auszulösen."

Die Geschichte der Beduinen ist eines seiner Spezialgebiete, in denen er sich auskennt, die er erforscht. Er war oft zu Gast bei Ramors Stamm, der bei allen Botschaften auf der schwarzen Liste steht. "Warum?" "Ein Vorurteil aus alten Zeiten. Sie wurden von stärkeren Stämmen aus ihren einträglichen Gebieten ans Meer gedrängt und haben ihren kärglichen Lebensunterhalt als Fischer verdient, und - mit Schmuggel jeder Art aufgebessert. Das haftet ihnen bis heute an, auch ihrem Ramor.

Übrigens ist mir sein Name bekannt, er gilt als sehr tüchtig und ehrenwert. Ich wünsche Ihnen beiden Glück, auch wenn ich nicht direkt helfen kann."

Die Aufklärungen haben mir sehr geholfen, meine letzten Zweifel an Ramors Wahrhaftigkeit ausgelöscht. Nur sein männlicher, arabischer Stolz, seine Probleme nicht mit mir zu teilen, macht mir noch zu schaffen und ich versuche, es zu formulieren.

Samstag morgen gelingt es mir kaum noch, den Zettel ins Reine zu schreiben und meine Haare aufzustecken, der rechte Arm schmerzt höllisch, ist wie gelähmt.
Gegen Abend fährt mich Amin in Ramors Laden. Ich lese Ramor den Brief vor. "Sie hat völlig Recht", sagt er zu Amin, "sie versteht einfach alles, auch darum liebe ich sie, sie ist wirklich mein Spiegelbild." Dann zieht er mich hinter die Trennwand und nimmt mich in den Arm: "Ich habe eine gute Nachricht für dich - meine Cousine ist unter der Haube, der Nachwuchs ist gesichert ..." "Bedauerst du nicht, daß ich dir keine Kinder gebären kann?" "Du bist mir wichtiger als alle Kinder der Welt." Er drückt mich kräftig an seine Brust. "Aua", schreie ich und zeige ihm meine dick geschwollene Hand. Besorgt besteht er darauf, daß Amin mich ins palästinensische Krankenhaus zur Untersuchung bringt, und so sehe ich das mir bekannte Gelände als Patientin wieder.
Nach zwei Stunden komme ich wieder heraus, der rechte Arm von der Schulter bis zu den Fingerspitzen im Gipsverband. Ellenbogensplitter-bruch, Prellungen an Hand- und Schultergelenken. Das hatte ich schon einmal am linken Arm, bei einer Bühnenprobe gestürzt, Premiere mit Gipsarm gespielt, zufällig paßte es zur Rolle wie inszeniert.
Ich verabschiede mich von den Freunden und fahre für vierzehn Tage in den Sinai, um mich von all den Schocks zu erholen.

Der Gipsarm kann mich nicht vom Schwimmen abhalten, ich recke ihn einfach senkrecht abgewinkelt in die Höhe und pendle im seichten Wasser herum. Es sieht sehr komisch aus und die Beduinen haben ihren Spaß an mir. Sie nennen mich "die fröhliche, springende Großmutter" und dann findet Ayed den zu mir passenden Namen - Hadra, die grüne Hoffnung - es ist auch die Farbe Mohammeds ...
Nachts wate ich oft weit hinaus, mache Rituale auf auf den Knien. Einmal habe ich mit kreisenden Bewegungen in alle vier Himmelsrichtungen ein großes Palmblatt verbrannt - für den Frieden, für die Liebe. Ein Beduine hat mir zugesehen und warnt mich vor den Raubfischen, die sich nachts dort im Wasser tummeln und schon so manches Bein zerfleischt haben. Nochmal Glück gehabt. Von nun an steige ich für meine Zeremonien in die Berge auf.

Eines Nachts wache ich auf und krieche vor meine Hütte, verrichte ein Gebet für Ramor und mich. Wie auf's Stichwort fällt eine Sternschnuppe von der Venus nieder, und kaum habe ich den Sirius entdeckt, kriege ich einen ähnlichen flash wie in Jericho, nur viel weicher - mir ist, als flösse ein warmer Goldregen durch meine Augen in alle Zellen meines Körpers. Es ist unheimlich schön und ich strecke mich wohlig im Sand aus, schlafe sofort wieder ein.

Am elften Tag weiche ich den Gips im Meer auf und reiße mir die Mullbinden ab, zum Entsetzen der Beduinen, die sich nicht mit der Schere dran getraut hatten. Mit dem mageren Ärmchen in der Schlinge mache ich mich auf den Rückweg. Ich habe Ramor meine Ankunft brieflich mitgeteilt mit der Bitte, die Nacht für mich im Ocean Hotel zu buchen. Der Brief ist nie angekommen ...

Die Ägyptischen Zöllner am Grenzübergang kennen mich inzwischen als lustige Tramperin und lassen mich ohne Inspektion meines Gepäcks durch. Beim israelischen Zoll werde ich wieder lange ausgefragt und zurückgehalten. Ich sehe, wie eine Beamtin mit meinem Paß in der Hand zweimal zum Telefon greift und mir wird mulmig. Endlich darf auch ich passieren. Der Bus nach Jerusalem ist weg und ich übernachte in Eilat mit bangem Herzen in einer Jugendherberge.

Ramors Laden ist geschlossen. Ich fahre in die Davidstraße zu Hadid. "Was ist los, wo ist Ramor?" "Komm, ich zeige ihn dir." Er lüftet einen Vorhang zum Nebenraum und ich sehe eine Baustelle mit Baggern, Ramor zwischen schwitzenden Arbeitern, hieft riesige Steinblöcke ...

Hadid klärt mich kurz auf. Sein Vater richtet einen neuen Laden ein und sie beschäftigen Ramor, um ihn von seinen Sorgen abzulenken. In der Nacht vor meiner Ankunft ist er beim Abzählen der Ladenkasse überfallen worden.

Zwei israelische Gängster haben ihn mit der Pistole bedroht, er hat sich mit dem Messer verteidigt, sie liegen mit Stichverletzungen im Unterleib im Krankenhaus. Sobald sie vernehmungsfähig sind für die Gegenüberstellung, muß Ramor mit seiner Verhaftung rechnen. Sie können ihn Wochen, sogar Monate lang in Untersuchungshaft festhalten, bis der Fall geklärt ist. Es sieht schlimm für ihn aus, es gibt keine Zeugen.

"Aber das ist doch scheißungerecht", schluchze ich, "er ist doch über-fallen worden, er ist doch das Opfer und nicht der Täter!" "Das muß er erst beweisen. Du weißt, wie rechtlos wir hier sind."
"So geht das nicht weiter", sage ich, "ich muß das mit Euch allen besprechen, ich will wissen, was dahinter steckt. Als Ramors Frau habe ich ein Recht darauf."
Zalaff und Amin kommen dazu. Ramor sitzt mir schweigend gegenüber in verdreckten Jeans und schweißnassem Unterhemd.
"Was machst du nur für Sachen", entfährt es mir, wie einem Mütterchen, das ihren Sohn aus der Schlammpfütze zieht. "Das siehst du doch, ich arbeite für Fünfzigmark am Tag, um die hungrigen Mäuler zu stopfen", erwidert er trocken, "du möchtest doch immer wissen, wie ich lebe. Das hier, ist mein Leben. Was willst du noch wissen?" "Die ganze Wahrheit. Über alles." "Sie würde dir nicht gefallen", sagt er hart und ich bohre weiter. "Stimmt es, daß wir nur mit viel Geld zusammen kommen können? Sagen wir, einer halben Millionen?" "Es stimmt. Unsere Liebe ist nur vom Geld abhängig. Wer hat dir das erzählt?" Ich berichte von meinem Besuch bei Pater Lucas. Sein Gesicht bleibt verschlossen. "Noch Fragen?" "Ja. Aber das kann ich nur mit dir allein besprechen."
Er läßt sich den Schlüssel von unserem Hochzeitsraum geben, der inzwischen auch eine halbe Baustelle ist, man kann in das darunterliegende Baggerloch gucken, die Geräusche dringen in unsere gedämpfte Unterhaltung.
Eigentlich will ich ihn fragen, warum er so verfolgt wird, von wem und seit wann. Stattdessen streichle ich zärtlich sein müdes Gesicht.
"Könnte ich dir doch helfen! Ich möchte dir nur etwas Lebensfreude schenken, vertrau mir bitte." Seine Augen leuchten auf, er umschlingt mich sanft:"Ich glaube dir." Unsere kurze Umarmung ist eine gegenseitige positive Energieaufladung, Seelentrost ohne Worte.
Noch bis spät nachts dringen Baggergeräusche zu mir hoch auf's Dach, und ich singe meinem Geliebten ein Ständchen: Amore - Amore - Amore.
Es hallte aus voller Bruststimme über die Altstadt, lauter als die Gesänge der Muezzine.
Am nächsten Morgen schmunzelt Ramor mich vergnügt an:"Du hast eine schöne Stimme." "Hat es dir gefallen?" "Und wie!" "Soll ich heute abend

wieder für dich singen?" "Um Himmelswillen! Sie sperren dich ein. Man hat es bis zum Ölberg gehört."
Als ich ihn am Nachmittag noch einmal besuchen will, haben sie ihn abgeholt. Der erste Ganove hat gegen ihn ausgesagt, der zweite ist noch bewußtlos. Hadid macht mir wenig Hoffnung, daß ich ihn vor meinem Abflug am nächsten Tag noch sehen werde. Um Mitternacht muß ich in Tel Aviv sein.
Nach einer trostlosen durchwachten Nacht sitze ich Stunden in Zalaffs Laden, fahre schließlich zum Ölberg. Die Freunde wollen mich im Hostel benachrichtigen, sobald sie etwas hören.
Angeblich hat Jesus von meinem Lieblingsplatz aus die Bergpredigt gehalten. Zwei Stunden bete und meditiere ich für Ramor, versetze ihn in Gedanken in eine rosa Wolke, setze eine Rose auf sein Herz, lächle ihn an, schicke ihm Licht und Liebe. Wenig später erzählt er mir, daß er es gefühlt hat, daß es ihn ermutigt hat. Genau zur gleichen Zeit hat er vor dem Untersuchungsrichter auf den Knien gelegen und gebettelt:"Ich muß meine Frau noch sehen, bevor sie abfährt!" Er hat zwei Stunden Ausgang erwirkt gegen Kaution, die sein Schwager für ihn hinterlegt hat.
Kaum bin ich zurück, kommt der Anruf. Ramor ist da!
Er sitzt strahlend in Hadids Laden, ich wanke auf ihn zu, will seine rechte Hand drücken. Er zieht sie zurück: "Vorsichtig, du tust mir weh! Sie arbeiten mit allen Mitteln." Ein Blick genügt, und ich begreife, sie ist dick geschwollen, Knöchel sind gequetscht, ein Fingernagel hängt lose heraus. "Sei unbesorgt, Liebste. Die kriegen mich nicht klein. Am Schluß sind die weißen Mächte immer stärker als die schwarzen. Die Wahrheit ist auf meiner Seite und sie wird siegen."
So tröstet mich mein gequälter, tapferer Mann auch noch in der eigenen Notlage und ich bewundere seine unerschütterliche Kraft und Gelassenheit. Sein Rechtsanwalt wird Anzeige wegen versuchten Raubmordes erstatten, aber bis zum Prozeß, kann es Monate dauern, ist er allen Schikanen ausgesetzt. Er bespricht noch etwas mit den Freunden, dann verabschieden wir uns in Zalaffs Laden, hinten in dem Eckchen, das vor neugierigen Blicken geschützt ist.
Wir können nicht sprechen, sehen uns nur in die Augen. Ich berühre zart seinen Unterarm, er zuckt elektrisiert zusammen und zieht mich hoch,

schlingt seine Arme um mich: "Auch wenn wir uns jetzt vielleicht lange nicht sehen können, bitte vergiß nie - du bedeutest für mich mein Leben, du bist alles für mich, meine Mutter, meine Brüder, meine Familie, einfach alles ..." "Danke. Ich liebe dich." Ich sehe ihm nach, wie er die Treppen zum wartenden Polizeiauto hochspringt, als ginge es zur Oskar-Preisverleihung. Meine Augen füllen sich mit Tränen und doch bin ich glücklich, und stolz - in der Gewißheit, daß ich einen der besten Männer Arabiens erobert habe.

In Tel Aviv begleitet Tobias mich zum Flughafen und erleichtert mir als alter Bekannter die Kontrolle. Er ist nach wie vor mißtrauisch und glaubt mir nichts von meinen Erzählungen, weil die Ebenen auf denen sie sich abspielen, ihm fremd und verschlossen sind. Kaum jemand wird meine Erlebnisse verstehen, außer wenigen Eingeweihten, und jetzt werde ich noch vorsichtiger sein müssen, bin reichlich gewarnt.

Beim Flug im klaren Himmelsraum über weißer Wolkenwatte, unter der die Erde und ihre Bewohner wie ein irrealer Traum verborgen sind, kommt mir Shakespeare in den Sinn - Hamlets Geistererscheinung, Zettels Eselskopf im Sommernachtstraum - "es gibt Dinge zwischen Himmel und Erde, von denen der Mensch nicht einmal zu träumen wagt - in seiner Schulweisheit"
Warum verbergen die Menschen ihre insgeheimen Wünsche und Ziele hinter genormten Masken? Kann ich in dieser von Satansdienern an der Nase herumgeführten Narrengesellschaft nur überleben, Stimmrecht haben, wenn ich mir die zeitgemäße, opportunistische Tarnkappe über den Kopf stülpe?

Die Passagiere klatschten wie üblich bei der geglückten Landung.
Und ich schließe meine Hände zum Gebet:

"Herr, erbarme dich unser."

VIII

Lernprozesse Wandlungen und Wunder

Ich kehre energiegeladen zurück und der Kampf geht weiter, noch gezielter. Es gilt Ramors Sammlung zu retten, unter der sich einmalige beduinische Museumsstücke befinden. Ich kopiere Fotos der kostbaren Brautkronen, beschreibe die Sammlung und biete sie potentiellen Adressaten nebst meinem Fellini Porträt zum Verkauf an. Verschicke über hundert Rundschreiben, angefangen von Southerby's, Museen, Galeristen bis zu Gloria von Thurn und Taxis, André Heller und Steffi Graf. Die wenigen, die es interessiert, haben kein Geld und die vielen, die Geld haben, sind nicht interessiert.

So kassiert schließlich doch der Wucherscheich die Wertstücke und beraubt Ramor seiner einzigen Habe.

Trotzdem bedaure ich es nicht, diesen letzten Versuch mit viel Einsatz unternommen zu haben - sein Scheitern entlarvt die Angesprochenen und schürt meinen Widerwillen gegen die verlogene Wohlstandsgesellschaft, gegen die ausgelutschte Hure Europa, die für mich in den letzten Zuckungen ihres Verfalls liegt. Schon 1972 habe ich sie so gemalt, ahnungslos von weltpolitischen Vorgängen, nur einmal auf dem Neumarkt der Künstler ausgestellt. "Das Bild gehört nach Bonn oder ins Weiße Haus", sagte eine aufmerksame Betrachterin, während die Kölner blind vorbei flanierten.

Manche Scenen dieser Art tauchen vor mir auf, während ich an der van Gogh Kopie arbeite und mich in seine Emotionen versetze, seinen heftigen Pinselstrich nachvollziehe. Freund und Kollege Martin hat mir seinen Diaprojektor geliehen und mir gezeigt, wie ich die Vorskizze von einer Postkarte auf die metergroße Leinwand übertragen kann.

Und dann erinnere ich mich an Berta, eine naturalistische Malerin, die in den siebziger Jahren von den avantgardistischen Kollegen belächelt wurde, weil sie ihren Stil mit dem Kopieren alter Meister übte und hübsche Landschafts- und Blumenbilder malte.

Unser Wiedersehen nach zwanzig Jahren ist ein schicksalhaftes Ereignis - van Gogh hat uns nicht zufällig zusammengeführt.

Ich stehe einer reifen Künstlerpersönlichkeit, einer weisen Frau gegenüber, die fortan meinen neuen Weg in religiöse und spirituelle Erfahrungen mit Rat und Tat begleitet, die Bedeutsamkeit meiner Verbindung mit Ramor als karmischen Auftrag sofort erkennt.

Ihre behagliche Wohnung ist eine Mischung aus Bibliothek und Gemäldegalerie und beinhaltet alles, was auch mich brennend interessiert. Ihre farbprächtigen Bilder sind eine Offenbarung und bekunden ihr Wissen über die Symbole und Mystik der Weltreligionen und Mythen aller Völker. In altmeisterlicher Technik gemalte Entschlüsselungen und Deutungen der Schöpfungsgeschichte, der zehn Gebote, der flammenden Lichtengel - ich bin überwältigt.

"Du siehst, ich habe gearbeitet", sagt sie bescheiden und stolz zugleich, "aber ich bin nur das ausführende Medium für die Botschaften des Großen Kosmos. ES malt, nicht ich."

Auch sie hat sich von der Kölner Scenerie zurückgezogen, aber ihre Zehn Gebote sind auf dem Weg zum Papst nach Rom und erhalten einen Ehrenplatz im Vatikan. Wenn es soweit ist, wird auch ihr Bild über den Islam seinen richtigen Platz finden ...

Sie gibt mir eine gute Farbfotografie aus ihrem van Gogh Katalog mit und dank ihrer Anleitungen gelingen mir seine düsteren Zypressen täuschend ähnlich, mit einem kleine Stich Norma drin.

Das nimmt zwar die Kundin zum Anlaß, den viel zu niedrigen Preis nochmals zu drücken, aber ich bin sehr zufrieden mit meinem ersten Kopierversuch, das Bild lebt.

Wie zur Belohnung kommt darauf die nächste Überraschung - meine Einweihung in Reiki I. Meister Johannes ruft einfach an und sagt, er habe die Weisung erhalten, daß ich jetzt reif dafür sei. Ich kannte ihn nur als Heilpraktiker, aber er arbeitet auch mit Yoga und Arolo und wird neben Ramor mein geistiger Führer in der metaphysischen Welt.

Das Wochenendseminar im kleinen Kreis eröffnet mir neue Dimensionen und ich bin glücklich über die Entdeckung der Heilkraft meiner Hände, die nun die reine Lichtenergie aus dem Universum empfangen und weiter-leiten können. Zunächst muß ich es in Eigenbehandlung am eigenen Körper üben und bin erstaunt, über die positive Kraftaufladung, den Energiefluß durch alle Chakren und Meridiane.

Schon sechs Wochen später, im Oktober, bietet mir Johannes an, den zweiten Grad zu machen, auf den man manchmal ein halbes Jahr oder länger warten muß. Mit der Einweihung in das dritte Symbol kann ich Fremd- und Fernbehandlungen machen, Heilenergien an Menschen rund um den Globus senden, auch an Mutter-Erde - ein volles Programm.
Reiki verpflichtet und hilft, eigene Ängste, Krankheiten und Süchte in der Lichtarbeit zu überwinden. Meister Johannes muß geahnt haben, was in den nächsten Monaten auf mich zukommt und daß ich diese Hilfe dringend benötige, um alle Anfechtungen und Prüfungen heil zu überstehen und die schwarzen Schatten zu vertreiben, die sich immer wieder zwischen Ramor und mich drängen im Versuch, unsere Verbindung zu zerstören.
Durch Reiki sind die geöffneten Kanäle auch den schwarzmagischen Mächten zugänglich und sie bedienen sich aller möglichen Mittel und Medien, um die Lichtquelle zu besetzen. Angefangen von Mißtrauen, Ungeduld, Selbstzerstörung durch Alkohol, bis zu gezielt angesetzten Personen mit negativem Einfluß.
Gerade in der ersten Prüfungszeit bedarf es besonderer Mühe, den Kanal - Körper, Seele und Geist - reinzuhalten, aber gleichzeitig wird das intuitive Bewußtsein immer hellhöriger und sensibler in der Aufnahme von positiven oder negativen Schwinungen eines Menschen, eines Raumes oder Gegenstandes. Johannes ist darin hoher Meister, ich eine kleine Hilfsschülerin im ersten Stadium der Entdeckungsreise ins Unbewußte hinter den Schleiern der Realität.
Zwar erkenne ich inzwischen, daß meine Enttäuschungen und Mißerfolge auch damit zusammen hängen, daß ich in einer falschen Umgebung gelebt habe, meine idealistische Einstellung zwangsläufig von materialistisch orientierten Menschen als lebensunfähig abgestempelt wurde - aber anscheinend sind meine Poren noch immer verstopft und ich schliddere in den nächsten Lernprozeß.

Hilfsbereit und gutgläubig nehme ich Raimond und Hella, seine sechzehnjährige Geliebte, mit Einwilligung und Dank ihrer Mutter bei mir auf. Ihr Vater hat seine Frau geschlagen, weil sie sich von ihm scheiden lassen will, hat Raimond bedroht, als er sich einmischen wollte, und die

beiden haben über Nacht Hellas Elternhaus verlassen, sitzen buchstäblich auf der Straße, mit gepackten Koffern.
Die Geschichte kommt mir irgendwie bekannt vor, erregt mein Mitleid. Spontan überlasse ich dem Liebespaar mein Schlafzimmer, verziehe mich auf die Couch in mein Wohn- und Arbeitszimmer, biete Küche und Bad zur gemeinsamen Nutzung an.
Aus einer Woche Übergangsquartier werden drei Monate im Belagerungszustand, Zerreißprobe für meine Nerven mit schwarzen Attacken. Beide sind schöne, kluge und eigenwillige Menschen. Hella geht ins Gymnasium, der 21-jährige Raimond jobt tagsüber in einer Autowerkstatt, um seine Malerei finanzieren zu können, träumt von seiner ersten Ausstellung. Er ist Halbindianer aus den Slums von Bogota und wurde als Waisenkind von einem deutschen Rechtsanwalt adoptiert, ist in dessen Familie aufgewachsen. Obwohl er im Punkerlook mit Hahnenkamm und schwerem Kettengehänge sehr selbstsicher auftritt und sich als knallharten Realisten bezeichnet, dem niemand etwas vormachen kann, merke ich doch bald, daß er seine Komplexe und Verletzungen hinter dieser Maske verbirgt.
Die anfangs harmonische Wohngemeinschaft auf engstem Raum wirkt sich störend auf meine Arbeit aus, für die ich Ruhe und Konzentration brauche. Von den oberflächlichen Äußerungen des lebenslustigen Paares immer wieder heruntergezogen auf eine Ebene, die ich längst verlassen habe, von der sie nichts verstehen. Trotzdem will ich nicht überheblich sein und verhelfe Raimond zu seiner ersten Ausstellung in meiner dafür hergerichteten Waschküche.
Ich habe viel Zeit und Arbeit investiert und freue mich für Raimond, als die eingeladenen Gäste von meiner Wohnung in den Keller strömen. Er meint, es geschafft zu haben, alle Bilder zu verkaufen, die vorwiegend sexbetont sind, aber er wird nur ein kleines Format los und ist tief enttäuscht.
Dennoch muß ich ihn an die überfälligen Telefonkosten mahnen, meine Rechnung beträgt seit zwei Monaten das Doppelte, aber er setzt seine Dauergespräche ungeniert fort. Ich setze ihm eine Frist und von nun an herrscht Mißstimmung, er wird anmaßend und bösartig.

Immer häufiger greife ich zur Rotweinflasche, um die innere und äußere Unruhe zu betäuben. Einmal spät nachts rufe ich in Jerusalem an, Ramors

Schwester ist am Apparat. Ich bin besoffen, heule und schreie sie an, verlange seinen Rückruf. Er ist mal wieder unterwegs. "Geben Sie ihn auf", sagt sie kalt, "Sie kriegen ihn nie." Das kriege ich in den falschen Hals und der Verdacht, daß er doch verheiratet ist, keimt wieder auf. Am Morgen finde ich mich nackt auf dem Teppich, das grüne Jadeherz, Ramors Hochzeitsgeschenk, mit zerissener Kette neben mir.
Beim nächsten Anruf gestehe ich ihm meine Verlassenheit und schluchze:"Warum läßt du mich so allein. Ich vermisse dich. Deine Seele ist nicht bei mir, ich fühle es." "Es stimmt", sagt er, "sie war in den letzten Wochen nicht immer bei dir, aber auch nicht bei einer anderen Frau. Du weißt, womit ich beschäftigt bin. Hab Geduld, es wird alles gut werden."
Ja. Nur Geduld und Vertrauen und Hoffnung hält uns zusammen.

Meine Reiki Erfahrungen bestärken mich darin und die Fernsendungen verbinden uns noch intensiver. In einer Sitzung hat Meister Johannes ihn während meiner Behandlung angekoppelt, und in meinem Körper spielte sich ein wahres Feuerwerk ab im Energiefluß zwischen Ramor und mir. Er hat die Kraftaufladung gierig eingesogen, sie dankbar aufgenommen und dringend benötigt, denn er befand sich gerade in einem Erschöpfungszustand. Ob über Reiki oder Telepathie - wir sind im ständigen Austausch unserer Gedanken und Gefühle, erspüren die gegenseitige Situation, trösten und stärken einander.
Eines Nachts habe ich ein merkwüdiges Elebnis. Inzwischen habe ich den Koran in deutscher Übersetzung durchgelesen, bin begeistert von der klaren, knappen und bildhaften Sprache und sogar mit den meisten Geboten durchaus einverstanden. Mohammed war anscheinend wirklich der letzte große Prophet und seine Botschaften sind ohne Weiteres allgemeingültig auf unsere Zeit zu übertragen. Vielleicht müßte einiges neu interpretiert werden, oder noch besser, der Herrgott würde sich noch einmal offenbaren - durch den Mund einer modernen Frau ...
Während ich leicht angetrunken darüber sinniere, verfalle ich in tranceähnlichen Halbschlaf und beginne, in arabischer Sprache zu rezitieren und zu singen, es strömt unbewußt aus mir heraus, eine Art Tempelgesang oder sind es Suren?

Raimond reißt die Türe auf: "Was ist los, kann ich dir helfen?" "Verschwinde, stör mich nicht, ich bin bei meinen Verwandten!" schreie ich und versinke gleich wieder in den Sog meiner inneren Stimmen, die laut aus mir heraustönen, länger als eine Stunde, bis ich im Tiefschlaf weiter träume. Ich habe noch kein einziges Wort arabisch gelernt - wer hat da durch mich gesprochen? Am nächsten Morgen ist alles weg und ich beschließe, diesen Spuren in Ägypten nachzuforschen.

Anfang Dezember kündige ich meinen rücksichtslosen Gästen fristlos. Raimond hat seine Schulden immer noch nicht bezahlt und wird ausfällig. Erst als ich mit Polizei drohe, packen sie ihre Sachen und verlassen meine Wohnung und unter Beschimpfungen.
Ich brauche einige Tage, um meine Räume zu reinigen und die negativen Schwingungen auszuräuchern, die Raimond hinterlassen hat. Ich hätte es eher merken müssen, daß nicht ein Gott, sondern ein Teufel in ihm steckt, ein egoistischer, eiskalt berechnender Materialist.

Binnen einer Woche habe ich mein Flugticket nach Kairo in der Tasche. Über die Mietwohnzentrale habe ich einen seriösen jungen Ingenieur gefunden, der zwei Monatsmieten im voraus bezahlt und Anfang Februar meine Wohnung sauber geputzt verläßt, ein gewissenhafter Schwabe.
Ein Gönner hat mir eine mechanische Reiseschreibmaschine geschenkt, damit ich unterwegs mein verschmähtes Manuskript überarbeiten kann und am 11. Dezember fliege ich für zwei Monate der ägyptischen Sonne und Ramor entgegen, vielleicht können wir Weihnachten oder Sylvester zusammen sein...

Kairo
Vom Hotel aus rufe ich sofort an, Ramor ist wieder unterwegs und Hadid weiß nur, daß er Probleme hat und es ihm nicht gut geht. "Bitte sag ihm, daß ich hier bin und ihn besuchen möchte." "Ich werde es ausrichten. Melde dich wieder."
Und wohin nun? Das Schicksal nimmt mir die Entscheidung aus der Hand, beschert mir aufregende Erlebnisse und einen neuen spirituellen Freund und Beschützer.

Ich habe vor einiger Zeit mein Bewerbungsmaterial an Jussef Shahin, dem größten Filmemacher Ägyptens geschickt, und erfahre in seinem Büro, daß er mit dem Filmschiff "MS. Kairo" in Luxor vor Anker liegt und einen historischen Pharaonenfilm dreht. Das kommt mir wie gerufen! Nach langer Nachtfahrt mit der unbequemen Bimmelbahn dritter Klasse komme ich frühmorgens in Luxor an.

Ein Horde schreiender Ägypter stürzt sich auf mich, reißt sich um meinen Koffer, um mich in das billigste Hotel abzuschleppen. Als ich mich einem überlasse, gibt`s beinahe einen Boxkampf, ein Anderer weint bitterlich. Noch weiß ich nicht, daß die armen Jungs am Verhungern sind, weil der Tourismus wegen der Attentate völlig brach liegt.

Ich habe gut gewählt. Mein Zimmerchen kostet nur Siebenmark und vom Dachgarten der Hotelpension aus sehe ich auf den Nil und die Berge vom "Tal der Könige" auf der anderen Seite. Unwirklich schön.

Beim Rundgang durch die Gassen und den Bazar merke ich, daß ich hier wohl die einzige Europäerin bin und kann mich der lästigen Händler kaum erwehren. Als ich erwähne, daß ich Jussef Shahin suche, wird`s noch schlimmer. Jeder will mich zu ihm führen, ihn oder das Schiff hier oder dort gesehen haben. Von nun an heiße ich Mrs. Shahin oder "die deutsche Ägypterin", denn ich laufe nur in meinen schönsten langen Beduinenkleidern herum und meist mit Turban.

Endlich erfahre ich, daß das Schiff nach Assuan abgelegt hat, aber in wenigen Tagen zurück sein wird.

So wandere ich ehrfurchtsvoll durch die archaische Vergangenheit der Alten Ägypter, besuche den Tempel von Luxor und Karnak, den Tempel der Hatschebsut, der Hathor, die Königsgräber. Die klassischen Monumente der Römer und Griechen verblassen in meiner Erinnerung zu Kinderspielzeug angesichts dieser Größe. Der Begriff Gottkönige leuchtet mir ein, ebenso wie die These, daß die Pharaonen mit Außerirdischen in Verbindung standen und ihre Kultstätten und Pyramiden mit deren Hilfe errichtet haben. Als Nachfahren des versunkenen Atlantis im Besitz gottähnlichen Wissens und astrotechnischer Geheimnisse und Kenntnisse, die unsere Weltraumforscher und Astronauten bisher vergeblich anpirschen weil sie noch benebelt im irdischen Kindergarten stecken und ihre Neugier nicht der Erkenntnis, dem ethischen Bewußtsein gilt, sondern der Ausbeutung und

Machtergreifung des Universums? Auf der Suche nach einem neuen Kriegsschauplatz auf dem sie sich austoben können, nach ihrer Zerstörung der erschöpften Mutter Erde?!

Vor kurzem habe ich am Bonner Hauptbahnhof entsetzt spielenden Kindern zugesehen, die an Spielautomaten den Krieg der Sterne probten. "Boing! Der Planet ist weg!" schreit ein Dreikäsehoch und der etwas Ältere triumphiert: "Wenn ich meinen Laserstrahl hochzische, lösche ich deinen Scheißorion aus, da kannste sicher sein!"

Alle Hochkulturen sind gescheitert und scheinbar spurlos untergegangen, wenn die Menschen im Machtrausch vergessen haben, daß nicht sie, sondern ein unsichtbarer Schöpfer und Weltgeist Herr aller Dinge ist, der über Leben und Tod des Individums entscheidet, über den Aufgang und Niedergang von Völkern und Kulturen.
Auch die wenigen Matriachate der Menschheitsgeschichte sind im Strafgewitter von Oben ausgelöscht worden - wenn der Hochmut der Frauen den Mann entgegen der Naturgesetze zu sehr zum Sklaven ihrer Wünsche und Befehle degradiert hat?
Gedankenverbindungen dieser Art gären in mir, ich habe einiges darüber gelesen und weiß doch viel zu wenig, meine sogenannte humanistische Bildung erscheint mir wie ein stupides Lexikon mit sinnentleerten Wörtern, unübersetzbar in die Traumwelt der mich umgebenden Realität.

Einwandfrei erkennbar sind in vielen Fresken die Abbildungen von Raumschiffen, Raumfahrern, Raketen - antike Flugobjekte. Wenn ich die Gemälde berühre, spüre ich eine starke Vibration und im Grabmahl des Horus sind die Schwingungen so stark, daß ich mich setzen muß, im Gefühl einer besonderen Verbindung zwischen uns.
Im Städtchen kleben die jungen Ägypter wie Fliegen an mir. Daß ich mit einem Moslem verheiratet bin, stört sie überhaupt nicht. Drei machen mir ernsthafte Heiratsangebote, wollen mir ihr Haus und ihre Familie zeigen, der Jüngste von ihnen ist einundzwanzig.
Es interessiert mich zu sehen, wie sie leben und ich lasse mich zum Spaß auf die Einladungen ein.

Das erste Haus besteht aus zwei hohen, gewölbeartigen Räumen, die mit Teppichen und Matratzen ausgelegt, der andere mit ist Hausrat und offener Feuerstelle bestückt. Ein Eisschrank und Fernseher im Wohnraum scheinen der Stolz der Familie zu sein, die sich neugierig um mich versammelt, kichert und wieder verschwindet.
Die verschleierte Mutter serviert ein Mahl für Hassan und mich. Einfache Speisen, köstlich zubereitet, von der großen Platte mit Fingern und eingetunktem Fladenbrot gegessen, ein Genuß. Diese Menschen empfinden ihre Armut nicht, sind glücklich und zufrieden. Hassan ist untröstlich, als ich mich nach dem Tee verabschiede und sage, daß er doch zu jung für mich sei.

Am nächsten Abend geht`s mit der Fähre über den Nil zu einer Nubischen Bauernhochzeit in einem kleinen Dorf. Diesmal werde ich in eine wohlhabende Familie eingeführt, die junge Braut ist eine Cousine von Hussein, der mächtig mit mir als Filmstar angibt. Ich muß mich zu dem Brautpaar auf den Steinthron setzen, werde beklatscht und fotografiert, die übermütigen Kinder zerren mir fast die schwarze Affenjacke von den Schultern, so etwas wie ich ward hier noch nie gesehen.
Ich bewundere die wunderschönen, meist unverschleierten Frauen in ihren prächtigen Gewändern, sie bewundern mich, besonders, als ich mich als einzige Tänzerin unter die tanzenden Männer mische, die arabische Musik geht mir ins Blut. Die Hupfahrt in bekränzten Autos am Nil entlang mache ich noch mit und verdufte unauffällig in der Menge, die zur Fähre strömt. Hussein hat mir erzählt, daß das Brautpaar, beide unter zwanzig, entsetzliche Angst vor der Hochzeitsnacht hat, sie haben keine Ahnung, wie Mann und Frau miteinander verkehren.
Wehmütig denke ich an die fröhliche Gesellschaft und träume von meinem Hochzeitsfest unter Beduinen im Sinai...
Assad, mein dritter Bewerber, zeigt mir auf der anderen Nilseite sein Mietshaus, ich könnte sofort einziehen, wenn ich wollte. Dann fahren wir durch unbeschreiblich dreckige Dörfer mit Müll und Fliegenschwärmen am Wegrand zu seiner Schwester. Das kleine Bauernhaus gefällt mir schon besser. Sie führt mir ihre handgemachten Kleider vor und verkauft mir das schönste für Dreißigmark.

Während sie für uns kocht, bietet mir Assad auf der Dachterasse eine Pharaonen-Massage an, etwas ganz Spezielles, sagt er geheimnisvoll und macht mich neugierig.

Neben uns spielen die zwei Kleinsten im Sand, zwischen Hühnern und Tauben meckert eine Ziege und die ältere Tochtet bringt uns einen Krug kühlen, angegorenen Traubensaft - in der harmlosen Idylle kann ich´s wohl riskieren, denke ich und lege mich im BH und Slip auf die breite Liege.

Mein Masseur nimmt sich eine halbe Stunde Zeit für den Rücken, ich spüre seine Hände kaum, es ist als würde er mich mit Pfauenfedern streicheln, sehr angenehm. Zwischendurch trinken wir und dann wirds gefährlich. Als er sich den erogenen Zonen meiner Vorderfront nähert, wird mir schwindlig und ich verliere fast das Bewußtsein, seine Hände liegen leicht vibrierend auf meinen Innenschenkeln.

"Nein, bitte nicht," rufe ich leise und reiße die Augen auf, aber da ist es schon passiert. Ohne daß er mich berührt hat, hat er einen Orgasmus bei mir ausgelöst und holt sich schnell selber einen runter, die Kinder sehen zu, als sei das nichts Besonderes. Ich wende mich ab und schluchze in die rotgoldene Abendsonne über der fruchtbaren Nilebene mit Zuckerrohrfeldern und Palmen: "Ramor verzeih mir, ich bin bei dir, ich liebe dich!"

"War´s schön für dich", fragt sein Stellvertreter vergnügt und ich kann die Frage nicht verneinen, bin eher ärgerlich auf Ramor, weil er mich noch nie so raffiniert massiert hat. Ich werd`s mal an ihm ausprobieren, nehme ich mir vor und bin dem hübschen Jungen nicht böse für das ägyptische Schäferstündchen, ich habe was dazugelernt.

Die Schwester ist stolz, daß uns ihr Essen schmeckt - eingelegtes Hammelfleisch mit diversem Gemüse - und freut sich auf ein Wiedersehen, ich scheine akzeptiert und verabschiede mich mit leicht schlechtem Gewissen ob meiner Spielerei.

Der schwarze Hotelboy holt mich aufgeregt vom Dachgarten: "Schnell, machen sie sich schön, Shahin ist da und dreht im Luxor Tempel, ich darf auch mitspielen!"

Na wunderbar. Ich nehme mir Zeit, verkleide mich als klassische Kleopatra und mache mich klopfenden Herzens auf den Weg. Einfach unangemeldet in Dreharbeiten reinzuplatzen, ist nicht branchenüblich, aber Shahin ist der einzige Regisseur, der auch mit ausländischen Schauspielern arbeitet und für die Ägypter das, was Fellini für die Italiener ist, alle lieben und bewundern ihn wegen seiner Volkstümlichkeit.

Das Tempelgelände ist abgeriegelt, aber als "eine vom Film" komme ich problemlos durch die versammelte Menschenmenge. Ein Produktionsassistent rät mir, die nächste Scene für meine Vorstellung abzuwarten, das Regieteam dreht gerade mit hunderten halbnackter Sklaven in der "Straße der Sphinx". Ich sehe mir das imposante Schauspiel aus der Ferne an.
Nach dem Umbau ins Tempelinnere ist die Gelegenheit günstig. Während einer Probenpause wage ich mich hinter der Ramses Kulisse hervor und falle Shahin einfach um den Hals. Er ist wirklich ein ähnlicher Typ wie Fellini und reagiert freundlich und amüsiert, erinnert sich sofort an meine Fotos und meinen Wunsch, mit ihm zu arbeiten. "Schade", sagt er, "wären sie einen Monat eher gekommen, hätte ich eine Rolle für sie gehabt." Künstlerpech. Jetzt hat er natürlich keine Zeit für mich, aber kurz vor Weihnachten ist er zurück in Kairo, ich soll mich in seinem Büro melden.

Im Hotel habe ich mich mit Heike, einer hübschen, temperamentvollen Holländerin angefreundet und lasse mich überreden, am Abend mit in die Disco des Hotels "Excelsior" zu kommen, wo um Mitternacht eine russische Truppe mit Arabischem Bauchtanz auftritt.
Und so lerne ich Christopher kennen - wieder eine Fügung. Die Show ist so schlecht und kitschig, daß wir uns vor Lachen biegen und böse Blicke der arabischen Herren einfangen, die gebannt auf das nackte Fleisch starren.
Danach geht´s auf die Tanzfläche, jeder tanzt mit jedem oder solo. Ein älterer, würdiger Herr swingt besonders ausgelassen, ich klatsche ihn ab und wir drehen gemeinsam tolle Runden. Er hält mich aufgrund meiner exotischen Aufmachung mit orientalischem Käppi für die russische Chefin des Balletts, ich ihn, für einen ägyptischen Professor und Archäologen, der an den Ausgrabungen beteiligt ist.
Er lädt mich zum Bier ein, wir stellen uns vor und lachen: "Na dann können wir uns ja in Deutsch unterhalten!"

Das Bier und unsere angeregte Unterhaltung bleibt bis in den frühen Morgen im Fluß, ein humoriger Schlagabtausch unter echten Humanisten. Sein Freund, ein feinnerviger Römer, ist längst aufgebrochen, sie wohnen im gleichen Hotel, im exclusiven "Mövenpick". Christopher klärt mich auf - sie sind keine Homofreunde, sondern haben sich über ihrem gemeinsamen Schicksal zusammen gefunden. Beide haben ihre heißgeliebten Frauen vor zwei Jahren verloren. Seine ist nach vierzigjähriger, glücklicher Ehe an Krebs gestorben, Roberos nach kurzer, glücklicher Ehe bei einem Autounfall. Eigentlich geht er nie in Discos, aber gerade heute war der Kummer so groß, daß er einen drauf machen mußte...

Und so haben wir uns gefunden wie Bruder und Schwester. Er hat volles Verständnis für die Tragik meiner Ehe und begleitet mich fortan als treuer Freund und Kavalier ohne Hinterabsichten. Unser Austausch bringt mich ein großes Stück weiter. Er beschäftigt sich intensiv mit Altertumsforschung auf den Spuren der Präastronautik, die empfohlenen Bücher von Butlar, Krass und Däniken kommen mir wie gerufen, erhellen Zusammenhänge, nach denen auch ich suche, es wird immer spannender.

Seitdem ich so einen feinen Gentleman als Begleiter habe, lassen mich die aufdringlichen Jungs in Ruhe und unsere gemeinsamen Ausflüge sind ein reines Vergnügen.

Heike fährt vor mir ab, sie will ihren Freund, einen israelischen Verleger in Tel Aviv besuchen, vielleicht für immer dort bleiben. Ich verhelfe ihr zu einem preiswerten Beduinenkleid, sie mir zu einem aufregenden Schnäppchen, einem feuerroten, perlenbesetzten Chiffonkleid für arabischen Bauchtanz. "Kaufe es für Ramor, es wird ihn umhauen, wenn er dich darin tanzen sieht", sagt sie und wünscht uns Glück. Ein lieber Kumpel, natürlich und heiter.

Vor meiner Abreise besuche ich die Moschee von Luxor. Ein älterer Moslem winkt mir zu und führt mich über eine eiserne Wendeltreppe hoch zur Brüstung des Minaretts, der Ausblick ist berauschend, ein guter Abschied.

Unten angekommen, zieht der Alte mich in ein Kämmerchen. Will er mich jetzt betatschen? Er tut sehr geheimnisvoll, holt ein dickes, goldverbrämtes Buch aus einem Schrank, öffnet es und bedeutet mir mit Gesten, daß ich meine rechte Hand auf die aufgeschlagene Seite legen und mir etwas Besonderes wünschen soll. Meine Finger zittern, als ich den Heiligen Koran berühre und Allah bitte, meine Ehe mit mehr Glück zu segnen, uns zusammen kommen zu lassen, im gemeinsamen Dankesgebet...

Ich werfe Fünfmark in den islamischen Klingelbeutel, fühle mich wundersam berührt und beschützt. Aber auch der Teufel lauert auf mich, der boshafte Fallensteller und Unruhestifter ist schon unterwegs.

Weihnachten in Kairo - Sündenfall und Bekehrung
Nach den schönen Tagen in Luxor würde ich am liebsten den nächsten Bus nach Jerusalem nehmen, sehe mich schon Heiligabend in Bethlehem - aber die Verständigung mit Ramor geht daneben. Wieder erwische ich nur den etwas umständlichen Hadid am Apparat, der sich höflich nach meinem Befinden erkundigt. Ich unterbreche ihn: "Das kann ich euch alles life erzählen, ich will nur wissen, wann ich kommen soll. Sag Ramor, wenn er mich noch einmal sehen will, ist das jetzt seine letzte Chance, bevor ich in einem Kloster im Himalaya verschwinde. Ich mein`s ernst, er hat mich lange genug warten lassen. Ich rufe morgen nachmittag wieder an und wehe, er ist nicht da!"
Der Lärm in dem überfüllten Postamt ist ohrenbetäubend, Kairo zerrt an meinen Nerven. Endlich höre ich seine geliebte Stimme, sie klingt sehr leise und verzagt:
"Warum tust du mir das an? Was habe ich dir getan?" "Nichts. Alles. Willst du mich sehen oder nicht?" "Natürlich. Aber gerade über Weihnachten ist es in Jerusalem besonders gefährlich und..." "Ich höre deine Stimme kaum, was ist los?" "Ich verstehe dich auch sehr schlecht. Ruf mich morgen um die selbe Zeit an, dann überlegen wir..." "Ich habe nicht gerade das Gefühl, daß du scharf auf mich..." "Wie bitte?" Klick, ausgehakt. Ich bin stinkesauer. Jedes Telefonat kostet mich Zwanzigmark Mindestgebühr und ich muß verdammt sparen.
Dasselbe nochmal, am dreiundzwanzigsten. Ramor ist nicht da. Ich lasse meine Wut an Hadid aus. "Schrei mich nicht an, ruf später noch mal an", sagt er. "Kann ich nicht", brülle ich noch lauter und übertöne das Geschrei um mich herum, "ich habe nicht soviel Geld. Ramor kann mich mal! Ich

fahre in den Sinai und vielleicht komme ich Ende Januar, wenn mich die Haie nicht aufgefressen haben, richte es ihm aus!" Ich warte seine Antwort nicht ab. Wer leiden will, muß leiden. Sollen sie sich doch Sorgen um mich machen, ich werde die Zeit nutzen, sie rennt mir eh davon.

Vier Monate habe ich auf unser Wiedersehen gewartet, die paar Wochen werde ich auch noch überstehen.

Der Leiter des Goethe Instituts nimmt meine Bücher für eine spätere Lesung entgegen und ich werde als Ehrengast zu einer Theateraufführung am 26. Januar eingeladen. Eine ägyptische Truppe spielt Tankred Dorsts "Große Schmährede an der Stadtmauer." Das interessiert mich, die kämpferische Frau war eine meiner Paraderollen - mit dem Kopf gegen die Wand, gegen Obrigkeit, gegen den Kaiser von China persönlich. Also werde ich Sylvester im Sinai sein, dann sehen wir weiter.

Heiligabend, das Fest der Christen
Ein Tag wie jeder andere. Mit Jesulein in der Krippe haben die Moslems nichts zu schaffen. Einsam irre ich durch das geschäftige Gewühle, auf der Suche nach einem Hauch von Weihnachten, und sei es nur ein Tannenzweig mit einer bunten Kugel.

Endlich finde ich im Foyer des Ramses Hotels das Gewünschte und posiere mich unter den festlich geschmückten Tannenbaum mit duftenden Nadeln, als erwarte ich das Christkind, nippe am Campari-Soda. Es hilft nichts, er hat mich einfach vergessen und ich schlendere mißlaunig über meine deutsche Sentimentalität in mein schäbiges Zimmer zurück. Soll ich den Abend einfach verschlafen? Der Portier bringt mich auf eine bessere Idee: in einem Nachtclub tanzen gehen! Ich donnere mich auf und bestelle ein Taxi zum Hilton - vornehm geht die Welt zugrunde, wenn schon, denn schon.

Hier scheint ja wirklich was los zu sein. Schwärme festlich gekleideter Araber und Inder mit zahlreichen Kindern strömen durch den Weihnachtsbazar im Foyer, aber der Clubraum mit Tanzfläche ist noch ziemlich leer. Ich setze mich an einen Einzeltisch und bestelle die erste Runde Bier - Mindestverzehr Dreißigmark, das kann ja heiter werden! Die wenigen eleganten Herren, die sich in den Polstersesseln räkeln, übersehen mich eben so wie der hochnäsige Europäer mir schräg gegenüber.

Daß Frauen ohne männliche Begleitung in Ägypten grundsätzlich für Nutten gehalten werden, habe ich bereits in Luxor erfahren, in dieser vornehmen Bar scheint es nicht anders zu sein. Ich setze mein arrogantestes Gesicht auf, blicke nicht weniger abweisend über die Männerköpfe hinweg und halte mich am Bier fest. Endlich beginnt die kleine Band zu spielen, ein nicht besonders talentierter Sänger müht sich ab und meine Langeweile nimmt zu. Niemand tanzt oder fordert mich auf.

Ich überlege gerade, ob ich loslegen und eine Soloshow abziehen soll, da stürmt eine erfreuliche Erscheinung in den Clubraum und geradewegs auf mich zu: "Darf ich mich zu ihnen setzen?" "Bitte sehr."

Er ist als Einziger salopp gekleidet mit Jeans und Pullover, Vollblutaraber, ein ähnlicher Typ wie Ramor. Wir unterhalten uns locker bei weiteren Bieren und er klärt mich auf, daß die Tanzbar nicht hier, sondern im Zwölften Stock ist. "Darf ich sie hinführen?"

"Aber gern." Er springt auf und bezahlt meinen Deckel, ohne mich zu fragen. Die Blicke der Herren folgen uns nach und was sie denken, trifft beinahe ein.

Der Lift hält im neunten Stock, mein Begleiter will mir seine Suite mit Blick über Kairo zeigen und sich kurz erfrischen, es ist erst vor Mitternacht und für die Exclusiv Bar noch zu früh.

Ich bin schon zu angesoffen, um den Chivers Whisky abzulehnen und merke zu spät, auf was ich mich eingelassen habe. Der attraktive Junge bietet mir ein Vermögen an, wenn ich mit ihm bumse, sein Vater scheint wirklich ein echter Saudi-arabischer Ölscheich zu sein und er wirft das Geld zum Fenster raus, kommt gerade aus Europa zurück, auf der Suche nach einer Frau wie mir.

Als ich das verlockende Angebot ablehne und von meiner Liebe zu Ramor erzähle, weint er bitterlich und schluchzt an meinem Busen, daß ich ihm wenigstens beim Onanieren vor dem Spiegel zusehen solle.

Scheißspiel. Hört das denn nie auf? Warum ist Ramor nicht bei mir und behütet mich vor solchen Situationen?

Ich kämpfe zwischen Zorn auf meinen Gatten und Mitleid mit dem liebeshungrigen Playboy, der mich charmant umwirbt, kein plumper Verführer, sondern ein Bittender. Warum soll ich nicht Christkind spielen und ihm das bischen Glück schenken, wenn ich schon nichts bekomme?

"Also gut", sage ich und setze mich neben ihn auf's Bett vor dem Kristallspiegel, "aber fahr mir nicht zwischen die Beine, sonst bringe ich dich um und springe in den Nil."
Erleichtert holt er seinen Peiniger raus, eins von den riesigen Schwabbeldingern, die mich absolut kalt lassen. Aber seine sexuelle Erregtheit ist so animalisch, daß sie schließlich doch auf mich übergeht und ich mich selber unter dem Rock streichle.
Sein heißer Strahl trifft meine linke Backe und entlädt sich in hohem Bogen auf die Damastdecke. Jetzt glaube ich ihm, daß er seit Monaten keine Frau gehabt hat. So einen gewaltigen Samenerguß habe ich noch nie gesehen - und das in der heiligen Christnacht!
Mustafa kann nicht verstehen, daß ich sein Geld und seine Hand ablehne und führt mich schweigsam in die Bar. Der Eintritt inclusive Essen ist horrend hoch, es scheint ihn nicht zu stören. Ich picke mir das Feinste aus den exclusiven Leckerbissen heraus, er stochert mürrisch drin rum, schiebt sie beiseite und bestellt Champagner. "Prost auf deinen beneidenswerten Mann!" Er sieht nicht gerade glücklich aus. "Und wann tanzen wir?" "Die Band kommt erst gegen zwei Uhr sagt er gelangweilt und ich verabschiede mich kurzentschlossen: "Das ist mir zu spät. Vielen Dank." "Gleichfalls." Sein Charme ist verflogen und im Taxi wandelt sich mein Rausch zu bitterem Katzenjammer über die unheilige Nacht.

Die Gnade Allahs
Mein Schädel brummt, mein Gewissen brummt, am Weihnachtssonntag quäle ich mich trübselig in den Tag. Auch wenn ich der Verführung widerstanden habe, habe ich sie doch selbst provoziert und fühle mich schuldig und sündenbefleckt.
Auf der Suche nach einem Ort der Besinnung und Buße wandere ich stundenlang durch die Bazare der Altstadt und kaufe ein großes lila Schultertuch, verhülle mich wie die Ägypterinnen.

Wie hingeführt stoße ich so auf die Al Azar Moschee, in der angeblich meine Heiratsurkunde verwahrt ist. Vielleicht finde ich einen Scheich, der mir zu einer Kopie verhilft...
In dem großen Innenhof sitzen Moslems auf Teppichen zwischen Säulengängen, lesen den Koran oder diskutieren miteinander ein friedliches Bild. Ein bärtiger junger Scheich winkt mich aus seiner Gruppe zu sich heran. "Kann ich Ihnen helfen? Sie sehen so ratlos aus", sagt er freundlich, "setzen Sie sich zu uns, ich bin gleich frei für Sie."
Wir führen ein langes Gespräch miteinander, ich rede mir alles von der Seele, was mich bedrückt, er hört aufmerksam zu wie ein gütiger Beichtvater, kennt viele meiner Probleme. Er ist Engländer, vor zwei Jahren zum Islam konvertiert und ist gerade mit seiner Frau, einer moslemischen Afrikanerin und zwei Kindern von London nach Kairo gezogen, um an der Universität Al Azar den Koran zu studieren, verdient den Lebensunterhalt als Englischlehrer.
Was für eine Fügung, daß ich ausgerechnet ihn hier treffe, der die christliche Welt schwer enttäuscht verlassen hat und begeistert ist von der reinen Lehre Mohammeds, die sein Leben umgewandelt hat! Auch bei Ramor und seinen Freunden habe ich dieses Ruhen in Allah bemerkt, das innere Heiterkeit und Gelassenheit bewirkt und zu korrektem Denken und Handeln führt. Schon oft habe ich mich nach Aufnahme in solch eine Gemeinschaft gottesfürchtiger Menschen gesehnt und blieb doch immer Zaungast...
"Warum hat Ramor mich nie gefragt, ob ich Moslema werden will?" "Das durfte er nicht", erwidert Ibrahim, "dieser Entschluß muß von Ihnen allein ausgehen. Der Islam verbietet Bekehrung, aber Allah ruft Sie, wenn Sie bereit sind, wenn die Zeit gekommen ist..." Sie ist gekommen. Ich fühle es instinktiv und beglückend wie ein helles Licht in meiner Seele.
"Ich möchte in den Islam eintreten" höre ich mich sagen, "niemand muß mich überreden, es ist mein innigster Wunsch."
"Überlegen Sie es sich gut, es ist ein wichtiger Schritt und bleibt nicht ohne Folgen für Ihre weitere Entwicklung..." "Ich weiß. Ich bin bereit."
"Herzlichen Glückwunsch!"
Ibrahim ist nicht weniger aufgeregt als ich, als wir in einem kleinen Gemach einem ehrwürdigen Scheich gegenübersitzen, er hat ein wunderschönes, altbiblisches Gesicht.

Ibrahim übersetzt mein Anliegen in Arabisch, der Scheich sieht mich lange prüfend an, dann geht ein Lächeln durch seine zerfurchten Züge und er nickt, bedeutet mir, seine Worte nachzusprechen, eine lange Rezitation aus dem Koran. Mir ist, als kenne ich die Verse, spreche mühelos nach.
Plötzlich wird mir bewußt, es sind dieselben, die ich unwissend in Köln rezitiert habe und Glückstränen schießen aus meinen Augen, während ich mit bebender Stimme mein Bekenntnis zum Islam bekunde, mein Schicksal in die Hände Allah's, des Gnädigen, des Allerbarmers lege - des alleinigen Gottes aller Menschen und Religionen, die seinen Namen unentwegt mißbraucht und verstümmelt haben für ihre großen und kleinen Belange.
Fahneneid: Im Namen Gottes, auf in den Kampf! Völkermord an Andersgläubigen, Religionskriege der Statthalter Gottes.
Gotteslästerung im Kleinbürgermief: Ach du liebes Gottchen - wie sieht die denn aus! Oder, Grüß Gott Frau Nachbarin, solange dieser Scheißausländer bei Ihnen wohnt, kann ich nicht mehr anschreiben, holen Sie ihre Brötchen beim Herrgott, aber nicht bei mir...
Der Name Allah ist unübersetzbar, einmalig und übergreifend, klingt auch viel besser als Gottvater, Herrgott oder lieber Gott und ich verstehe, warum der Islam ihn für sich allein beansprucht, ihn rein und heilig hält, über alle menschlichen Vorstellungen und Begriffe erhaben. Niederwerfung in Demut und Anbetung des allmächtigen, unsichtbaren und allgegenwärtigen Schöpfers entspricht meinem Wesen und ich bin überglücklich, daß ich sie nun auch öffentlich zeigen darf. Nicht allein in der Natur oder verkrampft auf der Kirchenbank hockend, sondern in der Gemeinde der Moslems buchstäblich mit dem Kopf auf dem Boden vor dem Herrn...
Habe ich das alles wirklich gedacht oder nachgesprochen? Ibrahim stupst mich an, reicht mir ein Tempotaschentuch. Der Scheich sieht mich durchdringend an wie ein erfolgreicher Therapeut nach einer anstrengenden Sitzung und lächelt beschwichtigend in meine Tränen, als wisse er, welche Auseinandersetzungen mit Allah mir noch bevorstehen. Ibrahim übersetzt seinen abschließenden Satz ins Englische: "Durch dein Bekenntnis zum Islam bist du unschuldig wie ein neugeborenes Kind und Allah hat dir alle Sünden verziehen."
Ich verneige mich vor dem Scheich, der mir jetzt wie ein Erzengel erscheint, mir zur Rettung geschickt.

Nun steht nichts mehr zwischen Ramor und mir. Aber ohne die Versuchung der Heiligen Nacht wäre ich nie in diese Moschee gekommen. Hat Christus mich doch nicht vergessen und meinen Weg zu Allah gelenkt? Es ist alles sehr verwirrend und Ibrahim versteht meine Aufgewühltheit. "Dies ist der wichtigste Tag in deinem Leben und muß gebührend gefeiert werden", sagt er und lädt mich zu seiner Familie ein, "wir können dich jetzt nicht allein lassen, du bist unsere Schwester."
Seine bescheidene Wohnung liegt am Stadtrand, wir fahren eine Stunde mit dem Minibus. Auch seine zierliche Frau Jasmin kümmert sich liebevoll um mich, bringt mir Tee und ein afrikanisches Spezialgericht, während Ibrahim im Wohnzimmer mit einem Bruder aus Nigeria diskutiert, die hübschen Buben spielen im Hof mit Katzen, die Atmosphäre ist friedlich und harmonisch.
Jasmin macht mir ein Bett im Kinderzimmer, holt ihren Gebetsteppich aus dem Kleiderschrank und spricht ihr Abendgebet wie eine selbstverständliche Pflichtübung. Morgen will sie mich in die Praxis einer Moslema einführen, Ibrahim stellt Informationsmaterial zusammen über die fünf Säulen des Islam, die täglichen Pflichtgebete, die wichtigsten Suren in englischer Übersetzung und arabischer Lautschrift.
Am nächsten Morgen wird's noch einmal sehr feierlich. Die beiden begleiten mich zur Moschee, um als Zeugen meinen freiwilligen Eintritt in den Islam aktenkundig zu machen. Ich bekomme eine Urkunde in arabischer und eine in englischer Sprache und von nun an kann mir niemand mehr das Beten in einer Moschee verbieten.
Jasmin fährt mit mir zurück, zeigt mir die Ritualwaschungen und Gebetsstellungen, aber so einfach wie es aussieht, ist es für mich nicht, ich verabschiede mich bald. Im Sinai kann ich die Broschüren in Ruhe studieren und üben, ich freue mich darauf.
Vor meinem Aufbruch schreibe ich einen langen Brief an Ramor mit Anklagen und Vorwürfen, daß er mich so allein durch die Weltgeschichte tappen läßt, berichte von der Gastfreundschaft meiner neuen moslemischen Freunde in Kairo, die ich als seine Frau in Jerusalem vermisse. Ich will endgültig wissen, warum er kein Visum bekommt, warum er unsere Heirat verheimlicht, ich bin das unwürdige Versteckspiel leid und verlange

Klarheit, damit ich auch für mich selber besser planen kann, vielleicht ziehe ich nach Kairo oder in den Sinai, um Arabisch zu lernen, unter Moslems zu leben...

Devils Head, Sylvester 1993
Am dreißigsten Dezember sitze ich gutgelaunt im Bus nach Charm - el-Sheik, von dort aus will ich weiterfahren zur Sharks Bay, meiner ersten Sinai Station. Den schweren Koffer habe ich im Hotel gelassen, nur die Schreibmaschine und das nötigste Handgepäck mitgenommen.
Als ich spätnachts ankomme, traue ich meinen Augen nicht. Aus dem idyllischen Beduinencamp ist eine Hollywood Landschaft für Luxustouristen geworden, mit europäischer Speisekarte und Grillspezialitäten. Die Lichterketten über künstlichen Treppen in die Berge lassen den Mond verblassen und die Preise haben sich verzehnfacht. Es ist ein Jammer um das verschwundene Paradies. Die lärmenden Deutschen sind mir gräußlich. Da ich absolute Einsamkeit brauche, fahre ich am nächsten Morgen weiter nach Devils Head, dem einfachsten Camp an der nördlichen Küste, wo es weder Dusche noch Toilette gibt (man kackt ins Meer) und sogar Nacktbaden möglich sein soll.
Wieder einmal hat mich mein Schutzengel an den richtigen Ort geführt. Fast alle Hütten sind leer und der kleine Imbiß genügt für meine Bedürfnisse und meinen schmalen Geldbeutel.
Hier ist auch eines der schönsten Korallenriffe und in der warmen Mittagssonne schwimme ich durch die faszinierende Unterwasserwelt, die vielfarbig zu mir hochschillert.
"Norma! Was machst du denn hier?" "Na und du?" Heike aus Luxor umarmt mich stürmisch und stellt mir ihren Begleiter Daniel vor, er ist mir auf Anhieb sympathisch. Wir freuen uns riesig über das unvermutete Wiedersehen beim abendlichen Strandlauf, auch die beiden wollen hier Sylvester in der Stille der Natur verbringen, ohne Knallerei und Raketen. Es ist einfach wunderbar.
"Also vielleicht bis später." "Ich wollte eigentlich mit Ramor allein sein, meditieren." "Na, jedenfalls, wenn du unseren Sektpfropfen knallen hörst, ist Mitternacht. Guten Rutsch!" "Gleichfalls!"

Ich weiß nicht, wie lange ich reglos auf der hohen Felsenklippe gesessen habe, das leise Plätschern der Strandwellen hat mich weit entrückt, hinter den Bergen auf der saudi-arabischen Küstenseite geht der Mond auf. Ich klettere zum Strand hinunter und schmiege meinen Rücken an einen Sandstein, das lauwarme Wasser umspült meine Füße.

Birgit hat aus Ramors Horoskop herausgelesen, daß er sich in diesen Wochen in einer schweren inneren Krise befindet, um die Jahreswende sogar in akuter Lebensgefahr ist. Gewiß macht er sich auch meinetwegen Sorgen, der Brief kann ihn noch nicht erreicht haben. Bisher ist mein Reiki immer angekommen, ich muß ihm ganz viel Kraft schicken, ihn beruhigen.

Der Sternenhimmel ist wie immer hier klar und scheinbar greifbar nahe. Ich spüre den Energiefluß in meinen Händen besonders stark und verbinde ihn mit Gebeten für die Liebe, für Weltfrieden. Gerade als ich ein abschließendes Gebet um Hilfe und Schutz für Ramor an den Sirius gerichtet habe, fällt eine Sternschnuppe aus seinem Radius. Nun, das mag noch Zufall sein. Aber sofort danach bleibt mir der Atem stehen - diesmal ist es keine Sternschnuppe, sondern eine leuchtende weiße Kugel, die senkrecht herunterfällt, in kurzen Zickzacklinien die anderen Sternbilder umgeht und horizontal in Richtung Jerusalem davonzischt. Das Flugobjekt ist eindeutig ein Ufo, das erste, das ich persönlich gesichtet habe und die empfangene Botschaft ist ebenso eindeutig - wir werden von Außerirdischen beschützt.

Später erfahre ich von Ramor, daß er in eben diesen Stunden nur knapp einem Attentat, einer Kugel entronnen ist. Es gibt tatsächlich nur gelenkte Zufälle und alles ist vorherbestimmt.

Die Mitternacht muß längst vorüber sein. Im Camp schläft schon alles und auch ich schlafe beruhigt ein im Bewußtsein, daß das alte Jahr mir zum Abschluß meiner Prüfungen eine Sternstunde besonderer Art geschenkt hat und daß das Neue Jahr unter Allahs Gnade steht.

"Es wird alles gut werden", tröstet Ramor mich immer wieder am Telefon, wenn ich verzagt oder ungeduldig bin. Jetzt glaube auch ich fest daran, geradezu überhäuft von Zeichen göttlicher Lenkung, die meine Demut und Hoffnung herausfordern und stärken.

Am Neujahrstag nehmen Heike und Daniel mich zu einem Besuch bei Freunden um die Ecke mit, zwei Afrikanern, die an der Küstenstraße in einer Imbißbude Kamelritte und Jeeptouren ins gebirgige Hinterland vermitteln. Die Kontaktfreudige, naturblond gelockte Holländerin scheint wirklich für alle orientalischen Männer der Inbegriff ihrer Träume zu sein, das habe ich schon in Luxor mitbekommen.
Sie zwinkert ihrem Verehrer und mir zu: "Laßt mich mal machen, ich arrangiere das alles, wir kriegen was Feines zu essen, wir sind eingeladen, kostenlos!"
Nach stundenlangem Gebrutzel mit verführerischen Düften servieren uns die schwarzen Menschenfreunde ein Fischgericht mit Beilagen, gegen das "Chez Alex" in Köln nicht anstinken kann. Reiner Lebensgenuß verbindet uns und als wir mit ägyptischem Weißwein auf meinen fernen Bräutigam und unsere Liebe anstoßen, scheint er nicht nur für mich leibhaftig dabei zu sein.

In den Nachmittagsstunden wandere ich ziellos durch´s Gebirge, verfolge Kamelspuren, orientiere mich an Rastplätzen mit ausgedörrten Ölbäumen und vergesse Ayids Warnung, mich nie ohne Führer in die Bergwüste zu wagen, in der Moses mit seinem auserwählten Volk vierzig Jahre herumgeirrt ist, bevor der Herr ihm den Weg ins Gelobte Land offenbarte.
Wann auch immer ich denke, einen Gipfel mit Ausblick aufs Rote Meer erklommen zu haben, führt der steinige Pfad hinunter in die nächste Schlucht mit noch höheren Bergungetümern. Die einbrechende Dämmerung schürt meine Angst, hier nie wieder heraus zu finden und meine leichtfertige Drohung, Ramor könne meine Knochen im Sinai suchen, würde nun mit meinem Hungertod bestraft.
Ziemlich verzweifelt strecke ich auf einem Plateau alle Viere von mir und versuch´s mit Reiki. Die Elemente antworten mit plötzlich auftauchenden Wolken, die sich über mir zusammenballen. Meine Schnüffelnase sagt mir, daß sie aus Israel herwehen und ich verstärke meinen Einsatz. Jetzt verteilen sich die grauen Wolkenballen über den ganzen Himmel, vom Wind in Richtung Meer getrieben, und aus der schwarzen Wolkenwand über mir fallen die ersten Tropfen, gehen in einen Regenschauer über, es wird stockfinster. Ich schließe die Augen und falte ergeben die Hände über der

Brust, der Regen überrieselt mich wie eine sakrale Waschung, es ist nicht unangenehm.
Ein gewaltiger Donnerschlag schreckt mich hoch. Der erste Blitz zuckt durch die Wolken und dann erhellen Kettenblitze das Firmament wie ein gespenstisches Feuerwerk aus der Hexenküche und zeigen mir den Weg hinunter ins Camp, wo alle das Naturschauspiel betrachten.
Aber es ist mehr als ein normales Wintergewitter, bestätigen mir die Beduinen, die so etwas noch nie erlebt haben. Die nächsten vierundzwanzig Stunden wechseln sich Donnergrollen, Blitze und Plädderregen in pausenloser Folge ab. Die Atmosphäre ist vom Südsinai bis hoch zum Golf von Akkabar mit schwelender Elektrizität angefüllt und es scheint, als entlade der Kosmos seinen Zorn über die Zwietracht der arabischen Staaten und Israel.
Sturzfluten haben die Küstenstrecke teilweise überschwemmt, die Palmdächer der Hütten haben dem Regen nicht standgehalten, Kleidung, Wolldecken und Matratzen sind triefend naß. Wir zittern vor Kälte und kriechen in den wenigen vorhandenen Schlafsäcken zusammen, trinken Tee und warten auf die Sonne.
Gegen Abend des zweiten Januar hellt sich der Himmel auf und am nächsten Morgen ist der Spuk vorbei, wir erwachen bei strahlendem Sonnenschein, ein wärmender Segen für unsere zerschlagenen Glieder.
Meine Freunde verabschieden sich und ich gebe Heike ein Zettelchen mit Ramors Adresse, sie will ihn besuchen und ihm ausrichten, daß es mir gut geht.
Ende Januar treffen wir uns noch einmal kurz in Jerusalem und sie teilt mir ihren Eindruck mit, versteht meine Verliebtheit, überzeugt von Ramors Charakterstärke und menschlicher Wärme.
"Er liebt dich wirklich", sagt sie, "er war sehr besorgt um dich und hat das Zettelchen immer wieder gelesen, als sei es ein Liebesbrief."

Das archaische Gebirge hat`s mir angetan. Ich leihe mir von den Afrikanern eine dicke Wolldecke und verziehe mich mit etlichen Wasserflaschen in eine Felsenhöhle zum Meditieren, hoffe auf eine Eingebung, ob ich mich hier ansiedeln, mir eigenhändig aus den marmorartigen Felsbrocken eine Hütte

bauen soll. Nach zwei Tagen breche ich die Klausur unentschieden ab - für die Einsiedelei ist es wohl noch zu früh.
Es ist an der Zeit, meine Freunde im nahegelegenen Calypso Camp zu besuchen und mit der Arbeit an meinem Manuskript zu beginnen.
Die ersten Tage vergehen schnell mit Einladungen und Ausflügen. Doch als ich endlich nach der Schreibmaschine greifen will, ist sie aus meiner Hütte verschwunden.
Ein Kamel hat ein großes Loch in das Palmdach gefressen, man kann leicht einsteigen und auch meine Tür war nicht immer verschlossen. Die Beduinen teilen meinen Ärger, denn eigentlich wird hier nie geklaut, nur manchmal lassen Rucksacktouristen etwas mitgehen.
Irgendwie bin ich über den Diebstahl erleichtert, da ich für die Überarbeitung nicht sonderlich motiviert war, zu sehr mit neuen Erfahrungen beschäftigt.
Beim Aufräumen meines Lagerplatzes stößt mein rechter Zeh an einen metallischen Gegenstand und ich grabe einen neunarmigen, halb verrosteten israelischen Leuchter aus dem Sand.

Soll das etwa ein Hinweis sein, daß ich mich gefälligst auch mit der jüdischen Religion auseinander setzen muß? Alles zu seiner Zeit. Erstmal habe ich genug zu schlucken an den Verordnungen des Propheten Mohammed, die für mich nicht alle praktikabel sind, auch die Beduinen gehen recht lässig damit um und sind doch fröhliche, rechtschaffene Gotteskinder, die alles Leben und die Natur achten. Nur wenige verrichten die fünf Pflichtgebete zur vorgeschriebenen Uhrzeit und Awa überläßt das Beten ganz und gar ihrem Mann. Sie stimmt mit mir überein, daß ihr einfaches, zufriedenes Dasein unter freiem Himmel als unausgesprochene Huldigung an den Schöpfer genügt.
So begnüge ich mich zunächst mit meinen Yoga-Übungen, den "Fünf Tibetern", die in dieser reinen Natur auch eine Art Gebet sind. Oft umbellen mich dabei die wilden Dorfhunde, vor deren Hatz ich mich anfangs gefürchtet hatte, und wir platschen bei Sonnenaufgang zusammen im Meer herum.
Als ich von meiner Reiki Heilkraft erzähle, bringt Awa mich zu einer alten Nachbarin, die angeblich unheilbar krank ist, die Ärzte können jedoch keine Ursache feststellen. Sie hat den Tod ihres Mannes vor zwei Jahren nicht

verwunden und verweigert die Nahrung, wird zwangsernährt nur mit Reis und Tee und ist völlig apathisch, rechter Arm und Hüfte scheinen gelähmt, sie kann sich nicht bewegen.
Ein Bild des Jammers starrt mich an. Die Alte hockt schwarz vermummt wie eine Aussätzige in einem unsäglich stinkenden Bretterverschlag auf dem Erdboden, von Fliegenschwärmen umsurrt.
Sie läßt sich willenlos auf eine Wolldecke legen und ich habe Mühe, die neugierigen Kinder und Verwandten zu verscheuchen, die mir zusehen wollen. Ich nehme ihr den Schleier ab und während der Behandlung sind unsere Gesichter und Hände von Fliegen übersät. Sie scheint daran gewöhnt und ich überwinde schnell meinen Ekel, selbst vor dem penetranten Uringeruch, der aus ihren dicken, durchnäßten Röcken dringt. Niemand weiß, wie alt sie ist, schätzungsweise vierzig, aber sie hat das Gesicht und den ausgemergelten Körper einer Greisin, nur Haut und Knochen. Erschüttert sehe ich, wie ihre Züge sich beleben, angeblich ist sie blind, aber in ihren Augen taucht ein Leuchten auf und als ich sie zum Abschied auf beide Wangen und die verkrüppelte Hand küsse, geht ein Lächeln über ihr einstmals schönes Gesicht, das ich nie vergessen werde.

Am nächsten Tag wiederhole ich meine Behandlung und sie lächelt mich gleich zu Beginn dankbar an, die Verwandten erzählen, daß sie seit Monaten zum ersten Mal durchgeschlafen und etwas gesprochen hat. Ich bin sicher, in vier Wochen würde sie unter meinen Händen genesen und bedauere aus tiefstem Herzen, daß ich nicht länger bleiben und ihr helfen kann. Aber die segensreiche Zeit im Sinai ist abgelaufen, und ich will die Aufführung in Kairo nicht verpassen. Noch muß ich mein Geld als Schauspielerin verdienen, so gern ich mich schon jetzt als Krankenpflegerin bei den Beduinen niederlassen würde. Ich habe den Eindruck, daß ich der Alten neuen Lebensmut und ein Selbstwertgefühl übermittelt habe, das sie nachwirkend aufrichten wird.

Nicht einmal anläßlich der Fellini Premiere in Köln wurde ich so geehrt wie als zuschauender Gast des Goethe Institutes, da ich uneitel bin, ist es mir geradezu peinlich. Nach der Einführung stellt Dr. R. mich dem erlesenen

Publikum vor und ich werde beklatscht, als sei ich die Hauptperson des Abends, verteile Autogramme.

Der Vorhang geht auf und enthüllt anstelle der Chinesischen Mauer eine zuckersüße, altmodische Kulisse. Aus dem Publikum eilt eine schöne junge Frau im prächtigen Gewand und dicken Goldklunkern unter frisch gelocktem Haar nach vorn, eine zu spät gekommene reiche Dame, denke ich. Aber oh Graus - es ist die Hauptdarstellerin und mir schaudert schon bei ihren ersten Sätzen! "Kaiser!" zirpt sie kokett und flirtet mit den nicht weniger adretten Spielzeugsoldaten, "ich will den Kaiser sehen!"

Ich lasse das operettenhafte Schmierentheater wie erstarrt über mich ergehen. Die Schauspieler sind nicht einmal schlecht und spielen sehr temperamentvoll - aber schlimmer an Dorst und der Thematik vorbei inszeniert geht es nicht, eine glatte Beleidigung seines Engagements für die Rebellin aus dem einfachen Volk.

Das Publikum applaudiert begeistert und ob ich will oder nicht, im Foyer muß ich mich den Fragen der Journalisten, des Regisseus und der Kollegen stellen, sogar der berühmte Dorst Übersetzer, ein alter ägyptischer Professor, scheint zufrieden. Ich winde mich hin und her, bei uns wird das Stück natürlich anders gespielt, aber das ist schließlich Auffassungssache. Immerhin gebe ich dem Regisseur zu bedenken, daß die arme Bauersfrau sicher keine goldenen Ohrringe besitzt, ihre Feldarbeit fallen und liegen läßt und in verschmutzten Kleidern zum Kaiser rennt, um ihren Mann aus dem Söldnerheer auszulösen, auf ihr Anrecht auf Liebe pochend, mutig und ängstlich zugleich. Der Regiesseur will es überdenken und mit seiner Lieblingsschauspielerin besprechen, findet meine Anregungen interessant...

Dr.R. sieht mir die Enttäuschung an und lädt mich zur Entschädigung zum Italiener im Sheraton Hotel ein, so endet der Abend doch noch genüßlich.

Unsere Gespräche bestätigen, was ich auch von Renate, einer deutschen Galeristin aus Berlin erfahren habe - die Ägypter sind nicht im Geringsten an einem Austausch mit europäischer Kultur interessiert, verharren in ihren Jahrhunderte alten Traditionen. Sie schlägt sich seit zwei Jahren mit der einzigen Galerie für moderne Kunst in Kairo durch, der Käuferkreis beschränkt sich auf Botschaftsangestellte und wenige elitäre Ägypter, die schon mal im Ausland geschnuppert haben und sich durch einen Bildankauf fortschrittlich geben.

Nachträglich verstehe ich meinen ägyptischen Malerfreund Esra, der seine geliebte Heimat verlassen hat, über Paris in Köln gelandet, auch hier verkannt und jetzt auf dem Weg nach New York, wo sich Können und Originalität vielleicht doch noch gegen die Heerscharen der in Europa geförderten Antikünstler durchsetzen können. Esras monumentale Bilder mit plastischen Reliefs verkörpern sichtbar die Mischung zwischen alten und neuen Kulturen - ein global verbindender Appell, von dem die Weltpolitiker nur schwätzen.

Für die Christen ist Sonntag der heilige Tag, an dem der Herr ruhte und seine Schöpfung mit Wohlgefallen betrachtete, für die Juden ist es der Samstag und die Moslems beanspruchen den Freitag als Feiertag zur Ehre des Herrn, der somit gezwungen ist, drei Tage hintereinander den Gebeten seiner Erdenkinder zu lauschen.
Es trifft sich, daß ich vor meiner Abfahrt nach Jerusalem an dem Gemeinschaftsgebet Freitag Mittag in der Al Azar Moschee teilnehmen kann - ein unvergeßliches Erlebnis, das mir die ungebrochene Macht des Islam vor Augen führt.
Tausende weißgekleideter Moslems, manche Frauen in kostbaren, bunten Gewändern, füllen den großen Innenhof, noch nie habe ich Kirchgänger so heiter und locker zum Gottesdienst versammelt gesehen, schon gar nicht im Petersdom zu Rom.
Als der Gebetsruf ertönt, verstummt das gedämpfte Stimmengewirr, die Gruppen trennen sich und ich setze mich zu den Frauen und Kindern, die hinter einem großen weißen Vorhang vor den Blicken der Männer abgeschirmt sind.
Früher saßen auch bei uns Männlein und Weiblein getrennt in den Kirchenbänken, damit die Andacht nicht durch gegenseitige Reizung abgelenkt wurde. Bei der Praxis des islamischen Gebets mit den häufigen Niederwerfungen und hochgerecktem Hinterteil, Schulter an Schulter in die Kniebeuge, rauf und runter in eingelerntem Rhythmus wie bei einer Gymnastikübung, leuchtet mir die Geschlechtertrennung absolut ein.
Obwohl es für mich persönlich gehupft wie gesprungen ist, ob vor mir ein knackiger Männerarsch oder ein wabbeliger Weiberarsch kniet - der weise

Mohammed hat die Schwächen seines arabischen Volkes wohl bedacht und mit dieser Verordnung allen Versuchungen vorgebeugt.
Ich bewundere die Disziplin der Frauen, die in Reihen geordnet, im Schneidersitz der langen Predigt des Imam lauschen, einige mit dem Baby an der Brust. Beim abschließenden Ritualgebet mache ich einfach alles nach und keiner meiner Nachbarschwestern scheint es aufzufallen, daß ich Allah zum ersten Mal auf arabische Weise anbete. Mit Tränen in den Augen blinzle ich in die Mittagssonne über uns und denke: Ach Ramor, könntest du mich hier sehen - jetzt gehöre ich wirklich zu euch!

Die achte Begegnung - der Ring schließt sich
Nach der anstrengenden Busfahrt erfrische ich mich kurz im Euro Hostel und betrete klopfenden Herzens den neuen Schmuckladen in der Davidstraße, in dem Ramor jetzt als Geschäftsführer arbeitet.
Er ist mal wieder irgendwo unterwegs, Amin will ihm Bescheid sagen, daß ich auf ihn warte.
Es ist kalt und ungemütlich in dem ungeheizten Zimmerchen, ich lege mich in Lederhosen und schwarzem Pullover aufs Bett und versuche, mich zu entspannen. Gegen Zweiundzwanzig Uhr klopft es und Ramor steht vor mir - ebenfalls in Lederhosen und schwarzem Pulli.
Wir liegen uns zitternd in den Armen. Dann pflanzt er sich vor mir auf und fragt aufgekratzt: "Ich lieb dich, ich lieb dich nicht - ich lieb dich - weißt du´s immer noch nicht genau"? Bevor ich antworten kann, sagt mir sein inniger Zungenkuß mehr als alle Worte und unsere Erregung löst sich in einer kurzen, leidenschaftlichen Vereinigung. Er ist in Eile, hat seine Fahrt zu einer Schlichtungsmission nur meinetwegen unterbrochen: "Wir sehen uns morgen Mittag im Laden, du kannst dich auf eine Überraschung freuen. Schlaf gut."
Selten in den letzten Monaten habe ich so tief geschlafen, alle Ängste, ich könne Ramor mit meinen Vorwürfen zu sehr verletzt haben, sind verflogen. Die Freunde beglückwünschen mich als frischgebackene Moslema und Zalaff meint, mein Bekenntnis zu Allah sei wichtiger als meine ganze Liebe zu Ramor. Wieder einmal neckt er mich und rät mir, mich von ihm scheiden zu lassen, weil er mir doch nur Schwierigkeiten bereitet und nie Geld hat.

Ramor ist dazugekommen: "Wenn du dich von mir scheidest, springe ich vom Davidsturm." "Und ich springe dir hinterher", sage ich und das Thema ist geklärt. "Und wieviel würdest du mir geben, wenn du eine Million hättest?" "Alles - aber nur, wenn du für mich sorgst." "Siehst du", sagt Ramor triumphierend zu Zalaff, "das ist wahre Liebe! Du bist ja nur neidisch auf uns!"

Zalaff lacht geschlagen, er ist alles andere als glücklich mit der Mutter seiner Kinder. Auch Hadid wurde sehr jung vom Vater zwangsverheiratet mit einer ungeliebten Frau, die ihm außer zwei Kindern nichts bieten konnte und sehnt sich nach echter Liebe. Wenn ich eine Freundin hätte, die so ist wie ich, würde er sie sofort heiraten.

"Und wie stellst du dir diese Zweitehe vor?" "Ich würde meine deutsche Frau ein oder zweimal im Jahr für ein paar Wochen besuchen, damit wäre ich zufrieden."

So also sieht die Vielweiberei der Herren Orientalen aus, denen Sex nur mit Trauschein gestattet ist. Nein, ich wüßte wirklich keine europäische Frau außer mir, die sich mit so wenigen, sporadischen Beglückungen ihres Ehegatten bescheidet. Das weiß auch Ramor und schätzt mich umso mehr.

Er wird plötzlich sehr ernst: "Komm, wir müssen etwas Wichtiges besprechen"!

Wir sitzen uns in dem exclusiv und geschmackvoll von ihm eingerichteten Laden gegenüber. Ich ahne, es geht um meinen Brief. "Sag mir erst, was du für eine Überraschung für mich hast." "Nein, die zeige ich dir erst morgen Abend." "Bitte - ich bin so neugierig!" "Naja, damit du beruhigt bist - wir sind morgen Nacht ganz allein und ungestört in Jericho. Salmon bringt uns nur hin und holt uns nach dem Frühstück ab. Zufrieden?!"

"Ich springe dir gleich vor Freude an den Hals." "Vorsichtig, wir werden von draußen beobachtet." "Und was ist mit Salmon, ist er nicht gefährlich für dich?" "Er ist okay. Wir haben ihn im Griff. Aber jetzt müssen wir über deinen Brief reden..." "Das können wir doch morgen abend, in aller Ruhe." "Nein, ich kann keine Stunde länger warten, es brennt mir auf dem Herzen, seit ich ihn gelesen habe. Ich fühle mich schuldig dir gegenüber und du hast ein Recht darauf, die volle Wahrheit zu erfahren."

Mir wird ganz mulmig - mußte er doch eine aus seinem Stamm heiraten, von dem reichen Onkel in die Enge getrieben? Was er mir enthüllt, nimmt mir diese Angst endgültig von der Seele und macht mich glücklich, stolz und tieftraurig zugleich. Jetzt kann ich ganz sicher sein, daß er nie eine andere Frau berühren wird und mir nicht nur treu ist, sondern durch unsere heimliche Ehe auch täglich seinen Kopf riskiert. Innerhalb seiner Mission hat er einen Eid auf den Koran abgelegt, daß er nicht verheiratet ist und nie heiraten wird.

"Dann hast du dich also gegen die Liebe entschieden?" "Ja", sagt er ernst, "ich mußte es tun, für mein Volk." "Und was ist deine Aufgabe?" "Das weiß nur Allah und ich. Bitte frage mich nicht mehr danach, nicht einmal meine Freunde wissen es, aber ich vertraue dir." "Und warum hast du mich zwei Jahre lang belogen und hingehalten in der Hoffnung, daß wir wie normale Menschen zusammen leben können?" " Ich habe dich nicht belogen, dir nur einiges verschwiegen. Ich wollte dir nicht weh tun und hatte Angst, dich zu verlieren."

Er reckt seine rechte Hand hoch: "Aber ich schwöre dir beim Heiligen Koran, beim Tod meines Vaters und bei meiner Liebe - von jetzt an werde ich dir immer die Wahrheit sagen." Ich lese aus seinem Gesicht die inneren Kämpfe ab, die er meinetwegen durchgestanden hat und biete ihm die Scheidung an, um sein Leben nicht zu gefährden. Er schüttelt energisch den Kopf, beugt sich zu mir und reicht mir seine Hände:

"Du weißt genau so gut wie ich, daß nicht einmal der Tod uns scheiden kann. Wir gehören zusammen und keine Macht der Welt kann uns jemals trennen." "Und was passiert, wenn es doch herauskommt, daß wir verheiratet sind?" Er zuckt lässig mit den Schultern: "Dann ist es aus für mich." "Und ich nehme den Witwenschleier und pilgere nach Mekka..." "Das hat noch Zeit, Allah ist gnädig."

Endlich können wir wieder lachen. Er erhebt sich wie von einer großen Last befreit: "Siehst du nun klar und vergibst mir?" "Ja Liebling. Jetzt werde ich nie mehr ungeduldig sein." "Ich danke dir."

Die harte Wahrheit tut doch verdammt weh. Ich sitze aufgewühlt auf meinem Stammplatz am Ölberg, der Wind pfeift mir um die Ohren, es beginnt zu nieseln, das ist mir gerade recht, der Regen wäscht meine Tränen ab.

Ich werde also wahrscheinlich nie zu seiner Familie gehören dürfen, muß mich noch mehr verstecken, als heimliche, fliegende Braut hin- und hergerissen zwischen meiner alten und neuen Heimat, nirgendwo wirklich zuhause. In den nächsten Tagen ist Ramor mit Hochzeitsvorbereitungen für seinen zweitältesten Bruder beschäftigt - zweihundert Hammel müssen geschlachtet und zubereitet werden für die Stammesverwandten, die aus allen Gegenden herbeiströmen, eine Woche lang feiern - wie gern wäre ich dabei!

Aber noch mehr quält mich ein anderes Bild, wie eine böse Vorahnung von Ramors gewaltsamen Tod und ich sehe wieder den Traum vor mir, der mich im Sinai aus dem Schlaf hochgeschreckt hat, als das Erschießungskommando hinter mir die Gewehre anlegte...

Ich stehe mit gefesselten Händen in einer einsamen Sandwüste, vor mir im Halbkreis zwölf weiß vermummte Araber, nur die schwarzen Augen sind sichtbar und scheinen alle gleich, dicht hinter mir stehen elf Soldaten in schwarzer Uniform. Wenn ich Ramor identifiziere, bin ich frei, wenn nicht, droht mir der Tod. Ich schreite langsam die Runde ab. Bei der zweiten Gestalt spüre ich Ramors Ausstrahlung so stark, daß mir die Knie weich werden, aber ich reiße mich aus seinem Bann und bleibe vor dem vorletzten Mann stehen, deute auf ihn. In das Klicken der Gewehre ruft Ramor leise meinen Namen und die ersten Kugeln pfeifen los, treffen nicht mich, sondern ihn, durchlöchern seine Brust. Er bricht zusammen und ich werfe mich schützend über ihn, wache im einsetzenden Kugelhagel auf, ungewiß, ob wir beide tot sind oder doch noch gerettet werden durch das Eingreifen der übrigen elf Araber...

Meine Vision hat mir also schon vor Ramors Geständnis gezeigt, daß er sich auch meinetwegen in ständiger Lebensgefahr befindet. Es ist unheimlich, grausam und ungerecht, unsere Liebe zu bestrafen! Welche schwarzen Mächte sind daran interessiert, unsere Verbindung mit allen Mitteln zu verhindern?

Diesmal hadere ich nicht nur mit Christus, sondern auch mit Allah persönlich, weil seine Gnade und Barmherzigkeit auf sich warten läßt und er mir den Sinn meines Auftrags in diesem gefährlichen Spiel nicht enthüllt.

Auf dem Rückweg zieht es mich noch einmal zu Ramor: "Darf ich mich bei euch aufwärmen?" Demonstrativ setze ich mich unter den Heizstrahler und

schüttle die Tropfen aus meinem Affenpelz. "Ihr habt´s gut hier, während ich draußen in der Kälte herumirre wie eine heimatlose Zigeunerin!"
Ich übersehe Amins neugierigen Blick und Ramors gerunzelte Brauen. Er fragt: "Bist du schlecht gelaunt?" "Allerdings", platzt es aus mir heraus, "du machst es mir nicht gerade leicht und ich habe eben überlegt, ob ich nicht doch deine Mutter um eine Tasse Kaffee bitten soll, wenn sich niemand von euch um mich kümmert."
Zornesfalten kräuseln seine Stirn, er packt mich am Halskragen und zerrt mich auf den von außen nicht einsehbaren Stuhl: "Immer wenn du hier bist, machst du mir Schwierigkeiten!" "Ich dir?" zische ich zurück, "du machst mir Schwierigkeiten! Mein ganzes Leben hast du durcheinandergebracht, ich weiß überhaupt nicht mehr, wohin ich mich verkriechen soll! Es ist so hart für mich!"
Ich heule los. "Das Leben ist hart", sagt Ramor und nimmt mich liebevoll in den Arm: "Verzeih Norma, wenn ich dir so viel Kummer bereite. Ich verstehe, was in dir vorgeht, aber du weißt doch jetzt, wie sehr ich dich liebe - wir müssen stark bleiben."
"Ja", schluchze ich und ziehe mein grünes Jadeherz aus der Bluse: "Aber dann mußt du mir ein neues Herz schenken, das alte ist ganz gebrochen, überall Risse und Sprünge..." "Hast du daran geknabbert? Komm, ich schenke dir ein neues." Er packt sich an die Brust und pflanzt mir symbolisch sein eigenes Herz ein, dann darf ich mir in der Glasvitrine ein neues Jadeherz aussuchen und schwöre ihm, daß dieses nie mehr brechen wird.
"Freu dich auf morgen Schatz, und schlaf gut." "Bestimmt."
Es paßt mal wieder alles zusammen - unsere Liebesnacht fällt auf den heiligen Freitag und ich eile beschwingt zum Mittagsgebet in die Goldene Moschee.
Natürlich will mich der Türhüter am äußeren Tor nicht einlassen, die letzten Touristen müssen gerade den Tempelberg verlassen, aber als ich stolz meine Urkunde vorzeige, strahlt er über beide Ohren und bringt mich persönlich zum nächsten Wächter in der Moschee. Leider ist es nicht der Typ, der mir im Sommer das Beten verwehrt hatte. "Eine deutsche Moslema", höre ich´s um mich herum wispern und werde angestarrt wie ein Weltwunder. Ja, Ramor hat wirklich Recht. Irgendwie falle ich durch meine Erscheinung

überall auf, sogar in Kairo, und in der Altstadt von Jerusalem kennt mich schon jetzt fast jeder durch meine häufigen Besuche. So gern ich hier leben würde, noch ist es unmöglich.

Gestern nachmittag habe ich was ganz Verrücktes gemacht - meine Reikikraft benutzt, um mich in sein Haus einzuschleichen, obwohl ich weiß, daß ich sie nicht für selbstsüchtige Zwecke einsetzen darf.

Der Weg über die Mauer vom Jaffa Tor zum südlichen "Golden Gate" führt an seinem Haus vorbei, schon dreimal bin ich sehnsüchtig daran vorbeigeschlichen. Die Rückfront des alten Gemäuers ist mit einem verwilderten Gärtchen eingezäunt und ich rate, an welchem der kleinen Fenster er steht wenn wir telefonieren, mit Blick in den großen Baum, dessen Zweige bis auf den schmalen Marmorpfad herunterhängen. Ich weiß nicht, ist es eine Esche oder eine Trauerweide? Wohl eine Stunde habe ich da gesessen, meine Reiki Symbole in die Wurzeln und rauschenden Blätter gesendet mit der Bitte, mich aufzunehmen in Ramors Lebensraum...

Der beflissene Diener des Islam will mir alles Mögliche zeigen und erklären, aber ich habe nur einen Wunsch - in der Grotte des Felsendoms beten dürfen. Er führt mich hinunter und stellt mich den auf dem Boden hockenden Frauen als neue Schwester Mohammeds vor.

Ich denke, ich bin in einer Baptistengemeinde gelandet. Junge und alte, häßliche und schöne Muslemaninnen umarmen mich, küssen mich ab, schluchzen: "Allah, Allah, Allah" und werfen sich auf den Boden, murmeln Gebete.

Eine imposante Alte packt mich an der Hand und bedeutet mir, mich neben sie zu setzen. Mit geschlossenen Augen fließen Suren aus ihr heraus, deren Wortsinn ich unübersetzt verstehe, ab und zu sieht sie mich an und drückt meine Hand, auch in ihren Augen stehen Tränen - keine fanatisch besessene, sondern echt gläubige Anhängerin des mir noch sehr fremden Glaubensbekenntnisses. Ich bitte Allah, meinen Fluch zu vergessen und diesen anscheinend doch heiligen Tempel im Endgericht zu verschonen...

"Ist Islam nicht wunderschön?" Nach dem Gemeinschaftsgebet, zu meiner Verwunderung diesmal nicht geschlechtlich getrennt, die Frauen in geschlossenen Reihen hinter den Männern stehend, werde ich von einer Schar bildschöner, junger Palästinenserinnen umringt.

Eine belehrt mich, daß ich den Schlitz in meinem langen, engen Rock zunähen müsse, die nächste empfiehlt mir, statt des feuerroten Kopftuches besser ein weißes oder eins in gedämpften Farben zu tragen, um Allahs Wohlgefallen zu erringen, und als ich meinen Schauspielerberuf erwähne, in dem das alles kaum durchführbar ist, meint die Dritte kategorisch, dann müsse ich eben diesen verderblichen, Allahs Gebote mißachtenden Beruf aufgeben.
Auweia. Auf was habe ich mich da eingelassen! Ich verspreche den fröhlichen Mohammedanerinnen, sie in Hebron zwecks weiterer Aufklärung zu besuchen, sie geben mir eine Kontaktadresse im Supermarkt, ich bin herzlichst eingeladen.
Nur vier Wochen später zählen auch sie vielleicht zu den Opfern des Massakers in der Moschee...

Ich habe sie längst vergessen, habe in Köln keine Nachrichten gehört an jenem verhängnisvollen Freitag, dem 25. Februar.
Aber am frühen Nachmittag signalisiert mir ein Herzklopfen, daß Ramor in Gefahr ist und ich liege zwei Stunden im Gebet auf den Knien. Am Abend ist der vierwöchige Reiki Austausch bei Johannes und auch er bemerkt sofort, daß etwas nicht stimmt. Während er mich auf meinen Wunsch hin in der Behandlung mit Ramor verbindet, zittern meine Schenkel im Schüttelfrost. Wie er mir danach erzählt, hat er Ramors und meinen Schutzengel gesehen, die ihre Hände über uns breiteten.
Nach Mitternacht spüre ich meinen Ferngeliebten in verzweifelter Lebensgier über mir - noch einmal davon gekommen?

Ramor blickt finster drein, als ich gegen Abend, durchnäßt vom strömenden Regen, in den Laden komme. Der Strom ist in der Altstadt ausgefallen, das kommt im Winter öfter vor, und er hatte Schwierigkeiten mit Hadids strengem Vater, auf dessen Gnade beide angewiesen sind. Wahrscheinlich muß er bis Zweiundzwanzig Uhr hier ausharren, auf Kundschaft warten.
An seiner Seite macht mir das Warten nichts aus und als Salmon eintrifft, werde ich mit einem Ständchen für meine Geduld belohnt. Ramor organisiert eine Trommel und einen jungen Musiker, die Männer singen arabische Lieder und Salmon legt einen Bauchtanz hin, den keine Frau

übertreffen könnte. Ramors melodiöse, wohlklingende Stimme und rhythmischen Bewegungen gehen mir ins Blut wie das schönste Vorspiel.

Endlich ist es soweit. Diesmal finden sich nur unsere Hände auf der Hinterbank, in fiebriger Erwartung ineinander gefaltet wie ein paar Handschuhe. Alles an uns paßt zusammen.
Salmon öffnet das Tor ins Paradies und Ramor seufzt: "Ach Jericho - unser Jericho!"
Wir genießen die Nacht als ahnten wir, daß wir uns hier vielleicht zum letzten Mal lieben können...
Während die beiden ein Matratzenlager im Salon aufbauen, mache ich mich im Bad zurecht. Ramor hat mir zugeflüstert: "Laß dir was Spezielles einfallen, ich bin heute ganz besonders scharf auf deine Künste." "Was meinst du?" "Du weißt doch alles, dir brauche ich nichts zu zeigen..." Nach der klassischen Begattung liegen wir wie ein altvertrautes Ehepaar auf den Seidenkissen, neben uns ein kaltes Büffet und Fruchtsäfte, der Fernseher läuft, eine amerikanische Serie.
Ramor bittet mich um eine Massage für seinen schmerzenden Rücken und schläft wohlig unter meinen kundigen Händen ein. Zum Abschluß massiere ich seine Füße, jeden Zeh einzeln und küsse mit Inbrunst seine Fußsohlen. Er schreckt hoch: "Oh, habe ich etwa geschlafen?" "Und wie Schatz, über eine Stunde." "Bist du mir böse?" "Wie könnte ich - es hat dir doch gut getan?" "Und wie!"
Er wälzt sich genüßlich auf den Bauch und reckt mir seinen wunderschönen, leicht behaarten Hintern entgegen.
Also das war sein spezieller Wunsch. In der indischen Mythologie wird der heilige Lotus mit der Darmgegend und dem Anus in Verbindung gebracht und gilt auch als Symbol für die vier Elemente.
Ich überlasse mich meinem Instinkt, streichle und küsse seine Pobacken mit Wollust und wachsender Ekstase. "Keine Frau der Welt kann so lieben wie du", stöhnt er und wirft mich auf den Bauch, nimmt mich von hinten und diesmal brüllen wir beide beim Orgasmus wie brünstige, wilde Tiere, können uns zum ersten Mal ungestört austoben.
Danach kann ich wieder nicht einschlafen vor Seligkeit und lausche entzückt der Symphonie aus Ramors Innenleben. Er murmelt, lacht, seufzt, schluchzt

und schnorchelt im Schlaf, wälzt sich unruhig von einer Seite auf die andere - ein von Sorgen gequälter Mann, gewöhnt, alle Probleme allein und ohne Lamentieren zu bewältigen. Ich verstehe seine orientalische Mentaltität immer besser. Nicht aus falschem Stolz oder Mißachtung der Frau klammert er mich aus der brutalen Männerwelt aus, spricht nicht mit mir über seine Schwierigkeiten, sondern aus echter Fürsorge und Rücksicht, um mich nicht zu belasten mit Informationen, denen ich in Unkenntnis der angespannten politischen Situation nicht gewachsen wäre.

Gegen Morgen dämmere ich kurz weg in einen seltsamen Traum, der mich irgendwie an die Erschießungsscene in der Wüste erinnert, als sei es direkt danach. Die übrigen Gestalten sind verschwunden und Ramor steht lächelnd vor mir, streckt mir die Hand entgegen. Während ich auf ihn zugehe, verwandelt sich der Kaftan in einen weißen Smoking und aus seinem Gesicht strahlen mich meine eigenen blauen Augen an, die nach unserem Kuß wieder tiefschwarz werden.

Er kommt mir in weißer Unterwäsche aus dem Bad entgegen und ich springe ihm an den Hals, küsse seine Augenlider. "Hei du Wildfang, was ist los?" "Nichts", sage ich übermütig, "ich wollte nur sehen, ob du blaue oder schwarze Augen hast!"

Genau besehen sind sie schwarz, braun und grün gemischt. Wenn er wütend ist, funkeln sie wie glühende Kohlen, manchmal hat er Tigeraugen und wenn er sehr sanftmütig gestimmt ist, schimmern sie wie samtige Rehaugen.

"Mach dich fertig, Salmon kommt gleich mit dem Frühstück." "Wie schon?" "Ich muß um neun Uhr im Geschäft sein. Ich kann dich jetzt nicht mehr berühren, es ist Zeit für das Morgengebet." Er verschwindet im Schlaftzimmer, läßt mich enttäuscht zurück. Warum betet er nicht mit mir zusamenn?

Da klingelt es auch schon und wiedereinmal ist der schöne Traum zu Ende, der eigentlich tägliche Wirklichkeit sein müßte. Ich entschließe mich, gleich nach Kairo zurückzufahren. Nach so vielen beglückenden und erhellenden Liebesbeweisen kann es jetzt keine Steigerung mehr geben.

Wir verabschieden uns schon hier, Salmon wird meine Koffer holen und mich zum Busbahnhof bringen. Mein rätselhafter Mann steht mir schweigend gegenüber, gibt mir nicht einmal mehr einen Kuß, aber unsere

Augen verschlingen sich. "Warum siehst du mich so an", fragt er schließlich. "Ich versuche, dich mir einzuverleiben, dich mitzunehmen." "Aber ich bin doch längst in dir. Ich bin immer bei dir - weißt du´s immer noch nicht?" "Doch, natürlich."
Auf der Rückfahrt nach Jerusalem setzt sich mein Gatte nach vorn zu Salmon. "Damit die Leute nicht denken, du bist eine Nutte", erklärt er mir in ehelicher Besorgnis um meinen Ruf; "Eine Frau neben zwei Männern im Auto ist hier schlecht angesehen."
Ich ziehe mir das rote Kopftuch noch tiefer über die roten Haare, als Schauspielerin machen mir solche Verkleidungskünste nichts aus und auch Ramor liebt mich mal europäisch-modern, mal ägyptisch-beduinisch, keine Frage der Sitte und Moral, sondern der Lust und der Laune.

Die letzten zwei Tage meiner ereignisreichen Winterreise fahre ich mit dem Bus nach Alexandria, das mir durch sein kosmopolitisches Flaire wesentlich besser gefällt als Kairo, die Mischung von arm und reich, alt und neu ist hier nicht ganz so extrem wie in der Metropole. Das vielgerühmte antike Amphitheater ist zwar enttäuschend klein im Vergleich zu Ephesus, aber entlang der Strandpromenade mit Wolkenkratzern wie in Manhattan entdecke ich römische Überreste, die mir jenes besondere Kribbeln verursachen, das mich immer an Plätzen überfällt, wo ich in vergangenen Leben schon einmal gewesen bin.
Von dem großen Volkspark aus wandere ich durch Baumalleen hinunter zu einer schmalen Halbinsel, auf der ein kleiner klassizistischer Tempel mit römischen Skulpturen vor dem Portal steht. Schon als ich die alte Brücke überquere und die Boote in dem ehemaligen Hafen sehe, kommt mir die Scenerie bekannt vor und als ich mich zwischen die meerumspülten Überreste der Grundmauern unterhalb des Tempels setze, fühle ich mich wie zuhause und eine tiefe Sehnsucht, in meine Vergangenheit zurück zu tauchen, bannt mich viele Stunden in das verwitterte Gemäuer.
In einer der Rückführungen bei Margit habe ich Ramor als römischen Legionär in Alexandria gesehen. Beim Versuch, mich aus den Flammen der brennenden Bibliothek zu retten, ist er durch einen herunterfallenden Balken vom Pferd gestürzt und ich bin immer wieder ins Feuer gerannt, um die Bücher zu retten... Das Bild war nur kurz, aber ich habe die Hitze der mich

umzüngelnden Flammen körperlich gespürt. Es ist wirklich merkwürdig, daß ich jetzt all diese Plätze wiederfinde, ohne sie eigentlich zu suchen. Auch Birgits Horoskopauslegung, daß mir diese Reise keinen materiellen sondern rein spirituellen Nutzen bringen wird, hat sich erfüllt - weder habe ich mein Buch schreiben können, noch den erhofften Filmvertrag bei Jussef Shahin erhalten.

In Kairo verzichte ich diesmal auf die Pyramiden und hebe mir das Rätsel der Shinx für den nächsten Besuch auf - ich werde bald wieder hier sein. Aber erstmal muß ich die geheimnisvollen Zeichen und Begebenheiten verdauen, die mir widerfahren sind.

IX

Bewährung und karmische Klärung

Am 11. Februar, kurz nach meiner Rückkehr, beginnt Ramadan, die vierwöchige Fastenzeit des Islam, von der alle Moslems mit leuchtenden Augen sprechen. Für sie bedeutet die totale Enthaltsamkeit eine besondere Huldigung an Allah und durch die Kräftigung der Willensstärke gleichzeitig eine innere und äußere Reinigung von angesammelten Lastern und Sünden. Mein Hausarzt bestätigt, daß diese radikale Art zu fasten die beste aller Entschlackungskuren ist.
Von Sonnenaufgang bis Sonnenuntergang sind Essen und Trinken, Rauchen und Geschlechtsverkehr verboten, eben so Medikamente oder Spritzen, jeder Tropfen Wasser würde diesen Tag ungültig machen. Alte, Kranke und Schwangere sind von der Regelung befreit und versäumte Tage können im Laufe des Jahres nachgeholt werden. Abends darf dann geschwelgt werden und zu festgelegten Zeiten vor dem Morgengebet stärken sich die Gläubigen mit einer letzten Mahlzeit für den nächsten Tag. Beim abschließenden Fest wird dann gefeiert und gepraßt, fröhlicher als bei den Christen Weihnachten, Ostern und Pfingsten zusammen.

Natürlich nehme ich diese einmalige Gelegenheit wahr, mich als Moslema zu beweisen, Zigaretten und Alkohol ganz hinter mir zu lassen, die auch für die Reiki Arbeit schädlich und unerwünscht sind.
Die Suche nach Kontakt mit deutschen Muslimas gebe ich bald auf, sie scheinen mit übertrieben fanatisch - ich darf keine Hüte und Lippenstift mehr tragen und soll meine islamische Münze, die ich Tag und Nacht trage, vor jedem Stuhlgang ablegen, weil Kot etwas Unheiliges sei...
Ramor, als echter und fortschrittlicher Moslem, lacht nur darüber und freut sich, daß ich mich nun intensiv mit den Lehren des Koran beschäftige, ein neues Bindeglied zwischen uns.
Nach Streifzügen durch etliche türkische Moscheen in schäbigen Hinterhöfen gebe ich auch den Versuch auf, mich von türkischen Mamis belehren und anleiten zu lassen. Einmal werde ich sogar von Türken

hinauskomplimentiert, weil ich ihnen vom Frauenraum aus beim Gebet zugesehen habe, die Türkinnen beten ausschließlich zuhause, heißt es. Wenn´s mir keiner beibringt, muß Allah sich eben mit dem Gestammel begnügen, das ich aus den Broschüren ablese. Die arabischen Worte gehen mir wider Erwarten nicht in den Kopf, obwohl er durch das Fasten klar ist wie ein frischer Brunnen.

So wühle ich mich in den nächsten Monaten durch den Bücherberg, der sich auf meiner Couch angehäuft hat, eine gefährliche Mischung von islamischer, esoterischer und religionsphilosophischer Literatur, in der Widersprüchlichkeit und teilweisen Übereinstimmung ein wahrer Balanceakt. Pensum für mindestens ein Jahr Klausur an einer Universität oder in einem Kloster. Aber das ist leider noch nicht angesagt, ich habe für die nächste Zeit nach langer Pause ein Filmangebot und zwei Drehtage für die Lindenstraße als Krankenschwester.

Beim ersten Dreh halte ich durch und nehme mir das Kantinenessen für den abendlichen Verzehr mit, doch dann muß ich ein paar Tage beruflich nach München und unterbreche die Fasterei, trinke im Zug meine erste Tasse Kaffee nach zehn Tagen. Christopher begleitet mich, wir sind von Roberto und seinem Freund eingeladen und werden köstlich bewirtet, es wäre einfach albern, diese herzliche Gastfreundschaft abzulehnen. Ich komme mit einem zusätzlichen Koffer und einem eleganten Pelzmantel zurück, Christopher scheint etwas gekungelt zu haben und Roberto hat sich von einiger Garderobe seiner verstorbenen Frau getrennt, darunter ein Charleston Kleid, Original aus den Zwanziger Jahren.

Noch nie in meinem Leben bin ich von Männern so verwöhnt und beschenkt worden, immer war ich die Gebende und fühle mich reich belohnt für meine Entbehrungen.

Immerhin habe ich die Fastenregeln vierzehn Tage voll einhalten können und geselle mich am elften März zu den etwa Zweitausend türkischen Moslems, die sich zum abschließenden abendlichen Freitagsgebet in der größten Kölner Moschee in Ehrenfeld versammeln, die Frauen in der unteren, die Männer in der oberen Halle, um Zwanzig Uhr beginnt die Predigt. Als eine der Frauen hört, daß ich noch nichts gegessen habe, bringt sie mich in die Kantine und ich verschlinge heißhungrig Hammelkoteletts, Gemüse und leckere Nachspeisen.

Da ich mich nachts nicht genügend vollgestopft habe, zeigt mein ausgemergelter Körper in den folgenden Wochen schlimme Mangelerscheinungen und ich bin mit Arztbesuchen ausgebucht und belehrt, nie mehr allein mohammedanisch zu fasten.
Die alten und jungen, festlich gekleideten Türkinnen nehmen mich fröhlich in ihre Mitte und ich murmle ihre Gebetsformeln mit. Heute gehts besonders oft mit der Stirn auf den Boden, alles etwas lockerer und weniger akkurat als in Kairo. Als danach die Familien im Hof zusammenströmen, bin ich traurig, daß ich allein davon pilgern muß.

Es wird ein arbeitsreiches Frühjahr mit Schwankungen in allen Extremen. Die Dreharbeiten für den neuen Doris Dörrie Film "Keiner liebt mich" machen ausgesprochen Spaß unter ihrer klugen, ruhigen Regieführung, zusammen mit ihrem Mann an der Kamera. Ich habe eine hübsche, kapriziöse Rolle als Katzenfrau, und da auch Doris sieht, daß mir Turbane gut stehen, drapiert mir die Maskenbildnerin für jede Scene ein anderes morgenländisches Gebilde aus Seidenschals um den Kopf.
Beim exklusiven "Bergfest" im Stadtgarten mit Darbietungen der beiden Hauptdarsteller und den üblichen Belobhudelungen auf der Bühne betäube ich mich mit Champagner, um mitlächeln zu können. Die heitere Filmwelt erscheint mir wie eine irreale Kulisse, in krassem Gegensatz zu meiner schweren Lektüre, deren Realität auf höheren Ebenen angesiedelt ist und eben darum nicht weniger traumhaft vom normalen Alltag entfernt.
Aber dennoch bewege ich mich an diesem Abend, wo branchenüblich in Filmkreisen nicht anders als bei politischen Wahlveranstaltungen, jeder mit jedem spekuliert, Erfolge ausgehandelt und vorpro-grammiert werden wie an einer Weltbörse für Entwicklungshilfe mit krisenfesten Investments, ausnahmsweise unverkrampft und zufrieden umher, einmal nicht auf Chancenjagd. Mit der Gage, die manche Kollegen monatlich einstreichen, kann ich endlich meine Schulden abtragen, meinen Kindern helfen und die nächste Orientreise finanzieren.
Meine Tochter in Yucatan ist in bitterer Not, die Kinder hungern - der uneheliche Vater hat seit Februar den Unterhalt verweigert und ist unauffindbar. Iris hat ein flammendes Pamphlet über die Rechte und Belastungen allein erziehender Mütter verfaßt, das ich als Rundbrief

verschicke. Die eintreffenden Spenden sind mäßig und so übernehme ich die nächsten Monate den Unterhalt anstelle des gewissenlosen Erzeugers, nun bereits für die zweite Generation. Und der gute Christopher spendiert ihr einen Cassettenrecorder, mit dem sie ihre Lieder aufnehmen kann, die sie zusammen mit einem mexikanischen Guitarristen für ihren ersten Auftritt einstudiert - ihre engelreine Stimme wartet auf Entdeckung...

Auch Söhnchen hat Sorgen und weint sich an meiner Mutterbrust aus. Er ist eine Woche älter als Ramor und wirkt doch gegen dessen reife Männlichkeit wie ein zerbrechliches Kind, zu weich für die Ellebogengesellschaft. Er findet keinen Job als Masseur, muß für seine uneheliche Tochter zahlen, ohne sie sehen zu dürfen und nun hat ihn seine neue Geliebte verlassen, an der er treu gehangen hat...
Sorgen ohne Ende, auch um Ramor, der jetzt oft in den besetzten Gebieten unterwegs ist - an den Friedensverhandlungen beteiligt? Meine innere Ruhe sagt mir, daß ihm nichts passieren wird, aber manchmal quält mich die Ungewißheit so sehr, daß ich wieder zum Rotwein greife, um den Trennungsschmerz zu betäuben.
Schließlich reagiert mein Körper auf die Spannungen und Ramadan - Haarausfall, Knochenhautentzündung im rechten Schultergelenk als Folge des Armbruchs, Nackenschmerzen, Ischias, es kommt noch schlimmer.

Als ich mich eines abends mit einer ungeschickten Bewegung vom Schreibtisch hochquäle, krümmt mich der Hexenschuß zu Boden und ich pralle auf meine linke Hand. Am nächsten Morgen wache ich mit rasenden Herzschmerzen auf und denke, mein letztes Stündlein hat geschlagen. Es dauert eine Stunde, bis ich mich aufrichten kann, rechts gelähmt, links gelähmt, hinten gelähmt, da hilft auch kein Handauflegen, um den Körperfluß zu regulieren, die akuten Blockaden sind zu stark. Und das ausgerechnet an meinem letzten Drehtag!
Wie ich ihn überstanden habe, nicht mit zusammengebissenen Zähnen, sondern kapriziös kokett in die Kamera blickend, weiß ich nicht mehr, als ich weit nach Mitternacht in der Uniklinik auf den Befund der Untersuchungen warte, mit Verdacht auf Herzinfarkt. Beim Abendessen konnte ich meine Schmerzen nicht mehr verbergen und Doris hat darauf

bestanden, daß mich eine Mitarbeiterin begleitet. Sie atmet gemeinsam mit mir erleichtert auf über die Diagnose - mein Herz tickt perfekt, wahrscheinlich ist durch den Sturz ein Nerv eingeklemmt, der vom Brustbein in die Herzkammer ausmündet und meine Schmerzen verursacht. Die Handknöchel sind nicht gebrochen, nur durch die Prellung dick angeschwollen.

Ich wechsle von einem Orthopäden zum nächsten, die Beschwerden lassen nicht nach und ich empfinde mich erstmalig wie eine alte Kruke.

Die weise Berta, ebenfalls von Gelenkschmerzen geplagt, tröstet mich: "Der Kosmos schickt dir alle Prüfungen zur rechten Zeit. Vielleicht sollst du dich jetzt ausschließlich auf deine geistige Arbeit konzentrieren und damit auch deine Vergangenheit aufarbeiten."

Sie hat völlig Recht - ich selber habe das Gefühl, daß ich erst dann für Ramor frei bin, wenn ich meine Memoiren und alles andere abgeschlossen habe. Mit dem Manuskript will ich mich erst nach Bewältigung der neuen Informationen beschäftigen, aber da sind auch noch meine vielen unveröffentlichten Gedichte, Einhundertneunundneunzig an der Zahl. Ich sortiere sie und Freundin Carla tippt sie auf ihrem Computer druckreif ab - nun brauche ich nur noch einen Verlag für meine gesammelten Lebensbekenntnisse...

Meine Gesundheit ist bald wiederhergestellt. Berta hat mir zu einer kostenlosen Behandlung meines Knochensystems bei ihrem Orthopäden in Nippes verholfen, in der zweiten Testreihe für ein neues Verfahren war gerade noch ein Platz für den "elektrischen Stuhl" frei. Der Patient sitzt sieben Wochen lang eine Stunde täglich in einem elektrischen Magnetfeld und durch chemische Prozesse erneuern sich Knochendichte, Elastizität und Spannkraft aller Gelenke, des gesamten Skeletts. Schon die alten Ägypter kannten diese Methode und im Juni springe ich tatsächlich um dreißig Jahre verjüngt umher, ein Geschenk des Himmels.

Endlich habe ich die fünf Hauptgebete, Bestandteil der Suren, auswendig gelernt und eine freundliche junge Türkin übt die Positionen geduldig mit mir ein, verbessert meine fehlerhafte Aussprache, und nun knie ich immerhin zweimal täglich wohlgemut und demütig vor Allah nieder. Die Anrufung des Allerhöchsten ist Balsam für meine Seele und ich teile die

Gewißheit der Gebetserhörung mit den Gläubigen aller Religionen als mystische Erfahrung, mit dem Altar Gottes in meinem eigenen Herzen.

Ende Mai fahre ich zu einem Großtreffen der Ahmadiyya Moslems nach Frankfurt, Christopher und Hadayatullah, der deutsche Lektor des Verlages "Der Islam" holen mich am Bahnhof ab. Hadayatullah, ehemaliger Linksintellektueller Schriftsteller und konvertierter Moslem, kennt sich in meinen Problemen aus. Er hat den Islam und die zahlreichen Koran Ausdeutungen in vergleichender Religionswissenschaft gründlich studiert, viele Übersetzungen und eigene Bücher veröffentlicht. Was er mir zugeschickt hat, hat mich sehr überzeugt und mir Mohammed näher gebracht, dessen umfassende Gesetzgebung nicht nur für die damalige Zeit eine Meisterleistung ist, sondern in manchen Kapiteln unsere Verfassungen vorformuliert hat, oder sogar übertrifft.

Nicht anders als im Christentum, ist der Islam in Siebenhundertdreiundsiebzig Splittergruppen oder Sekten unterteilt, die sich untereinander befehden im Eifer, als einzige die wahre, unverfälschte Lehre des Koran zu praktizieren. Manchmal wird mir beim Lesen ganz übel über die Dummheit und Hetze fanatischer Fundamentalisten, vor allem in manchen türkischen Schriften erscheint der Islam so verzerrt, daß die daraus entstehenden Vorurteile berechtigt sind und leider ein falsches Bild erzeugen.

Die Ahmadiyyas werden als Sekte verfolgt, weil sie sich auf die vier Hauptbücher berufen und versuchen, den Koran von den Schlacken falscher Auslegungen zu befreien. Ihr Oberhaupt, Kalif Sultan Hazrat, beansprucht die Nachfolge Mohammeds für sich und lebt im Exil in London, er wird in Frankfurt zu seiner Gemeinde sprechen.

In dem abgeriegelten Riesengelände in Groß Gerau treffen Fünfzehntausend Anhänger aus verschiedenen Ländern ein, darunter höchstens zwanzig Frauen in bunten Kopftüchern und eine deutsche Schleiereule, mit der ich mich prompt anlege. Ich bin froh, daß ich den besonnenen Christopher an meiner Seite habe, der die Haarspalterei über Schleier oder nicht mit Schmunzeln verfolgt. Ich beende den Streit mit der Bemerkung, daß Allah den Frauen keineswegs häßliche Kleidung verordnet hat und hübschen Frauen gewiß gern ins offene Gesicht blickt.

Insgesamt ist die Atmosphäre freundlich und locker, die meisten Männer tragen Jeans, nur wenige Wächter sind zu sehen und in den großen Flachzelten wird Kaffee und Kuchen, später warmes Essen geboten, alles bestens organisiert.
Die Rede des Sultan, von Hadayatullah simultan vom Englischen ins Deutsche übersetzt, wird über Satelliten Fernsehen in alle Welt gesendet und ist ein kluger, humanistischer Appell zur Verständigung jenseits aller Religionsschranken. Auch Christopher, der alles religiöse Gerangel um einen persönlichen Gott belächelt, nickt einverstanden - der Weltgeist wirkt überall, ist über alle Benennungen erhaben, in allen Religionen. Anschließend beantwortet der Stellvertreter Mohammeds in schwarzem Kaftan und hohem weißen Turban mit Pfauenfeder gelassen die recht einfältigen Fragen seiner Jünger und ich überlege, ob ich mich in die Diskussion einmischen soll mit der Frage, warum der Herr immer nur Männer als Propheten, Religionsstifter und Kirchenoberhäupter auserwählt hat, warum es keinen weiblichen Imam gibt.
Nachdem die Männerreligionen bis heute mehr Krieg als Frieden über die Welt verbreitet haben, wäre es doch an der Zeit, daß Allah sich einer Frau als letzter Prophetin aller Dinge offenbart...
Schade. Gerade als ich mich erheben will, ist die Sprechstunde beendet.
Nach der Mittagspause sonnt sich Christopher im Grünen und ich setze mich im Großzelt zu den Männern auf den Boden, die sich zum Gemeinschaftsgebet versammeln. Kurz vor Beginn will mich erst der Saalwächter hinauswerfen, dann bedeutet mir ein anderer Moslem, ich müsse mich hinter den Vorhang setzen. Da auch dort keine einzige Frau zu sehen ist, behaupte ich meine Stellung in der letzten Reihe, neben mir lümmeln sich zwei moslemische Knäblein. "Bin ich ein Stück Dreck für euch?" schreie ich die verdutzten Männer an, "haltet ihr mich nicht für würdig, neben diesen Rotzbuben beten zu dürfen?"
Drei Afrikaner beschwichtigen mich und ich darf sitzenbleiben. Nicht lange. Wieder hat mich ein Eiferer entdeckt, diesmal soll ich mich zum Beten auf einen Stuhl am Hinterausgang setzen. Da sitzt tatsächlich noch eine Frau - die Schleiereule!
"Nicht mit mir", tobe ich los und lege eine bühnenreife Scene hin, werfe mich nieder, ballere meine Stirn auf den harten Boden: "Ich bete zu Allah

nicht auf einem Stuhl sitzend, sondern auf den Knien genau wie ihr und zusammen mit euch! Wenn ihr mir das verbieten wollt, mache ich hier einen Skandal und trete auf der Stelle aus dem Islam aus!" Das hat gesessen. Die Afrikaner lächeln mir zu und niemand wagt es mehr, mich aus dem Ritual auszuschließen.

Daß ich einen sehr männlichen Geist in einem sehr weiblichen Körper habe, hat auch Ramor längst akzeptiert und keiner meiner Moslembrüder wird mir jemals das eigenständige Denken verbieten können, das sich keiner starren, verstaubten Vorschrift unbesehen unterwirft.

Auf der Rückfahrt leiht mir Christopher seine Sammlung der Esotera 2000 Hefte und meine spirituellen Auseinandersetzungen werden immer spannender, ein Anfang ohne Ende.

Ich kann es kaum glauben, es ist zu schön, um wahr zu sein - der Spielfilm über mein Leben soll nun doch in Angriff genommen werden, Manager Bert Offermann will sich um das Drehbuch kümmern und wir haben den bekannten israelischen Produzenten Svi Spielmann für den Stoff interessieren können.

Friedhelm, der sich schon viele Gedanken über die Thematik gemacht hat, freut sich mit mir und da der neuerliche Plot von Kameramann Pit unseren Vorstellungen so gar nicht entspricht, beschließen wir, ein Video mit meinen vielen, verschiedenen Gesichtern zusammen zu stellen, als zusätzliche Anregung für Produzenten und Regisseure, die es gewohnt sind, Schauspieler auf einen bestimmten, eingleisigen Typ festzulegen. Britt kommt uns dabei unvorhergesehen zu Hilfe. Sie möchte eine Malaktion, eine Art Performance mit mir machen und dank ihrer Ideen und der herrlichen Naturkulisse von Waldbreitbach im Westerwald wird aus dem Porträt ein Kunstvideo in vielen Facettten, das meine Wandlungsfähigkeit zeigt.

In wenigen Tagen raufen wir uns kreativ zusammen, improvisieren von Scene zu Scene. Friedhelm hat es nicht leicht, mit der Kamera den spontanen Einfällen zweier starker Frauen zu folgen, aber als seine Freundin Carolina mit der Geige dazukommt, glätten sich die zwischenzeitlichen Wogen. Beim Endschnitt im Kölner Filmhaus kracht´s nochmal gewaltig zwischen uns.

Ich habe mein Flugticket nach Tel Aviv schon in der Tasche und will Ramor das Video mitbringen, in dem er meine Verwandlungskünste als Urmutter, Hexe, Prophetin und romantisch Liebende sehen kann.
Im Schlußbild spreche ich vor dem Weißen Holzkreuz auf einem Berggipfel erst das islamische Glaubensbekenntnis, dann das Vaterunser, in der Kreuzachse über mir funkelt die Mondsichel, das Symbol des Islam und der Venus.
In einer verwitterten Kirchenruine hängt im Hintergrund zwischen Eichbäumen Britts kosmisches Gemälde in blau und grün, abstrahierte Spiritualität. Sie weiht mich mit andächtigen Pinselstrichen auf meinen nackten Leib zur ägyptischen Priesterin. Danach schreite ich mit der Glaspyramide auf dem bemalten Schädel und der Mondsichel in der Hand in die Abendsonne, unter den Klängen von Vivaldis "VierJahreszeiten" - natürlich haben wir den Frühling ausgewählt.
Auch wenn nur wenige Wissende die angedeuteten Zeichen und die Symbolik verstehen können - ist die Zeit nicht reif, den gemeinsamen Nenner in allen zwölf Weltreligionen zu entdecken und endlich zu begreifen, daß wir alle denselben Schöpfergott suchen und anbeten, nur in verschiedenen Sprachen? Sogar der Papst beschäftigt sich erstmalig in seinem neuen Buch mit dieser allumfassenden Frage, ohne deren Lösung Weltfriede eine Utopie bleibt...

Hundstage
Mein neunter Flug am 7. Juli beginnt mit Schwierigkeiten und endet mit Schwierigkeiten. Birgit hat für dieses Halbjahr unsere Sternkonstellationen nicht im Voraus berechnet, nach einem Blick in Ramors Horoskop wollte sie sich nicht daran wagen, seine Verflechtungen ins Weltgeschick scheinen eindeutig. Aber was wir hinterher anhand meiner Erlebnisse an einschlägigen Daten nachschlagen, bestätigt alles, auf den Tag genau - jede Situation, jeder Schritt ist vom Schicksal vorherbestimmt in der Erfüllung meines Karma.
Kurz vor Abflug erfahre ich, daß die Al Italia streikt und muß auf die belgische Sabena umbuchen, die mit Wartezeit in Brüssel elf Stunden unterwegs ist.

Ich weiß nicht einmal, ob Ramor sich auf meinen Besuch freut. Er war am Telefon kurz angebunden, hat wie immer Probleme und ist krank, muß täglich zur Bestrahlung seines Rückens ins Krankenhaus. Eine nicht definierbare Entzündung im Nackenwirbel strahlt in Brust und Arme aus, verursacht höllische Schmerzen. Versuchen die Schwarzmagier jetzt auf diese Weise, ihn aus dem Spiel auszuschalten? Hexen ihm eine Krankheit an, weil ich inzwischen unangreifbar bin, gegen alle Attacken gewappnet? Gezwungenermaßen bewege ich mich immer geübter zwischen der realistischen und der metaphysischen Ebene, zwischen Abendland und Morgenland hin und her, ohne mein inneres Gleichgewicht zu verlieren. Ich vertraue einfach meinem Instinkt mehr als meinem Verstand und angelerntem Wissen, die sich allzu oft in meinem Leben als unvernünftig entpuppt haben. Zwar sehen´s meine konventionellen Freunde genau umgekehrt, aber sie haben mir absolut nichts mehr zu sagen.

Meinem geliebten Mann habe ich diesmal sehr viel zu sagen und ihn in einem schonungslosen Brief, den jeder normale Araber als Scheidungsgrund verurteilen würde, auf meine Forderungen und Wünsche vorbereitet und ihn als Ehemann herausgefordert:

"Du sorgst für deine Mutter, deine Schwestern und Brüder, deine Verwandten, deine Sippe, deinen Stamm, deine Freunde, deine Politik, für deinen Glauben - und kümmerst dich einen Dreck um deine Frau! Auch wenn für euch Moslems die Frau an letzter Stelle steht, hat Mohammed doch angeordnet, daß die Gattin mindestens einmal in der Woche befriedigt werden muß...!"

Schon beim Niederschreiben mußte ich leise kichern, Ramors verständnisvoll - vorwurfsvollen Blick vor Augen beim Lesen meiner Zeilen - Er beglückt mich nicht nur einmal in der Woche, sondern fast täglich innerhalb der fantastischen Möglichkeiten unserer telepathischen Ehegemeinschaft, die uns immer enger zusammenschweißt, als lebten wir tatsächlich zusammen.

Kürzlich habe ich ihn am Telefon noch einmal auf die Probe gestellt:"Und wie hälst du das aus bei deinem Temperament, mir fünf Monate ohne Frau treu zu bleiben?" "Ich kann, wenn ich will, kein Problem", sagte er, und fügte fast vergnügt hinzu, "manchmal beiße ich in mein Kopfkissen oder hole deine Fotos heraus - wenn meine Mutter sie entdeckt, ist die Hölle los..."

Aus jedem Tonfall seiner sparsamen Liebeserklärungen spricht eine fast scheue, erotische Sensibilität und wahre Zuneigung. Sie unterscheidet ihn von den üblichen Potenzhengsten aller Couleurs, die nichts im Kopf haben außer bumsen und Geld. Aber bei allem Verlangen nach seinen Liebkosungen - diesmal möchte ich meinen Mann nicht nur im Bett oder im Laden erleben, sondern auch in ganz normalen Situationen. Ich habe ihn gebeten, sich wenigstens für ein paar gemeinsame Tage frei zu machen, ich bringe genügend Geld für eine Landpartie oder ein verschwiegenes Hotel mit ...

In Tel Aviv bietet mir der menschenfreundliche Verleger Daniel in seinem modernen Flat den Balkon mit Matratzenlager als Quartier und Depot für mein Gepäck an. Ich habe wieder viel zu viel Garderobe mitgenommen und noch kein festes Ziel für die nächsten zwei Monate.

Ramor erwartet mich am Wochenende und hat erstmal zwei Nächte für uns im Ocean Hotel gebucht. Svi Spielmann gibt mir einen Termin für Freitag und Donnerstag nachmittag treibt mich die Ungeduld zu einem Überraschungsbesuch nach Jerusalem.

Ich habe Glück. Als ich im weißen Sommerkleid mit einem bunten Blumenstrauß im Arm die Treppen hinunterschwebe, steht Ramor mit Amin vor dem Shop und seine Augen strahlen:"Was, du bist extra hergekommen, nur um mich zu sehen?" "Klar. Und die Blumen sind für meine Schwiegermutter." "Du meinst meine Mutter? Schade, sie ist nicht da. Sie wird morgen in einer Spezialklinik operiert." "Na dann eben für deine Frau", frozzle ich und prompt gibt er mir den Strauß zurück:"Ich habe nur eine Frau, und das bist du! Du siehst wunderschön aus!"

Wir sitzen uns in der Ecke von Amins Laden gegenüber, er greift sich ans Herz und seufzt:"Oh es tut so gut, den Ausdruck deiner blauen Augen zu sehen!"

Ich bitte ihm alle Vorwürfe ab und nehme mir vor, nie mehr an seiner Liebe zu zweifeln. Er zieht mich hinter den kleinen Vorhang:"Ich habe dich so sehr vermißt, bitte, laß mich dich fühlen." Unsere Erregung ist so stark, daß wir uns in einem Blitzakt begrüßen. Den weiteren Verlauf meiner Reise wollen wir am Wochenende gemeinsam planen und versprechen uns,

keinen Streit aufkommen zu lassen und rücksichtsvoll miteinander umzugehen.
Kein Wunder, daß mein vielleicht zukünftiger Produzent eine überschwenglich strahlende Norma als überzeugende Hauptdar-stellerin kennenlernt.

Die Geschichte mit Ramors Jadeherz wird immer makabrer. Das erste ist zerbröckelt, das zweite habe ich erst bei den Dreharbeiten im Westerwald verloren, dann hat Friedhelm es in der großen, inzwischen abgemähten Wiese wiedergefunden und danach habe ich es in der Hektik des Aufbruchs in Köln verloren, der Verschluß war nicht mehr fest genug. Britt ist sicher, daß ich es in meiner Wohnung zuletzt noch umhatte - und tatsächlich finde ich es nach meiner Rückkehr im Bücherschrank wieder, zwischen meinen Telephonbüchern.

Gestern habe ich Ramor den Verlust gebeichtet und ihm das dritte, mit drei Silberringen verzierte abgekauft, die einzige Kundin dieses Tages.
Samstag vormittag sonne ich mich in Tel Aviv am Strand und verliere mein Kleinod auf´s Neue, suche vergeblich im Sand danach, Ende August, vor meiner zweiten Fahrt zu Ramor, finde ich es in Daniels Wohnung wieder, es war im Badetuch verhakt. Nun habe ich zwei Herzen als Talismann für unsere Liebe - doppelt gemoppelt hält besser!
Tobias bringt mich in seinem neuen Auto Samstag abend ins Hotel, er ist im Umzug nach Jerusalem begriffen und will neben seiner Tätigkeit als Reiseleiter an der Uni die Geschichte des Islam studieren."Ich bin da", flöte ich ins Telefon und werfe mich in Schale, schwarz mit goldenen Blüten. Ramor wird nachkommen und ich warte im Clubraum auf Amin und Judith, eine junge deutsche Schauspielerin, die mich unbedingt kennen lernen will, nachdem die Freunde so begeistert von mir geschwärmt haben.
Wir sind uns sofort sympathisch, wie Wesensschwestern, ich sehe mich in jung vor mir, sie hat eine reine engelhafte Ausstrahlung und das Gesicht einer mittelalterlichen Madonna. Judith hat in Ostberlin studiert, Peter Zadek hat sie entdeckt und ans Schiffbauerdamm Theater engagiert.
Ramor kommt in Jeans und einer Plastiktüte in der Hand angeschossen, küßt uns die Hand. Wir setzen unseren Austausch ungeniert in deutsch fort,

diesmal genieße ich es, daß er fasziniert an meinen Lippen hängt, ohne etwas zu verstehen. Einige deutsche Sätze hat er inzwischen gelernt, bedient zu meiner Überraschung manche Kunden in fehlerlosem Deutsch.
Ich verabrede mich mit Judith für den nächsten Tag und übernehme die Getränkerunde, ganz Dame, Ramor folgt mir unauffällig.

Heute gebe ich den Ton an und schicke ihn ins Bad, während ich meine Geschenke für ihn ausbreite. Eigentlich habe ich ja bald Geburtstag, aber meine Orientreise ist mir Geschenk genug.
Nachträglich danke ich Doris noch einmal für die Filmrolle und teile Ramors Freude über die Mitbringsel - Socken, Unterwäsche und Hemden. Und als Krönung einen schwarzen Morgenmantel aus reiner Baumwolle mit weißen Margeriten und die von ihm gewünschte Reizwäsche - ein raffiniertes schwarzes Trikot.
Ich bin glücklich, er ist glücklich und zittert bei der Anprobe vor Aufregung. Die Kluft steht ihm bombastisch gut und ich schlüpfe zum Kontrast in mein weißes Trikot aus glänzendem Satin, wir platzen fast vor Geilheit und verschieben die ernsten Gespräche auf den Morgen.
Ramor stellt den Fernseher an - Fußballweltmeisterschaft Endspiel - wer gegen wen ist mir schnurz, ich hasse Fußball. "Muß das sein?" frage ich, "kannst du wirklich gleichzeitig lieben und in die Röhre glotzen?" "Ich kann", erwidert er, "und wenn es jemand wagt, mich in meinem Zimmer beim Fernsehen zu stören, jage ich sogar meine eigene Mutter aus dem Haus!"
Olala, denke ich, während er mich mit Zwischenblicken in die Röhre heiß und wild küßt - eine Schwäche muß der Mensch ja haben, sie sei dir gestattet! Ich habe andere Macken, die du nicht verstehst, zum Beispiel meine Schreiberei, meine Besessenheit, alles Erlebte in Literatur umzusetzen und an der Schreibmaschine wiederzukäuen.
Vorgestern hat er mir klipp und klar gestanden, warum er meine vielen Briefe nie beantwortet hat - nicht nur aus Angst, unsere Verbindung könne dadurch aufgedeckt werden, sondern weil er generell keine Zeile schreibt, alle Angelegenheiten mündlich regelt. Die typisch deutschen Tiefenreflektionen zurück in die Vergangenheit, um die ungewisse Zukunft in den Griff zu kriegen, sind ihm fremd. Er lebt ausschließlich in der

Gegenwart und entscheidet von Augenblick zu Augenblick wie ein gespannter Panther in der Wüste, auf jede neue Situation spontan reagierend, auf Attacken und Opfer gleichermaßen lauernd.
"Was geschehen ist, ist geschehen und darüber nachzudenken oder zu lamentieren, ist reiner Zeitverlust", hat er mir nicht zum ersten Mal erklärt als Prototyp einer Minderheit, die in täglicher Gefährdung lebt, durch Wachsamkeit und Flexibilität gestählt.
Ramor bettet sein Kopfkissen um in Richtung Glotze und reckt mir seinen prächtigen Arsch entgegen:"Mach dich an die Arbeit, morgen Nacht bist du dran."
Whaugh! Sind solche Macho Töne das Ergebnis meiner Forderung nach normalem ehelichen Verkehr? Aber bald stöhnt er so inbrünstig unter meiner Zunge, meinen Fingern und meinen Händen, die ihn liebkosen, daß ich es fast bedaure, als die Fußballer ihr Spiel abbrechen und auch unser Spiel in einen Wahnsinnsorgasmus vorläufig endet mit seinem Bekenntnis: "Du bist wirklich die beste Frau der Welt, ich liebe dich!"
Obwohl es kaum wertende Vergleiche zwischen unseren Begegnungen gibt - diese Nacht bleibt mir als eine der schönsten in Erinnerung, in der sich meine Hingabe als Geliebte und Mutter gleichermaßen erfüllt. Ramor ist unter meinen Händen eingeschlafen, ich erprobe zum ersten Mal meine Reiki Heilkräfte life an seinem Körper, erfühle seine Beschwerden mit Besorgnis - nicht nur der verspannte Nacken, sondern auch seine Bronchien, sein Herz und sein nervöser Magen reagieren heißhungrig auf die zugeführte Energie, saugen sie auf wie ein Lebenselexier.
Manchmal muß ich meinen schlafenden Prinzen gewaltsam mit den Beinen in die Rückenlage zurückbuchsieren, wenn er sich auf die Seite rollt wie ein Kind, das in tiefen Träumen gefangen ist, im Kampf mit dem bösen Zauberer, den Drachen um sich schlagend ...
Nach zwei Stunden schläft mein geliebter Patient wie ein Murmeltier, ich kann mich nicht sattsehen an seiner Schönheit, verfolge jeden Atemzug mit Entzücken und schicke Allah mein Dankgebet beim ersten Morgenruf der Muezzine über Jerusalem.
Gegen acht Uhr wacht Ramor auf und reibt sich verwundert die Augen: "Was ist los? Was hast du mit mir gemacht? Ich habe fünf Jahre geschlafen! Solange habe ich seit meiner Kindheit nicht mehr ruhig durchschlafen

können! Habe ich irgend etwas gesprochen im Schlaf?" "Nichts Verfängliches, nur einmal hast du Allah gerufen." "Ich bin dir ja so dankbar, daß du das für mich getan hast - jetzt liebe ich dich noch mehr!" "Das könntest du jede Nacht haben..."
Der Zimmerboy bringt das Frühstück und wir bedienen uns gegenseitig: "Good morning, Sir!" "Good morning, Madam!" Ach könnte es doch immer so sein...
Doch dann kommt die Enttäuschung, mit Ramors Eröffnung. Er kann sich nicht für mich frei machen, muß täglich zur Behandlung und immer abrufbereit sein für seine politische Tätigkeit. Manchmal holen sie ihn nachts aus dem Bett und er hat kaum Zeit, sich auf seine Reden vorzubereiten, die Situation zwischen den Verhandlungspartnern ist sehr angespannt und weitaus gefährlicher, als es in unseren Fernsehberichten gezeigt wird...
Wir einigen uns auf einen Kompromiß. Ich fahre erstmal für vier Wochen in den Sinai, dann sehen wir weiter. Vierzehn Tage möchte ich noch ans Tote Meer und er verspricht mir, die letzten zwei Nächte vor Abflug im Ocean Hotel. Okey. Ich stecke ihm den Tausender zu, den ich für unseren gemeinsamen Ausflug gedacht hatte - für mich allein genügt der Schlafsack von Freundin Heidis verstorbenen Mann, den sie mir geliehen hat, ein Erinnerungsstück aus den Fünfziger Jahren.
Er will versuchen, am Abend etwas früher zu kommen, vielleicht können wir zusammen speisen.

Der Sonntag mit Judith vergeht schnell. Wir sitzen lange auf dem Ölberg, auch sie ist euphorisch, begeistert von der orientalischen Welt und meint, meine Freunde seien mit Abstand die sympathischsten aller Bazarhändler. Auch Ramors Warmherzigkeit und Seelenadel hat sie in der kurzen Begegnung berührt und sie versteht mich bestens. Ich werde sie in Berlin besuchen ...
Endlich. Zweiundzwanzig Uhr. Ramor kommt zu mir, ziemlich abgehetzt und erschöpft. Ich begrüße ihn im schwarzen Kleid mit Witwenschleier. Den Scherz findet er absolut unangebracht und stellt als erstes den Fernseher an, Fortsetzung des Spiels von gestern Nacht. Mein Maulen stört ihn nicht im Geringsten und ich erinnere mich wieder an Margits Weisung, daß ich in diesem entscheidenden Endspiel zwischen Mann und Frau die dienende

Rolle übernehmen muß, um meine Überheblichkeit aus früheren Leben abzuarbeiten. No Problem.
Ich schmiege mich im Unterhemd an Brust und Schenkel meines fernsehenden Gemahls und flöte:"Was ist dir Wichtiger - Fußball oder ich?" Er schaltet abrupt den Fernseher ab und bedient mich wie versprochen so meisterhaft mit seiner Zunge, daß alle Lesben von Sappho bis Hella von Sinnen und alle Homos von Plato bis Rosa von Praunheim von solch himmlisch reiner Sinneslust nur träumen können.
Nach meiner Reiki Behandlung ruhen wir diesmal beide erholsam - ein glückliches Ehepaar im Stundenhotel.
Beim Frühstück ist mein Schatz schon wieder in Eile und wir verabschieden uns kurz und innig bis zum baldigen Wiedersehen.

Mount Moses und die Shinx
In Tel Aviv besorge ich mir ein vierwöchiges Visum für Ägypten und lade meinen schweren Koffer bei Daniel ab, nehme nur das allernötigste Handgepäck, ein langes Kleid und den Schlafsack mit, es soll eine spirituelle Reise werden. Ich will mich mit der "Mystischen Kabbala" von Dion Fortune beschäftigen, das Buch kam mir gerade zur rechten Zeit in die Finger.
Der Bus nach Taba ist fast leer, nur wenige Urlauber sind in der brütenden Hitze unterwegs, aber als ich in meinem Camp "Calypso" lande, sitzt da meine neue Freundin Judith, kurz vor mir angekommen. So eine Freude! Eigentlich wollte sie ans Tote Meer und ist auf Ramors Anraten hierhergefahren, weint vor Glück über die Schönheit der paradiesischen Traumkulisse.
Auch die Beduinen haben ihr´s angetan, die am Abend beim Lagerfeuer für sie trommeln und singen. Sie mußte für eine Rolle arabischen Bauchtanz einstudieren und zeigt, was sie kann, wird begeistert beklatscht, ein ästethisches Bild, im indischen, weißen Hosenanzug und langen, kastanienbraunen Haaren. Alle lieben das seltene Lichtgeschöpf und als sie nach einer Woche abfährt, werde ich immer wieder gefragt: "Wo ist Judith? Wann kommt sie wieder?"
Vor ihrer Abreise machen wir einen Ausflug mit Ayids Familie in eine Oase hoch in den Bergen des "Coloured Canyon", der wegen der

Farbenpracht des Felsgesteins berühmt ist, das in allen Ockertönen bis rostrot und grün-blau-lila Äderungen schimmert.
Awa ist hochschwanger, in welchem Monat weiß sie nicht, anscheinend macht ihr das Gehoppel durch steinige Geröllschluchten im offenen Jeep nichts aus.
In einem geschützten, von hohen Felswänden umgebenen Tal schlagen wir ein Nachtlager mit Wolldecken auf. Awa versorgt mit ihren drei Mädchen die Feuerstelle und macht sich ans Kochen, während Ayid mit Judith und mir in die Bergoase hochklettert zur Quelle unter Palmen und exotischen Blüten. Wir erfrischen uns in dem klaren Rinnsal und es ist so unwirklich schön, daß wir uns erst nach Sonnenuntergang von dem einsamen Paradies trennen können.
Nach dem Abendessen mit frisch gebackenem Fladenbrot und Bohnengemüse tanzen wir im Mondschein zu Beduinischer Musik, auch Awa bewegt sich leicht und rhythmisch und freut sich auf ihr Baby. Sie möchte noch mindestens drei Buben haben, oder abwechselnd einen Jungen und ein Mädchen, wie`s gerade kommt. Wenn sie mal keine Lust auf ihren Mann hat, verschwindet sie einfach ein paar Wochen in den Bergen und er versorgt die Kinder. Nicht alle Frauen sind so emanzipiert wie sie und lassen sich nicht einmal von Judith inmitten ihrer Schafherde fotografieren.

Am nächsten Nachmittag besuchen wir Awa - sie liegt auf der Decke mit dem schönsten Knäblein an der Brust, das ich je gesehen habe, ein zartes, ausgeprägtes Gesicht ohne jede Spur von Kummerfalten, Ergebnis einer natürlichen, schmerzfreien Geburt. Awa hat all ihre Kinder allein entbunden, selbst entnabelt und drei Jahre lang gestillt, ihre Babies haben nie geschrieen. Ich kann mich die nächsten Tage selbst überzeugen - das Knäblein wimmert nur leise, wenn es Hunger hat, nuckelt zufrieden und schläft wieder ein, darf an die Mutterbrust, so oft es will.
Neben Awa häufen sich Geschenke der Dorfbewohner auf dem Boden - Wäsche, Reis, Obst, Gemüse. Ich lege ein Hühnchen dazu und werde mit Judith zum nächtlichen Festessen eingeladen, das die Männer vorbereiten, während die Frauen bei uns sitzen und fröhlich mit Awa schwätzen, sie übersetzt uns einiges ins Englische.

Vor dem Haus wird das geschlachtete Schaf enthäutet und zerlegt und köchelt in großen Kesseln über zwei Feuerstellen im Freien. Die Männer versammeln sich im Kreis darum und endlich beginnt der Schmaus. Awa, als Königin des Abends, bekommt die besten Stücke serviert und ich verschlinge meine Riesenportion mit Genuß und natürlich wünsche ich mir, Ramor könnte mich hier sehen, von Seinesgleichen geliebt und angenommen.

In sieben Tagen habe ich mich zwischen Schwimmen und Sonnen durch die Kabbala durchgefressen, überrascht, daß sie mir gar nicht so fremd ist und für mich alles Wesentliche bis hin zum übergeordneten Gottesbegriff aufdeckt und klärt. Die drei Säulen des Bewußtseins mit den zehn Sephiroth im Lebensbaum, die zweiunddreißig Pfade, die Schlange - bisher unbewußt, habe ich mich schon auf den verschiedenen Ebenen bewegt, allerdings ohne sie miteinander in Verbindung bringen zu können im fließenden Gleichgewicht. Endlich sehe ich alles klar vor mir, in harmonischem Einklang mit dem Ziel, auf das ich mich immer sicherer zubewege, abseits der materiellen Welt. Aber ich weiß auch, daß ich mich mit meinem Studium der Weisheitslehren erst am Beginn eines langen und schwierigen Weges befinde...

Am 23. Juli sitze ich im Bus nach St. Katharinen, diesmal nur mit einem Umhängebeutel. Awa verwahrt mein Gepäck.
Ich will meinen zweiundsechzigsten Geburtstag am 28. auf dem Berg Moses verbringen, vielleicht eine Woche in der Höhenluft meditieren, für alle Eingebungen geöffnet.
Die Beduinen auf dem Plateau geben mir vier Wolldecken und ich verkrieche mich in eine pyramidenartige Felsenhöhle unterhalb des Gipfels. Die Gelegenheit zum Fasten ist gegeben, es gibt nichts außer Wasser und nach Sonnenuntergang ein paar Kekse. Ich bin wunschlos glücklich, auch wenn es nachts kalt und hart, tagsüber glühend heiß ist - die Extreme der Natur entsprechen meinen eigenen und befreien mich in der Bergeinsamkeit von allen Bedürfnissen.
Zwar bleibt die erhoffte Botschaft aus, aber immerhin sichte ich am 25. nachts im Traum ein Ufo über Bayreuth, wo ich zur Schule gegangen bin. Die große weiße Scheibe erscheint über dem menschenleeren Bismarkplatz,

ein Miniraumschiff schwebt aus ihr herunter und hält direkt vor mir. Ich klettere ohne Angst zu den zwei kleinen Piloten, das Schiff wird angekoppelt und ab geht's in den Weltenraum. Schade, ich bin zu früh aufgewacht - sie wollten etwas Besonderes mit mir experimentieren!
In der folgenden Nacht wird's noch spannender. Tagsüber habe ich Tochter Iris Reiki gesendet, sie hat zwei Tage vor mir Geburtstag. Am Nachmittag erhebt sich ein plötzlicher Sturm aus der Stille, der Wirbelwind bannt mich in meine Höhle und ich schlafe fröstelnd ein.
Ein gräßlicher Alptraum quält mich. Die Scenerie ähnelt dem Mount Moses, nur noch gewaltiger. Menschenmassen krabbeln wie Ameisen den steilen Berg hoch, einige rutschen ab, von langen festlichen Gewändern behindert, sie sind auf dem Weg zur Anbetung der Maschinengötter, die auf dem Hochplateau auf überdimensionalen Stelen thronen.
In einer Vision sehe ich, wie ein Bergrutsch das Massiv erschüttert und alles unter sich begräbt. Gleichzeitig sehe ich einen Atomblitz über der Tiefebene und der verlassenen Stadt, der alles Gemäuer lavaartig erosiert. Ich eile der Menge nach und erklimme den Gipfel, um sie zu warnen. Auf dem Festplatz mit Imbißbuden tummeln sich Menschen aller Nationalitäten, ich erkenne sogar einige Kölner. Auch sie belächeln meine Ängste und stellen sich fröhlich in die lange Schlange für den Kniefall vor den riesenhaften Götzen.
Irgendwie gelingt es mir, mich in das abgeriegelte Heiligtum einzuschleichen, das mich an den Tempel von Karnak erinnert, auch die versteinten Köpfe der drei Hauptgötter erscheinen mir wie ägyptische Pharaonen. Aber unter meinem entsetzten Blick verwandeln sich die Steinstelen in ein metallenes Räderwerk, wie ein Aufzug mit Hochspannungsfrequenzen routierend. Die Augen der Scheingötter werden lebendig, verzerren sich, aus ihren Lippen kommen Schmatzgeräusche und ich sehe, wie die erste Abteilung der Götzendiener in eine Grube fällt und zermahlen wird, ihr aufgefangenes Blut fließt durch Glasröhren in die begierig aufklappenden Münder der Machthaber.

Ich schleiche mich unentdeckt nach draußen und werde von zwei scheinfreundlichen Hexen in die Reihe der Wartenden zurück gestoßen, die

sich dem Höllentor nähert. Wie immer in solchen Träumen, entweiche ich in letzter Sekunde und erhebe mich fliegend in die Luft.
Noch beim Erwachen habe ich die entsetzten Schreie und das dröhnende Getöse einer Explosion in den Ohren - es ist absolut windstill und die Wolken haben sich verzogen.
Ich nehme den Traum als Omen und verlasse den Berg Moses fluchtartig. Eine innere Stimme sagt mir, daß ich meinen Geburtstag in den Pyramiden verbringen muß und sitze erwartungsvoll im Bus nach Kairo.

Eine mysteriöse Botschaft
Achtundzwanzigster Juli, spätnachmittag. In meinem billigen Stammhotel im Zentrum habe ich mich von der Tramperin zur Dame im langen roten Kimono verwandelt und leiste mir zur Feier des Tages ein Taxi nach Gizeh, in den immer überfüllten Bussen dauert die Fahrt eine Stunde.
Ein Beduine in Nuweba hat mir die Adresse seines Cousins gegeben, der in Sphinx Village einen Parfümladen hat und sich mit Meditationen im Pyramidengelände auskennt.
Noch unschlüssig, ob ich ihn zuerst besuchen soll, stehe ich vor der Auffahrt zu den Pyramiden und schwenke, einer plötzlichen Eingebung folgend, rechts ab zum Menah-House Hotel, um im eleganten Foyer erstmal eine Tasse Kaffee zu trinken.
Nur ein einzelner Herr sitzt zeitunglesend im Clubsessel, blickt kurz auf, als ich an ihm vorübergehe, ein intelligentes, freundliches Gesicht. Irgendetwas treibt mich zu ihm, ich nehme meine Tasse und frage: "Darf ich mich zu Ihnen setzen?" "Gern. Ich habe Sie kommen sehen. Ich wußte, daß Sie zu mir kommen." "Oh, eigentlich suche ich diesen Herrn." Ich zeige ihm den Zettel. "Ich möchte mit ihm meditieren, in den Pyramiden." "Vergessen Sie ihn," sagt mein Gegenüber ohne Überheblichkeit, "er ist nur ein normaler Guide und macht seine Geschäfte mit der Spiritualität. Wenn Sie wirklich etwas über Ihr Vorleben erfahren wollen, kommen Sie mit mir. Nennen Sie mich Saleh, ich bin ägyptischer Beduine, wie Ihr Mann." "Woher wissen..." "Sie lieben ihn sehr und sind sicher seiner Liebe nicht immer sicher?" Mir bleibt die Sprache weg.

Er bringt mich in einen exklusiven Orientladen, an den Wänden hängen echte Papyros Bilder.
Vor einem großen Pharaonenbild zeichnet er Symbole in die Luft und an den Bewegungen seines rechten Armes erkenne ich, daß er Arolo Meister ist, wie Johannes. Seine Augen sind starr in die Augen Tut Ench Amons versenkt. Ich berühre mit den Händen den Papyros und es geht durch mich hindurch wie Stromstöße.
"Kommen Sie, setzen Sie sich mir gegenüber. Ich wußte, daß Sie zu uns gehören. Möchten Sie, daß ich Sie mit Ramor verbinde, soll er zu Ihnen kommen?" Ich kann nur benommen nicken und lege meine rechte Hand auf seine, er fixiert wieder die Augen des Pharao.
"Ramor, oh Ramor, ich liebe dich!" Ich winde mich und spüre meinen Gatten leibhaftig in mir, mir ist schwindlig.
Ob der hellsichtige Magier gewußt hat, daß Ramor in Lebensgefahr war? In eben dieser Stunde hat ihn eine Kugel knapp verfehlt, erzählt er mir später - ein Schutzengel hat ihm beigestanden, er hat ihn über sich gespürt.
Saleh läßt mir Zeit, mich zu beruhigen und bestellt mich auf den nächsten Tag. Er will in der Nacht sein Volk über Ramor und mich befragen, "My people" sagt er und ich wage nicht zu fragen, wer das ist, auch Ramor verrät mir nicht, wer "his people" ist. Haben sie Kontakt mit Außerirdischen oder Verstorbenen?
Nun wandere ich doch noch zur Entspannung durch die Pyramiden, obwohl ich weiß, daß sich das Geheimnis bei Saleh befindet. Es gibt mehr Kameltreiber als Touristen und auf der Suche nach einem stillen Plätzchen steige ich durch verfallene Mauern und setze mich meditierend direkt unter die Tatzen der Sphinx - doch das entdecke ich erst am nächsten Abend, als ich sie vom Dach des Parfümhändlers aus frontal vor Augen habe.
Da ich versprochen habe, einen Gruß auszurichten, besuche ich Jarib anschließend und bereue es nicht. Er bewirtet mich mit einem köstlichen Geburtstagsessen und schenkt mir Parfümöl mit dem betäubenden Duft der weißen Rose. Er scheint sehr reich zu sein und ich erinnere mich, daß er an der Weltfriedensmeditation als Gastgeber beteiligt war, er zeigt mir Fotos von Solara und Shirly Mc Laine, mit denen er befreundet ist.
Für einen echten Esoteriker ist er mir allzu glatt und undurchschaubar freundlich, aber sein Angebot, aus meinem Kaffeesatz zu lesen, nehme ich

gerne an, er soll darin ein Spezialist sein. Es wird immer verrückter an diesem denkwürdigen Tag.
An einer Seite des Glases zeichnen sich drei Säulen ab, an der anderen der Lebensbaum der Kabbala, um den sich die Schlange windet, ihr Kopf mündet in die Krone Kethers, des Hauptes aller Häupter... Jaribs Deutung ist nicht weniger erstaunlich: "Du befindest dich in deiner Mitte, in harmonischem Gleichgewicht mit dir selber, die Schlange zeigt, daß dein Reifungsprozeß abgeschlossen ist und die beiden äußeren Säulen sind deine Arme, die deine Lebensernte einholen..."
Erst danach zeige ich ihm die entsprechenden Abbildungen, die ich immer bei mir trage, er kennt sie nicht und ist selber verblüfft über die Entsprechungen. "Kommen Sie morgen Abend wieder vorbei?" "Gern, vielen Dank." So unübel scheint er doch nicht zu sein. Alle Ägypter haben einen Stich, deswegen paßt du dahin, höre ich meine primitiven Neider in Köln tuscheln und schlafe trotz des ohrenbetäubenden Autogehupes unter meinem Fenster zehn Stunden durch.
Freitag morgen wache ich erotisiert auf, spüre Ramor über mir und so geht das die nächsten Tage weiter, gemäß Salehs Versprechen.
Auf dem Weg zur Bank verliere ich aus dem Paß in meiner Hand Zweihundertmark, mein einziges Kapital für den nicht eingeplanten Kurztrip und warte sechs Stunden in der Deutschen Botschaft, bis mir nach vielen Telefonaten die Summe wider alle Vorschriften vorgestreckt wird.
Der Versuch, mich in der Al Azar Moschee von der deutschen Bürokratie zu erholen, geht daneben. Erst sprechen mich in dem großen Frauenraum drei Afrikanerinnen an und wollen mich zu Christus bekehren, dann beglotzt mich eine zahnlose, unsäglich stinkende Alte, schiebt sich mit raschelnden Plastiktüten immer näher an mich heran und streckt die Bettlerhand aus, was hier strikt verboten ist.
Was ich draußen im Säulengang mitbekomme, dient auch nicht gerade meiner Erbauung. Vor einem alten Scheich kniet eine Schaar kleiner Jungen im Alter von vier bis zwölf mit dem Koran in der Hand, aus dem sie einer nach dem anderen rezitieren müssen, ohne in das Buch zu sehen. Bei jedem kleinsten Stocken saust ein Hieb mit dem Lineal auf die Finger. Oh weh. So also kriegen sie die Suren eingedrillt, verständnislos abgeleiert! Manche

Wunderknaben können schon mit zwölf den ganzen Koran auswendig, aber ich bezweifle, ob sie davon mehr verstanden haben als ich.
Saleh - er hat meinen ägyptischen Stammbaum abgefragt. Auch über Ramor hat er eine Botschaft eingeholt: "Er liebt dich wirklich und ist dir treu." Na wunderbar.
Ich werde wieder am Pharaonenbild aufgeladen, es erscheint mir wie eine Einweihungszeremonie auf der Stufenleiter zum Adepten.
Danach wandere ich zu Fuß nach Sphinx Village durch das Kamelcamp der Beduinen, wenn ich Jaribs Namen erwähne, lassen sie mich unbehelligt durch.
In seinem Laden sitzt eine junge Amerikanerin und er liest für uns beide aus dem Kaffeesatz. Auch sie ist verblüfft über die Aussage, aber mein Bild bleibt uns diesmal rätselhaft. Es zeigt ein Pferd, von einer Schlange umringt und geküßt, daneben einen Löwen, nicht angreifend, sondern eher wachsam beschützend.
Jarib bestellt ein feudales Mahl für uns und lädt uns zur "Pyramids-Lightshow" auf's Dach seines Hauses ein. Angesichts der angestrahlten Sphinx durchrieseln mich sehnsüchtige Schauer und die alten Ägypter sind mir näher als die beiden neben mir.

Samstag nachmittag bin ich bei Saleh und erfahre wieder aufregende Dinge. Seine erste Nachricht bestürzt mich, weil sie mein Wissen um Ramors frühen Tod bestätigt - er hat nur noch fünf Jahre zu leben, aber ich werde 110 Jahre alt! Mit mindestens 96 hatte ich immer gerechnet und sehe nun meinen spirituellen Weg noch klarer vor mir. Saleh beruhigt mich: "Vertraue mir, von jetzt an wirst du und Ramor unter unserem Schutz stehen."
Ich erzähle ihm von dem Bild im Kaffeesatz und er nimmt mich vor dem Pharao in den Arm, verbindet uns mit seinen Symbolen. Plötzlich verzerrt sich sein Gesicht, es ist keine Vision - ich sehe einen Löwenkopf mit wild rollenden Augen und fletschenden Zähnen vor mir! "Ramor ist das Pferd", stößt er wie besessen hervor, "ein schwarzes Pferd!" "Und du bist der Löwe?" hauche ich verängstigt. Sofort entspannen sich seine Züge und er lächelt mich an: "Glaubst du nun, daß wir euch beschützen?" Jeder Zweifel wäre töricht - ich stehe vor einem hohen Meister der weißen Magie.

Auf dem Weg zu Jarib fangen mich zwei nette Ägypter ab, die wie fast jeder in dem Dorf angeblich unter den Wächtern einen Freund haben, der sie zur nächtlichen Meditation in die Pyramiden einläßt. Neugierig wie ich nunmal bin, lasse ich mich auf ihre Einladung ein, die Nacht mit ihnen zu verbringen.

Der blutjunge Achmed zeigt mir seinen Parfümladen und Fox, sein wesentlich älterer Freund, lädt uns in seine Wohnung ein. Er ist stolzer Hausbesitzer und Junggeselle, weil ihm die Ägypterinnen zu ungebildet sind. Und wie könnte es anders sein - ich bin genau sein Typ, er würde mich auf der Stelle heiraten.

Aber die Sache ist vorher abgeklärt, wenn einer der Jungs mich als Moslema antatscht, gibt es eine Ohrfeige und ich bin weg. Die Gesprächsrunde bei Pizza und Bier auf dem Fußboden ist anregend und erfreulich, die beiden sind glücklich über meine Aufgeschlossenheit und bedanken sich für die Sternstunde.

Vor dem Aufbruch überredet mich Achmed zu einer "Lotusdusche", die ich sehr genieße - wieder eine ägyptische Spezialität? Er schüttet in dem kärglichen Badezimmer etwas Parfümöl in einen Holzbottich und übergießt mich andächtig mit dem duftenden Wasser. Natürlich zittert er vor Erregung, als ich ihm anschließend die selbe Wohltat erweise, aber beide halten sich an die Abmachung und es bleibt alles sauber und natürlich.

Es ist weit nach Mitternacht, Achmed schläft ein und ich klettere mit Fox durch die Wüste auf einen Felsen oberhalb der Pyramiden. Er ist traurig, weil ich weder seine Hand, noch seine Massage annehme, ich bin traurig, weil Ramor diesen einzigartigen Anblick nicht mit mir teilen kann - die Lichterketten über Kairo, den Halbmond über den angestrahlten Pyramiden, in der Ferne das Niltal...

Viele Stunden sitzen wir schweigsam in der nächtlichen Stille und im Morgengrauen fahre ich mit dem ersten Bus in mein Hotel zurück, schlafe traumlos bis in den Nachmittag, von tiefer innerer Ruhe erfüllt.

Saleh verschiebt unseren letzten Treff auf Montag, ich will den Nachtbus nehmen. Eine Engländerin ist von der Cheops Pyramide abgestürzt und mit einem Beinbruch davongekommen, er muß sie zum Flughafen bringen. Es

gab schon manche Todesstürze bei diesen eigentlich verbotenen Kletterpartien und ich bin froh, daß ich es nicht gewagt habe.
Zum Abschied überreicht Saleh mir einen sehr alten Papyros: "Leg das zu deinem persönlichen Schutz unter dein Kopfkissen. Das Bild ist wirksamer als der Koran." Es zeigt einen etwas grimmig dreinblickenden weisen Mann in weißer Kluft, die Hände auf einem aufgeschlagenen Buch, rechts der Lebensbaum, links das Männlichkeitssymbol - es könnte Moses sein...
Ich habe mir das Fragen längst abgewöhnt, die Zusammenhänge enthüllen sich zwangsläufig, Schritt für Schritt. Alles, was an meinem Geburtstag geschah, stand schon vorher in den Sternen geschrieben und ab Spätherbst ist die Auflösung meines Karma angesagt. "Du wirst die Veränderung bald spüren", sagt Saleh und ich vertraue seinen Worten wie ich Ramor vertraue, wenn er beteuert: "Es wird alles gut werden!"

Diesmal dauert die Fahrt in den Sinai zwölf Stunden und ebensolange schlafe ich mich in meiner Hütte aus. Wehmütig genieße ich die letzten Tage bei meinen geliebten Beduinen, die mich gar nicht mehr weglassen wollen. Ayed lädt mich zum Abschiedsessen mit eigenhändig gefangenen Fischen ein und seine Mutter hat mir ein wunderschönes Kleid genäht. Awa wickelt ihren Sohn aus dem bestickten Samttuch und schenkt es mir, er fängt schon an zu krabbeln. "Komm bald wieder! Und bleib länger bei uns!" "Sobald ich kann!"
Am letzten Abend sitze ich mit Uta, einer sympathischen Kunstlehrerin, am Strand. Plötzlich unterbricht sie unser Gespräch und stupst mich an: "Guck mal da oben, was ist das? Sowas Merkwürdiges habe ich noch nie gesehen!" "Oh", sage ich heiter, "das ist ein Ufo, die kreuzen hier öfter auf." "Meinst du wirklich?" Das meine ich nicht, das weiß ich." Schon ist die leuchtende Scheibe über unseren Köpfen verschwunden, die aus dem Nichts aufgetaucht war, ein heller Lichtstreifen bleibt noch zwei Sekunden sichtbar - ein Silberschein am Horizont meiner Träume.

Die Krise
Montag, der 8. August. Nach Unterbrechung mit Gepäckumladen bei Daniel fahre ich in Hochstimmung nach Jerusalem. Das Euro ist überfüllt, aber auf

dem Dach bekomme ich ein Matratzenlager solo unter freiem Sternenhimmel, geradezu ideal für eine geborene Zigeunerin mysteriöser Abstammung.
Ich fiebere Ramor entgegen und als wir uns gegenüberstehen, ist die Vibration wieder so stark wie bei unserer ersten Begegnung.
Ich bin in der ägyptischen Sonne schmaler geworden und braungebrannt, er hat in den vier Wochen noch mehr abgenommen, bestimmt zehn Kilo verloren. Es steht ihm gut, läßt ihn weniger paschahaft erscheinen, auch seine Gesichtszüge sind straffer, aber irgendwie noch reifer und ernster, wie von einer schweren Verantwortung geprägt. Seine Ausstrahlung ist unverändert dynamisch, aber ich ahne, daß er Strapazen ganz anderer Art und weitaus gefährlicher als meine Excursionen hinter sich hat.
Er beglückt mich stürmisch und wild in unserem Hochzeitsraum, der anscheinend so viele Gesichter hat wie unsere Begegnungen und zur Zeit als Abstellraum dient. Danach hört er mir gelassen zu, als ich von Salehs Voraussagen berichte. "Ich muß damit leben", sagt er, "es hat keinen Sinn, darüber zu grübeln. Alles liegt in Allahs Hand. Seine Gnade kann alles wenden."
Acht Tage darf ich die himmlische Luft über Jerusalem gemeinsam mit Ramor einatmen, ihn täglich zu einer Tasse Kaffee im Laden besuchen, ich bin´s zufrieden.
Tagsüber ist es glühend heiß auf dem schattenlosen Dach, aber ich beginne gutgelaunt mit den Aufzeichnungen für meinen Film, Offermann will zu einem gemeinsamen Gespräch mit dem Produzenten nach Tel Aviv kommen.
Pünktlich um Siebzehn Uhr eile ich freudig zur Sprechstunde bei meinem Gatten, er öffnet sich mehr und mehr, dann sieht er mich schelmisch an: "Komm, ich seh dir doch an, was du möchtest." Er zieht mich in die Ecke und küßt mich inbrünstig mit geschlossenen Augen, macht mich süchtig nach der sanften Berührung seiner Lippen. Er verspricht mir eine Kußdroge pro Tag, einmal treiben wir´s sogar wieder hinter dem Vorhang, immer heiß aufeinander.
Am vierten Tag ist er unterwegs und ich pilgere zum Freitagsgebet in die Goldene Moschee. Diesmal versammeln sich dort nur Frauen und sie ist bald so überfüllt, daß kein Plätzchen auf dem Boden mehr frei ist und mir in

dem Gedrängele und der stickigen Luft ganz mulmig wird. Die echte Andacht will sich bei dem mechanischen Geleiere um mich herum nicht einstellen. Auch wenn ich weiß, daß solche Massengebete wie ein Mantra in den Äther steigen - für meine Besinnung ist die reine Natur einfach der bessere Ort.
Samstag Mittag spreche ich zu Ramor wie gegen eine Steinwand. Ich will etwas mehr über sein Leben wissen, damit ich ihn als Typ für die Filmrolle meines Partners skizzieren kann. Er ist mißlaunig und verschlossen, hat starke Schmerzen im Rücken und Magen und bittet mich, am Nachmittag wieder zu kommen.
Seine Stimmung hat sich gebessert, aber er sieht sehr erschöpft aus, hat eine schlaflose Nacht hinter sich. "Entschuldige Liebling, wenn ich dir nichts bieten kann, aber ich bin am Ende. Ich kann keine Touristen mehr sehen und meine Verwandten geben mir den Rest, sie lassen mich nicht einmal auf meinem eigenen Dach in Ruhe schlafen. Zur Zeit haben sich zwanzig bei mir einquartiert, um meiner Mutter zum Geburtstag zu gratulieren. Ich kann nicht mehr, ich bin dieses Scheißleben satt, ich schufte seit zwanzig Jahren nur für die anderen und habe nicht einmal einen Teppich wie diese hier in meiner Kammer..."
"Genau das wollte ich für die Beschreibung deiner Person wissen", sage ich und es gelingt mir, ihn etwas aufzuheitern mit der aufgelisteten Aufzählung seiner guten, aber sehr widersprüchlichen Charaktereigen-schaften, es sind genau siebenundsiebzig. Ich wüßte keinen Schauspieler, der ihn verkörpern könnte...
Der Sonntag in Tel Aviv ist entspannend. Ich treffe meinen Manager und abends fahren wir mit Svi Spielmann zum alten Hafen in Haifa. Ich bin zum exclusiven Fischessen eingeladen und überglücklich in der Hoffnung, daß die Israelische Coproduktion klappen wird. Spielmann wartet nun auf das Drehbuch. Er ist sympathisch und bescheiden, bestreitet den Abend als faszinierender Erzähler.
Der neuerlich vorgelegte Film Plot mit politischen Verwicklungen zwischen PLO und Mossad mißfällt auch mir und als ich ihn Ramor übersetze, verfinstert sich sein Gesicht, er braust auf: "Ich will damit nichts zu tun haben, halt mir diese Leute vom Hals, mach deinen Film alleine, ohne mich!"

"Aber das geht doch nicht, es ist die Geschichte unserer Liebe, meine und deine Geschichte und sie soll sich ja zwischen Fiktion und Wirklichkeit abspielen, nur zum Teil authentisch." "Gut, dagegen habe ich nichts."
"Und wie soll´s jetzt mit uns weitergehen? Kannst du nicht wenigstens einen Tag mit mir ans Tote Meer fahren? Du brauchst doch dringend eine kleine Erholung!" "Nein, ich kann nicht." "Warum nicht? Hältst du´s nicht aus, ein paar Stunden mit deiner Frau allein zu sein? Gehe ich dir auf die Nerven?"
Oh Gott, es ist, als hätte ich in ein Wespennest gestochen, einen wunden Punkt in seinem Herzen getroffen. Er bäumt sich auf, greift sich an die Brust und beugt sich mit flehendlich geöffneten Händen zu mir: "Ich kann nicht einmal zwei Stunden mit mir allein sein! Wenn andere Leute das im Kopf hätten, was ich im Kopf habe, wären sie schon zehnmal im Irrenhaus! Bitte versteh mich, bitte sag, daß du mich verstehst, bitte sag es! Ich bin ein kranker, gebrochener Mann, du bist viel stärker als ich!"
Schreit er oder heult er mich an? Ich bin erschüttert von der tiefen Verzweiflung in seinen Augen, in seiner Stimme. In Sequenzen von Sekunden sehe ich die selbstzufriedenen satten Gesichter der erbarmungslosen Fettärsche an mir vorbeiziehen, die uns ihre Hilfe verweigert haben, ahnungslos von echter Not, blind und taub, im Egotrip befangen.
Noch nie habe ich meinen Liebling schwach gesehen und fühle mich mehr denn je als seine Frau verpflichtet, ihm beizustehen.
Angesichts meiner Tränen entschuldigt er sich für seinen Ausbruch und ich frage unvermittelt: "Und wo bleibt deine weiße Magie? Auch ich habe sie in den letzten Monaten vermißt und dir mehr gesendet als empfangen!" "Im Augenblick sind die Schwarzen stärker als ich und ich muß meine Kräfte sammeln und zurückhalten. Die Macht, die unsere Verbindung zerstören will, kommt von einem fremden Planeten, aber ich werde ihn herausfinden, sie werden uns nie trennen können! Verstehst du jetzt, warum ich mich manchmal von allem zurückziehen muß, sogar vor dir?" "Ich versuche es."
Er erzählt mir, daß er sich in Extremsituationen tagelang in seinem Zimmer einschließt, sogar seine Mutter verjagt, wenn sie ihm Essen bringen will, sich nicht rasiert und nur ins Bad geht, wenn er sicher ist, daß niemand im Haus ist, sich mit Zigaretten und Kaffee hochputscht und im Selbsthaß alle Spiegel umdreht oder zertrümmert.

All das kenne ich von mir, von apokalyptischen Visionen geplagt, es ist achtzehn Jahre her ...
Die Verknüpfungen sind spiegelbildlich - ist er mir voraus oder hinterher? Jetzt wo ich stark bin, wird er durch Krankheit geschwächt! Wenn die sechsmonatige Bestrahlung nichts bewirkt, muß er vielleicht operiert werden, der heimtückische Krankheitserreger kann sogar eine Querschnittslähmung hervorrufen, und ob die heißen Schmerzstellen im Bauch von Magenschleimhautentzündung oder Geschwüren verursacht werden, haben die Ärzte auch noch nicht feststellen können.
Ich notiere mir seine Beschwerden, vielleicht kann Johannes sie diagnostizieren ... Nein, mit Küßchen allein kann ich meinem geknickten Beduinenpferd nicht wieder auf die Beine verhelfen und er ist mir dankbar für meinen Entschluß, meine Energie am Toten Meer aufzuladen und mich mit den letzten beiden Hotelnächten mit ihm zu begnügen. Im Moment ist das Ocean ausgebucht von Israelis, Juden aus aller Welt überschwemmen Jerusalem mit einem ihrer Hauptfeste, ihre ekstatischen Gesänge habe ich vom Dach des Hostels aus gehört und gedacht, es sei eine fanatische Mormonengemeinde.
"Bitte, enttäusche mich nicht, finde irgendein Hotel für unser letztes Zusammensein." "So Gott will", erwidert Ramor und ich weiß instinktiv, daß mein Wunsch sich nicht erfüllen wird. Ich verabschiede mich von ihm wie nach einer versöhnenden Aussprache in einer Ehekrise - als wären wir nicht drei, sondern dreißig Jahre verheiratet: "Du bist ganz schön schwierig", seufze ich. "Wahre Liebe ist immer schwierig", erwidert er fast heiter und gibt mir einen Blick aus seinen blitzblanken, warmen Augen mit auf den Weg wie ein unausgesprochenes Bekenntnis seines eigenen Leidens, das er vor mir verbirgt, das uns vereint und trennt.
Ich sehe alles und doch nichts ein, verbringe eine schlaflose Nacht und wandere am nächsten Morgen zum Ölberg. Halb schlafend, halb meditierend, sitze ich Stunden im Glockenturm der Augusta Victoria Kirche, verneige mich in alle vier Himmelsrichtungen und vergesse die Zeit, fühle mich zeitlos aufgehoben, eingebettet in kosmische Abläufe außerhalb meines Eigenschicksals. Erst als es kalt wird und ich pinkeln muß, treiben mich meine kreatürlich-menschlichen Bedürfnisse zum Aufzug. Er

funktioniert nicht und ich tappe im Dunkel die Treppen hinunter bis zum Kirchenportal - es ist verschlossen, ich bin eingeschlossen! Soll ich daran pochen, bis mich jemand hört? Nein, denke ich spontan, diese unfreiwillige Gefangenschaft im Gotteshaus ist ja wohl mal wieder kein Zufall und hat seinen Sinn.

Aber schlafen möchte ich trotzdem und schleiche mich totmüde auf der Suche nach einem Lagerplatz durch die Sakristei, entdecke in einem Abstellraum eine Pritsche mit einer Matratze. Ich widerstehe der Versuchung, mich erschöpft darauf niederzulassen und transportiere sie, einem Sog folgend, ins Kirchenschiff, bette mich im Mittelgang unter das vor drei Jahren geschmähte Christusbild, gespannt auf die Reaktion gegenüber diesem neuerlichen Affront und zur Reue bereit.

Bilde ich es mir nur ein, oder lächelt wirklich der heilige Geist Gottes aus dem Gemälde zu mir herab?

Plötzlich bin ich wieder hellwach und schleiche wie eine streunende Katze durch die Kirchenbänke, verneige mich vor dem Lamm Gottes, umschreite dreimal den Altar und werfe mich im Islamischen Gebet vor dem Allerheiligsten nieder, kehre befriedigt zu Christus zurück und erbitte seine Fürsprache als Vorläufer und Bruder Mohammeds. Seien es meine starken Eigenschwingungen oder die des heiligen Raumes - ich erfahre eine Art Gebetserhörung, wie sie gerade im Koran oft beschrieben wird - oder ist es meine Fantasie? Ich habe mich über die Reiki Symbole mit Jesus und Ramor verbunden, liege in höchster Konzentration unter dem Christusbild mit der Bitte um eine Wunderheilung - er scheint lebendig zu werden und ich spüre, wie seine Liebeskraft zu mir herunterströmt, meinen Körper durchflutet

Auch ohne Schlaf gestärkt, verlasse ich die Kirche am frühen Morgen durch einen Hinterausgang und fahre wohlgemut zum Toten Meer. Die Pforte des Camps von En Gedi ist gerade nicht besetzt und so komme ich ungesehen zu einem kostenlosen Quartier. Auf dem großen Zeltplatz kampieren nur einzelne junge Leute und auch die meisten Bungalows sind leer. In der salzigen, warmen Brühe plätschern einige Israeli herum, meist ältere Ehepaare. Kaum jemand hält die brütende Hitze aus, auch nachts kühlt es sich nur wenig ab, aber ich lasse mich gern durchglühen und gebe mich der

Sonne hin im Wechsel mit Schwimmen und kalten Duschen, die reinste Gesundheitskur.
Angrenzend an das Camp habe ich ein verlassenes Nudistengelände entdeckt und nun wird mein Aufenthalt wahrhaft paradiesisch. Der Nacktstrand mit Pritschen und Matratzen ist für Frauen und Männer unterteilt, es gibt Duschen und eisgekühltes Wasser im Tank und einen Raum mit Palmdach und Air-Condition, in dem ich täglich einige Stunden schreibe.
Manchmal kommen zwei junge Schwedinnen aus dem Kibbutz herunter und lassen sich braun braten, danach machen wir Fangopackungen mit dem schwarzen Schlamm, den ich in der Bucht ausgegraben habe, er soll der beste der Welt sein.
Ein Angestellter des Camp lädt mich zu einer Bergtour in das Naturschutzgelände ein und ich verbringe im Tal von Arugot kostbare Stunden unter Wasserfällen und tropischen Gewächsen, mache die ersten Versuche, mein Fernreiki für Ramor mit den vier Elementen und den Sephiroth des kabbalistischen Lebensbaumes zu verbinden. Es kribbelt belebend durch alle Zellen und Glieder wie Champagner und mein Körper scheint schwerelos in Myriaden tanzender Lichtkristalle aufgelöst!
Oft treibe ich nachts im Salzmeer, auf dem Rücken pendelnd oder senkrecht mit den Füßen paddelnd in schnellen Umdrehungen wie ein Derwisch, rufe magische Beschwörungsformeln in den Sternenhimmel. Die Gebete gen Mekka, nackt im weichen Sand, gehören auch zu meinen täglichen Pflichten und Freuden.
Einmal, bei Vollmond besonders intensiv unter Tränen für Ramors Genesung und Frieden bittend, verfolge ich mit den Augen ein Flugzeug Richtung Eilat. Plötzlich erscheint tief unter den Blinklichtern ein weißer Strahl und sofort danach die fast orangerote Kugel, die ich schon vor zwei Nächten gesehen und für einen Leuchtkörper gehalten hatte.
Tags drauf unterhalten sich zwei Männer in der Kantine, in der ich mir ab und zu eine Minipizza leiste, über "ihre Ufos." "Na", fragt der Eine, "haben sie dich immer noch nicht mitgenommen?" "Nee", erwidert der gebürtige Berliner, "leider nicht. Ich hab ihnen heftig zugewinkt, sie kommen schon immer näher, vielleicht das nächste Mal. Jedenfalls habe ich ihnen signalisiert, daß ich diesen Erdenscheiß satt habe."

Ich erfahre, daß Ufo Sichtungen hier nichts Besonderes sind. Anscheinend ist die alte Einflugschneise von Ägypten über den Golf von Akkabar durch besondere Magnetfelder dieses Gebietes günstig.
Neben uns sitzt ein junger Israeli und hält uns für bekloppt. "Sie zeigen sich nur den Menschen, die ihre Sinne nicht mit Geld verstopft haben", bestätigt der Berliner mein eigenes Wissen, "aber da ist was im Gange, sie kommen immer häufiger und beobachten unser Treiben, das geht nicht mehr lange so weiter! Ich habe keine Angst vor ihnen und verlasse diesen kaputten Planeten lieber heute als morgen." Er spricht mir aus der Seele.
In eingeweihten Kreisen ist bekannt, warum Israel und Palästina sich so unversöhnlich um die Westbanks streiten - sie sind die historisch bekannte, optimale Landebahn für außerplanetarische Flugkörper. Wenn´s mal wieder atomarisch knallt, erhoffen sich die Widersacher die Evakuierung ihres Volkes in Raumschiffen ...
Ich sehe dem Eingreifen höherer Intelligenzen angstfrei entgegen, aber vor meinem Abflug ins Universum möchte ich doch noch ein paar Wochen oder Jahre mit Ramor verbringen dürfen!
Nach elf Tagen Naturgenuß treibt mich die Sehnsucht zurück nach Jerusalem, tiefbraun und ausgedörrt von Hitze, Salzwasser und Fasten - ein Energiebündel von guten achtzig Pfund, leichtfüßig und elastisch. Von hinten sehe ich aus wie siebzehn, aber die Haut an meinen Oberarmen flattert im Wind, wie bei einer Greisin - wen kümmert´s? "Ich liebe dich um so mehr, je älter du bist, deine Falten stören mich nicht", sagt Ramor, "Erfahrung ist mehr wert als Jugend und Schönheit."

Sonntag der 28. August - knapp an der Scheidung vorbei

Nach Wäschewaschen, Haare färben und Schönheitspflege auf dem Dach des Euro Hostels flattere ich im orangenen Beduinenkleid die Davidstraße hinunter. Die Mittagsglocken läuten und ich warte im Shop auf Ramor. Er kommt bald, lächelt mich an: "Hast du dich für mich so schön gemacht?" "Du bist es, der mich schön macht." Wir verführen uns gegenseitig mit verlangenden Blicken. Meine Reiki Sendungen sind angekommen, er fühlt sich wesentlich besser. "Hast du mein Hotel gebucht für morgen und übermorgen?"
"Bisher war nichts zu machen, aber wir werden etwas finden ..."
Boing, der erste Tiefschlag! Er weiß doch seit fast zwei Monaten, daß ich auf dieser Abmachung bestehe und hatte mich nach den Entbehrungen meines Tramperlebens auf zwei Nächte Entspannung im Luxus gefreut, den normale Urlauber vier Wochen lang in Anspruch nehmen. Er will sich weiter bemühen, lädt mich für siebzehn Uhr zum Snack und Kaffee im Shop ein. Ich bin pünktlich, erwartungsvoll da, er wie so oft läßt auf sich warten.
Zalaff holt mich in seinen gegenüberliegenden Laden und ich sitze wohl eine halbe Stunde lang verkrampft und paffend in der Ecke. Hadid und Amin schauen gelegentlich herein und Zalaff unterhält sich angeregt mit einer schwedischen Freundin, die ihn überraschend besucht hat.
"Soviel wie du dieser Dame erzählst, hat Ramor mir in drei Jahren nicht erzählt", platzt es aus mir heraus. "Aber wir kennen uns schließlich schon seit achtzehn Jahren." "Aber ihr seid nicht verheiratet!" Zwar fange ich Zalaffs warnenden Blick auf, aber ich kann mich nicht mehr bremsen: "Mein angeblicher Mann behandelt mich schlimmer als eine Prostituierte. Scheucht mich weg wie einen Straßenköter! Ich bin es satt, auf ihn zu warten, in fünf Minuten bin ich weg und er sieht mich nie wieder!"
Die blonde Dame will wissen, warum ich mich so errege. Zalaff tuschelt mit ihr und Amin verschwindet, kommt nach einer Minute wieder: "Es ist besser, wenn Ramor dich jetzt nicht sieht, warte, bis er sich beruhigt hat, er hat Probleme mit Kunden und ist in sehr schlechter Stimmung."
Ich raste aus, trommle mit den Schuhen auf den Fußboden, fasse mich ans Herz: "Wenn ihm seine Scheißkunden wichtiger sind als ich, pfeife ich auf

seine schlechte Stimmung und ihr werdet mich von einer ganz anderen Seite kennenlernen! Wenn ich in Rage bin, zertrümmere ich seinen Laden und erwürge jeden Kunden, der sich hereinwagt! Ihr kennt mich noch nicht, aber ich warne euch, wenn ich meine schlechte Laune rauslasse, ist hier die Hölle los und es ist mir egal, ob Ramor mich im Knast oder in der Irrenanstalt wiederfindet! Wenn ich da lande, seid ihr alle dran, das schwöre ich euch! ..."
Wie ich an neugierigen Blicken vorbei an Amins Hand in meinem "Hochzeitsraum" gelandet bin, weiß ich kaum und schimpfe auf der Couch weiter: "Für das Geld, das ich Ramor geschenkt habe, hätte ich mir einen Luxusurlaub leisten können, stattdessen hungere ich mich ab und kampiere auf der Erde und er ist nicht einmal in der Lage, mir für mein eigenes Geld ein Hotelzimmer zu besorgen oder mich zum Essen einzuladen."
Amin bedeutet mir zu schweigen. Ramor steht wie der Komtur in Mozarts "Don Giovanni" vor mir und preßt seine Hand auf meinen Mund: "Ich kann deine Stimme nicht mehr hören! Wage es nicht, noch einen Laut von dir zu geben, bis ich wieder komme." Er stürzt zum Waschbecken, seine Stirn ist schweißnaß, er trocknet sich ab und schlägt mir das Handtuch dreimal um die Ohren, greift drohend zu einem Stuhl, läßt ihn krachend fallen: "Ich biete dir die Scheidung an - und wenn ich es stehlen muß, du kriegst dein Geld zurück! Ich pfeife auf deine Briefe und Gedichte! Wenn ich unten mit der Polizei fertig bin, kannst du mir deine Entscheidung mitteilen!"
Ich bin so erstarrt vor Schreck, daß ich nicht einmal losheulen kann. Polizei? "Wieso Polizei?" frage ich schließlich leise Amin. "Eine Kundin hat die Polizei geholt, sie wollen ihn mitnehmen, aber sie verhandeln noch", sagt er, mehr weiß er auch nicht. "Um Gotteswillen, warum habt ihr mir das nicht gesagt, dann hätte ich doch ruhig gewartet!" "Es war noch keine Gelegenheit dazu."
Es stellt sich heraus, daß sie Ramor nicht einmal Bescheid gesagt haben, daß ich gegenüber auf ihn warte, ahnungslos, in welcher Situation er sich während meines Lamentierens befand. Welch schreckliches Mißverständnis! Nun verstehe ich seinen Wutausbruch! Sein geballter Zorn mußte sich einfach entladen - danach war er sofort wieder gefaßt. Ich erinnere mich an eine Stelle im Koran: "Züchtige deine Frau, wenn sie aufsässig gegen dich ist, doch mäßige deinen Zorn und bestrafe sie nicht zu

hart ..." Ja, genau so habe ich seine Schläge empfunden. Aber daß er mir in seiner Erregung die Scheidung angedroht hat, macht mir grauenhafte Angst. Nein, das darf nicht sein, niemals! Es wäre mein Todesurteil!
"Nun, wie hast du dich entschieden?" Seine Stimme ist hart und kalt, meine fast tonlos. Seine finsteren Züge haben in der Dämmerung etwas Dämonisches, er sitzt fremd und abweisend vor mir wie ein Ankläger aus einer anderen Welt.
"Da gibt´s nichts zu entscheiden. Wenn du dich von mir scheiden läßt, bringe ich uns beide um." "Ich weiß." "Aber so wie bisher, kann es nicht weitergehen, ich habe das Gefühl, du willst mich loswerden." "Das sagst du, nicht ich. Ich habe eher das Gefühl, daß du mich loswerden willst, nach allem, was du eben geäußert hast. Warum liebst du mich trotzdem?" "Das habe ich dir oft genug gesagt, das weißt du. Und warum liebst du mich?" Ich warte seine Antwort nicht ab, es entfährt mir halb bewußt, halb unbewußt: "Weil ich die Einzige bin, die am Tag des Gerichts für dich bittet, weil du meine Seele brauchst, weil du dich an die schwarzen Mächte verkauft hast und nur meine Liebe dich erlösen kann ...!" "Du sagst es", erwidert er rätselhaft und erscheint mir nun wirklich wie ein Abgesandter von einem fremden Stern, der seinen Auftrag kennt und erfüllen muß.
"Wird es immer so sein zwischen uns? Werden wir nie normal zusammen leben können?" "Nein. Aber nichts ist Unabänderlich ..." Ich fasse wieder Mut und sage vorwurfsvoll: "Übrigens hast du mich zu Unrecht geschlagen, ich wußte nicht, daß die Polizei bei dir war." "Sie haben es dir nicht gesagt?" "Nein." "Entschuldige mich einen Moment." Er springt auf, kommt nach fünf Minuten zurück wie umgewandelt, kniet vor mir nieder: "Bitte verzeih mir, es war ein Mißverständnis. Kannst du mir noch einmal verzeihen?" "Immer." Er reicht mir seine Hände:
"Hör zu Liebling. Wir beide müssen aus dieser Situation lernen. Wenn einer von uns in Rage ist, muß der andere ruhig bleiben und nicht agressiv, sondern passiv reagieren. Ich weiß, das ist nicht immer leicht bei unserem Temperament, aber nur so können wir die Schwierigkeiten meistern, die unserer Liebe im Wege stehen. Versprochen?" "Versprochen!"
"Du bist unschuldig, ich bin unschuldig, nur die Umstände sind es, die uns zu entzweien versuchen."

"Und was ist passiert?" "Ich muß mit 48 Stunden Untersuchungshaft rechnen, bis die Angelegenheit geklärt ist. Sie können mich jederzeit abholen, darum ist es besser, ich stelle mich heute abend freiwillig in Tel Aviv, tagsüber müssen sie mich freilassen für meine Arbeit."
Ich hatte es geahnt. Zum Abschied keine Liebesnacht im Hotel, sondern Gefängnis für meinen leidgeprüften Gatten, nun schon zum zweiten Mal in meiner Gegenwart Opfer einer unberechtigten Anklage. Ziehe ich das Unglück an? Hätte diese verdammte Kundin nicht drei Tage später aufkreuzen können? Wer hat sie geschickt, unser Glück zu trüben? Wievielen Belastungsproben müssen wir noch standhalten? Ich sehe eine schlaflose Nacht auf mich zukommen, während Ramor mir den Vorgang erklärt.
Die Dame, eine Schwedin aus Botschaftskreisen, hatte vor einem Jahr alten beduinischen Goldschmuck bei ihm gekauft und will nun die Summe von Fünfzehntausendmark zurückhaben, weil er angeblich nicht echt ist. Ein schwedischer Experte hatte nachgewiesen, daß er nicht gestempelt ist.
Daß alter Beduinenschmuck nie gestempelt ist, will sie ihm nicht glauben und hat die Polizei geholt, weil er sich weigert, ihr das Geld bar zu erstatten. Er könnte die Echtheit anhand von Verkaufszertifikaten sofort nachweisen, aber er hat den Verkauf nicht in die Geschäftsbücher für´s Finanzamt eingetragen und wenn es herauskommt, kriegt er erstmal Hunderttausendmark wegen Steuerhinterziehung aufgebrummt. Andererseits lauert die Polizei geradezu auf Händler, die Touristen mit falschem Schmuck betrügen. Eine heikle Situation. Er will versuchen, sich mit der Dame gütlich zu einigen und hofft auf das Verständnis der zuständigen Polizeistelle in Tel Aviv.
"Mach dir keine Sorgen, ich krieg das schon geregelt, ich bin im Recht. Soll ich jetzt ein Hotel für dich buchen?" "Nein. Wenn du die Nächte im Gefängnis sitzt, kann ich auch im Hostel bleiben - was soll ich ohne dich im Doppelbett!" "Ich verspreche dir, wir werden tagsüber ein paar Stunden zusammen sein, gemeinsam etwas essen, miteinander sprechen. Hadid stellt uns das Appartement seines Vaters zur Verfügung, wir haben es gerade renoviert, es liegt direkt über dem Laden und wir sind dort ungestört."
"Wirklich?" "Komm Schatz, sei nicht mehr traurig - ich zeig dir, was weiße Magie ist ..."

Ich schmelze unter seiner Umarmung. Er wischt mir die Tränen ab: "Ich muß jetzt los, Hadid fährt mich. Bleib stark, wir sehen uns morgen nachmittag um fünfzehn Uhr im Shop."

Die Nacht der Dämonen
Ich liege weinend und Kette rauchend auf dem Dach des Hostels, kann die Trauer über die dramatischen Zwischenfälle nicht abschütteln. Gegen zweiundzwanzig Uhr zieht vom Meer her eine graue Wolkenwand heran, zerteilt sich über meinem Kopf in dämonische Gebilde - Menschen, Tiere mit langen Krallen und Tatzen, überdimensionale Fratzen, Figuren aus der Unterwelt. Der Spuk treibt über die Altstadt und löst sich über dem Ölberg auf. Immer neue Wolken ballen sich über mir zu unheimlichen Gespenstern. Ich krieche wimmernd unter die feuchte Wolldecke, starre immer wieder nach oben, es hört nicht auf, zieht meine Augen wie ein Sog in die höllischen Fratzen, es ist, als verhöhnten sie mich: warte nur, dich kriegen wir schon noch klein, bis du vom Dach springst! Sieben Wochen war es wolkenlos, noch nie habe ich solch bedrohliche Wolkengebilde gesehen. Gegen zwei Uhr schlafe ich zitternd ein, wache zwei Stunden später wieder auf, vom ersten Gebetsruf geweckt. Die Wolken haben sich verzogen, der Halbmond scheint in mein Gesicht und ich stammle weinend meine Gebete, döse in den Morgen, ohne den Alp abschütteln zu können.
Nicht einmal drei Aspirin helfen gegen die rasenden Kopfschmerzen. Mühsam angehübscht im "Kleinen Schwarzen" sitze ich pünktlich in Ramors Shop, demütig, zittrig, aufgeweicht - vielleicht sehen wir uns heute das letzte Mal für lange Zeit ...
Ich warte fast eine Stunde, rauche Kette, schließlich sagt mir Amin, der vor der Tür sitzt: "Ramor wird gleich kommen, er war auf dem Weg hierher, aber es gab eine Auseinandersetzung mit Israelis, er mußte mit seinem Bruder ins Hospital, jemand ist verletzt worden ..."
Aha, schreit es in mir. Jemand war ihm mal wieder wichtiger als ich, ich bin Niemand, ein Nichts, ein zu Tode gequältes Etwas, ein Schatten, überflüssig, lästig, unerwünscht ...
Kracks! macht es in meinem Kopf und meine Zähne knirschen, klappern aufeinander, meine Augen werden starr, stieren auf einen schwarzen Punkt in der Wand. Noch fühle ich, daß Tränen auf meine Wangen rinnen, schiebe

mir eine Zigarette zwischen die Zähne, es hilft nichts, aus meiner Brust kommt ein ersticktes Röcheln. Ich krieche auf den Hocker in der Ecke, da entdeckt mich der junge Verkäufer, will mich beruhigen, vergeblich, ich zerbeiße das für die Tränen gedachte Tempotuch.
Hadid und Amin kommen hinzu, leiten mich in den anderen Shop, flößen mir Wasser ein, ich kann gerade noch stammeln: "Bitte helft mir, ich brauche einen Arzt!" und versinke in einen Dämmerzustand, starre mit weitaufgerissenen Augen in das nächtliche Inferno, mein Mund wird schlaff, zuckt unkontrolliert, ich versuche zu sprechen, kann nur noch lallen.
Wie aus schemenhafter Ferne sehe ich die besorgten Gesichter, höre Hadids Stimme: "Ich kann das nicht mehr mitansehen! Und wenn ich Ramor aus dem Gefängnis holen muß, bitte beruhige dich, ich hole ihn her!"
Nein, denkt es in mir, es ist zu spät, du hast es geschafft, ich bin verrückt geworden, jetzt bist du mich los.
Nach scheinbar endloser Zeit steht er vor mir, ich sehe durch ihn hindurch, als wäre er ein Gespenst. Das Lallen hat aufgehört, ich habe keine Stimme mehr. Ramor kniet vor mir, spricht behutsam wie ein Arzt mit mir. Langsam weicht die Apathie, mein Blick entkrampft sich in seinen liebevollen Augen. Als er mich fragt, was ich trinken möchte, schreibe ich mit dem Zeigefinger "Tee" in die Luft. Er nimmt meine schlaffe Hand, legt sie auf seine Stirn: "Fühl meinen Schweiß - so bin ich gerannt! Ich wußte doch, wie sehr du auf mich wartest, ich bin direkt aus dem Gefängnis hierher gekommen."
Seine Worte sickern wie Balsam auf mein wundes Herz.
"Versuch zu sprechen, Liebling. Du kannst sprechen, bitte." Beim dritten Ansatz wird mein Stammeln verständlich. "Bist du´s wirklich", höre ich mich sagen und betaste seine Schenkel. Er nimmt mich in seine Arme: "Hab keine Angst, ich habe meine Seele nicht verkauft, wir gehören doch zusammen - wie könnte ich unsere Seelen verkaufen? Nie werden die schwarzen Mächte sie auseinanderreißen können. Na, siehst du, jetzt lächelst du schon. Komm, steh auf, es ist vorüber."
Ich klammere mich an seine Brust, spüre die Kraft seines Körpers, die in mich übergeht. "Wasch dein Gesicht, ich hole dir ein Sandwich und dann gehen wir nach oben. Okey?" "Ja, bitte."

Ich bin entsetzt von dem jämmerlichen Anblick meines verstörten, verquollenen Gesichts, würge stumm die Hälfte des Sandwiches herunter, gebe ihm die andere. "Geht´s dir jetzt besser?" "Etwas, danke."
Er führt mich die Stufen hoch und seine Zärtlichkeit macht mich im sanften Orgasmus alles vergessen. Zum Reden bin ich noch zu schwach. "Das holen wir morgen nachmittag nach, ich verspreche dir, ich werde pünktlich um zwei Uhr hier sein und bin ganz für dich da." Ich bitte ihn, für meine letzte Nacht doch noch ein Hotel zu besorgen, damit ich mich vor dem Abflug erholen kann und wanke ins Hostel, schlafe zwölf Stunden.
Dienstag 30. August. Mein Zusammenbruch macht mir nachträglich zu schaffen, ich fühle mich deprimiert und leer, ein Nervenbündel. Wenn jetzt noch irgendetwas dazwischen kommt, drehe ich restlos durch, ich spüre schon den Schreikrampf in meiner Brust aufstei-gen...Gottseidank! Ramor erwartet mich strahlend, streift mir einen Jadering über den Finger, passend zu meinem Herzanhänger - sein nachträgliches Geburtstagsgeschenk. "Was wünscht du dir noch?" "Oh, danke, ich bräuchte eine kleine Lederhandtasche." "Ich besorg sie dir morgen."
Er geht behutsam auf meinen geschwächten Zustand ein. Dabei kommt er gerade erst aus dem Gefängnis zurück, war mit zwei Rauschgiftsüchtigen in einer Zelle und konnte kein Auge zutun. Er begreift, daß meine Flüge zu ihm jedesmal mit vielen Strapazen verbunden sind, hin und her mit Gepäck überladen. Diese Reise war bisher die härteste Belastungsprobe für meine Standhaftigkeit gegenüber allen Hindernissen.
"Ich weiß Liebling", sagt er sanft, "wieviel du für mich leiden mußt. Ich leide auch, aber du leidest mehr als ich. Doch sei getrost - auch wenn ich nicht darüber spreche, auch ich tue viel für uns, du wirst es sehen, hab Geduld mit mir." Er bietet mir zur Wahl für die Nacht ein kleines Hotel oder das Appartement an. "Kannst du mich in dem Hotel besuchen?" "Nein." "Dann natürlich das Appartement, da kann ich über deinem Kopf tanzen, wenn du unten bist." Das erste gemeinsame Lachen seit Tagen vertreibt alle bösen Schatten aus meinem Gemüt.
Er muß noch kurz zum Rechtsanwalt, es sieht nicht schlecht aus. Die Dame muß die Echtheit des Schmucks durch einen Prüfer in Tel Aviv bestätigen lassen und schlimmstenfalls muß er Fünftausendmark Aufpreis

draufzahlen, weil modernes Gold schwerer wiegt als das beduinische Altgold, das andererseits wertvoller ist.
"Und woher nimmst du das Geld?" "Ich hoffe, Hadids Vater leiht es mir." Er ist wirklich unschlagbar.
Ich hole mein Gepäck, richte mich in dem modernen Appartement häuslich ein und bald ist der Alptraum vergessen.
Nach einer unserer innigsten Liebesverschmelzungen liegen wir uns entspannt in den Armen, schäkern wie frisch verliebt, tauschen Sexerfahrungen aus. Ich recke meinen dürren, braungebrannten Körper vor ihm auf: "Na, sehe ich aus wie eine zweiundsechzigjährige Großmutter?" "Du wirst nie alt, du hüpfst temperamentvoller als jede Junge!" "Und du bist der beste Liebhaber der Welt!" "Aber jetzt bin ich totmüde, entschuldige mich, Hadid wartet für meinen Abtransport, wir sehen uns so Gott will, morgen früh."
Ich schlafe selig ein und wache erleichtert auf, von den Geräuschen des Bazars umgeben, seiner täglichen Kulisse.
Um zehn Uhr kommt er aus dem Gefängnis zurück, bringt mir Kaffee: "Bis später, ich habe zu tun."
Ich beginne zu schreiben, freue mich auf unser letztes Gespräch und das versprochene gemeinsame Essen. Spätmittag kommt er angehetzt: "Wir müssen uns jetzt verabschieden, besser packst du sofort, Hadids Vater kommt gleich, er darf dich hier nicht sehen, sonst bin ich meinen Job los." "Oh je. Hast du an meine Handtasche gedacht?" "Entschuldige, das hätte ich fast vergessen, warte." Er flitzt los, ich raffe meine Sachen zusammen, schon ist er zurück, hängt mir einen wunderschönen alten Beduinenbeutel um: "Den habe ich aus meiner Sammlung zurückbehalten, für die Frau, die ich liebe!"
Ich schmiege mich an ihn: "Sag mir bitte noch einmal - warum hast du mich geheiratet - wegen Sex oder wegen Geld?" "Weil du eine aufregende Frau bist und weil ich dich liebe", flüstert er mir ins Ohr und küßt mich heiß.
Ich reiße mich von seinen Lippen los: "Noch eine letzte Frage - wenn ich eine Millionen hätte - könnte ich dich von allem freikaufen? Aus deinen Geschäften, aus der Politik?" "Aus diesen unwürdigen Verhältnissen hier ja, aus der Politik nie", erwidert er ernst und ich weiß nun endgültig, woran ich bin, was ich zu tun habe. Kommt Zeit, kommt Rat.

Ein letzter Händedruck im Laden. Ich habe ihm gesagt, daß ich unter diesen Bedingungen nicht mehr nach Jerusalem kommen werde. Für unser nächstes Wiedersehen wird er eine bessere Möglichkeit finden müssen.

Es wäre doch gelacht, wenn es im Gelobten Land keine Geheimnische für Liebende gäbe !
Tobias bringt mich um Mitternacht zum Flughafen und ich habe elf Stunden Zeit, meiner orientalischen Heimat nachzuträumen, bevor mich die Kölner Tristesse wieder einfängt.

X

DAS HOHE LIED DER LIEBE

Die Treue der für immer Vereinten.

"Setze mich wie ein Siegel auf dein Herz
und wie ein Siegel auf deinen Arm.
Denn Liebe ist stark wie der Tod,
und ihr Eifer ist fest wie die Hölle.
Ihre Glut ist feurig und eine Flamme des Herrn."

Salomo Hohelied 8.

Aus der Sehnsucht nach meinem Ferngeliebten ist inzwischen ein Zyklus von siebenundsiebzig Gedichten entstanden.
In den salomonischen Gesängen zum Preis der Liebe und Schönheit fand ich zeitlose Entsprechungen für meine Überzeugung, daß Dreieinigkeit im Göttlichen nur in der Vereinigung dessen entsteht, was getrennt worden ist. Vereinigung von männlichem und weiblichem Prinzip, von Yin und Yang.
Kurz vor seinem Tod hat Papst Johannes Paul I. geäußert:
"Gott ist Vater. Noch mehr ist er Mutter."
Wollte er damit verschleiert sagen, daß Liebe in der Dualität die einzige Brücke zu Gott ist?
Im Vorwort zu Salomo steht in der Bibel zu lesen: "Das Hohelied besingt in einer Folge von Gedichten die Liebe von Mann und Frau, die sich verbinden, sich verlieren, sich suchen und finden ..."
Schriftgelehrte streiten sich bis heute darüber, ob die Verse realistisch, symbolhaft oder mystisch zu deuten sind. Gelten sie der
ehelichen, gottgewollten Gemeinschaft oder der in Christus verkörperten Alliebe zum Schöpfer allen Seins?

Laut Bibel beglückte der weise König Salomo siebenhundert Frauen und dreihundert Konkubinen. Seinen vielen "ausländischen" Geliebten, die Königin von Saba an der Spitze, gestattete er, ihre Götter auf ihre Art anzubeten und zu lieben und sah im erotischen Spiel der Geschlechter einen Weg zur Weisheit, der auch in indischen Lehren "der kurze Pfad zur Erleuchtung" genannt wird.

Im Meyer´schen Konversationslexikon von 1890 wird der sinnenfrohe Friedensfürst, der auch die Künste förderte, als Pazifist diffamiert: "Weichlichem, luxeriösem Leben hingegeben, scheute Salomo den Krieg dermaßen, daß er sich in den vierzig Jahren seiner Regierung seines stattlichen Heeres kaum bediente."

Das berühmte "Großsiegel Salomos" erscheint noch heute in der Flagge des Staates Israel. Weiß die heutige kämpferische israelische Armee überhaupt noch, unter welchem Symbol sie marschiert?

Eingeschnitten in den magischen Ring, der Salomo auch Macht über die Geisterwelt verlieh, ist das Hexagramm mit dem Yin-Yang-Zeichen Verschmelzen und Durchdringen gegensätzlicher Kräfte in Harmonie von Himmel und Erde, Geist und Materie, Zeit und Raum, unten und oben. Erst wenn das Licht des Verstandes sich mit der Sonnenwärme des Herzens verbindet und vermählt, können wir die Weisheit Gottes erfassen...

Je mehr ich in der Bibel und im Koran nachschlage, um so unbegreiflicher wird mir die Unversöhnlichkeit der drei monotheistischen Weltreligionen, die doch alle aus einer gemeinsamen Wurzel stammen. Haben die besessenen Machthaber, die rund um den Globus im Namen Gottes ihre Völker in den Brudermord hetzen, aus ihren "Heiligen Büchern" nur das Kriegsbeil, nicht aber die Weisheiten ihrer Propheten ausgegraben?

"Wundert euch nicht, meine Brüder, wenn die Welt euch haßt. Wir wissen, daß wir aus dem Tod in das Leben übergegangen sind, weil wir die Brüder lieben. Wer nicht liebt, bleibt im Tod." -
Erster Brief Johannes.

Fromme Bibelsprüche sind in Jedermanns Mund und besonders Spitzenpolitiker benutzen sie gern als Deckmäntelchen für ihre egoistischen, weltlichen Machtspiele. Wer aber wirklich danach lebt, wird aus der brutalen Sex- und Erfolgsgesellschaft ausgeschlossen und für verrückt erklärt.

Eros, die reine Liebe, die den Schöpfergott in den Erdkreis und die eigene Brust einbezieht, ist zum tierischen Sex verkommen, der nur noch dem Überlebenstrieb und der Fortpflanzung dient und gefühlskalte Monster erzeugt - Brandstifter, Mörder, Amokläufer - verzweifelte, hassende, verlorene Menschen ohne die Gnade der Liebe, Opfer und Täter in einem. Wer hat sie dazu gemacht?

Ich bin fest davon überzeugt, daß die einzige Überlebenschance der Menschheit heute in der totalen Entmilitarisierung und Entmateria-lisierung der Welt besteht.

Materialistisches Konsumdenken, Besitzgier und Wirtschaftswachstum um jeden Preis haben nicht nur die Erde ausgebeutet und zerstört, sondern auch die Herzen der Menschen verblendet und versteint.

Es ist an der Zeit, sie aus der dumpfen Schwere der Erdanziehungskräfte zu befreien und das Tor zur metaphysischen Welt zu öffnen, die eben so existent und wirksam ist, wie die irdische, nur auf einer höheren Ebene angesiedelt. Die Weisen, Philosophen und Propheten aller Zeiten und Völker sprechen davon in klaren Botschaften, Gleichnissen und Visionen.

Wie konnte es geschehen, daß ihre mahnenden Stimmen innerhalb eines Jahrhunderts des rasenden technischen Fortschritts und der mörderischen Vernichtungskriege überhört und vergessen wurden?

DER SIEG DER LIEBE ÜBER DAS BÖSE IM MENSCHEN setzt das Aussprechen der Wahrheit voraus. Ein Bekenntnis, das Mut, Tapferkeit, Demut, Hoffnung und Glaube erfordert - abhanden gekommene "Kardinaltugenden", nur noch von einem kleinen Häuflein der Gerechten vertreten, die von der unwissenden oder verdummten, medienverblödeten Masse Mensch als altmodische, unzeitgemäße Träumer oder neumodische, esoterische Spinner abgeurteilt und belächelt werden.

Der Schmäh betrifft auch mich persönlich und tut mir weh, bestärkt mich aber gleichzeitig in meiner idealistischen und optimistischen Einstellung, im Wissen um die kosmische Verbindung im Geistigen.

"Euch ist es gegeben, die Geheimnisse des Reiches Gottes zu erkennen. Zu den anderen Menschen aber wird nur in Gleichnissen geredet; denn sie sollen sehen und doch nicht sehen, hören und doch nicht verstehen."
Lukas 8.

DIE TREUE DER FÜR IMMER VEREINTEN - Gibt es diesen Ramor wirklich, oder ist er nur eine Traumfigur meiner Fantasie, eine Allegorie? Manche Leute meinen, ich sei ihm hörig, weil er ein besonders potenter Bumser ist, andere wollen wissen, daß er es hinter meinem Rücken mit anderen Frauen treibt, wieder andere raten mir, diese aussichtslose Verbindung aufzugeben, die mir doch nichts bringt.
Es bleibt ihnen ein Rätsel, daß ich nun schon im dritten Jahr trotz äußerlicher Trennung glücklich vereint bin mit einem Mann, den ich vielleicht nie "besitzen" kann, der mir über den Tod hinaus treu ist wie ich ihm. Nichts und niemand kann unsere telepathische Ehegemeinschaft auflösen, denn der Körper ist nicht nur das Gefängnis, sondern auch der Tempel der Seele, in dem unsere Herzen sich gefunden und vermählt haben.

NUR DIE LIEBE ZÄHLT ! möchte ich den bedauernswerten Menschen, die hoffnungslos im irdischen Labyrinth herumirren, mit meiner Geschichte aus dem Reich der Träume versichern.
Wahres Glück und Zufriedenheit können wir nur erfahren, wenn wir nichts verlangen, nichts erwarten, nur geben und bereit sind.
Die Friedenstaube, das Symbol der Versöhnung, ist auch das Zeichen der Liebesgöttin Venus - der Schlüssel zum Paradies auf Erden.

"Setze mich wie ein Siegel auf Dein Herz ...
denn die Liebe ist eine Flamme des Herrn."

SIEH DIE LILIEN AUF DEM FELD

Eine Taube bin ich
in deiner Hand
sieh
wie dein Pulsschlag
mich wärmt

Eine Knospe bin ich
auf deiner Stirn
sieh
wie dein Geist
meine Blüte reift

Ein Gesang bin ich
in deiner Seele
sieh
wie meiner Sehnsucht
Flügel wachsen

Eine Frau bin ich
auf deinem Leib
sieh
wie unsere Liebe
die Erde reinigt

für Ramor